엔젤로스

다섯개의 별

다섯 개의 별 엔젤로스 2
크리스탈 N세대 연애 소설

초판 1쇄 찍은 날 § 2003년 9월 4일
초판 1쇄 펴낸 날 § 2003년 9월 14일

지은이 § 크리스탈
펴낸이 § 서경석

편집장 § 문혜영
편집책임 § 이종민
마케팅 § 정필 · 강양원 · 이선구 · 김규진 · 홍현경

펴낸곳 § 도서출판 청어람
등록번호 § 제1081-1-89호
등록일자 § 1999. 5. 31
어람번호 § 제4-0023호

주소 § 경기도 부천시 원미구 심곡1동 350-1 남성B/D 3F (우) 420-011
전화 § 032-656-4452 팩스 § 032-656-4453
http://www.chungeoram.com
E-mail § eoram99@chollian.net

ⓒ 크리스탈, 2003

값 9,000원

ISBN 89-5505-820-9 (SET)
ISBN 89-5505-822-5 04810

※ 파본은 본사나 구입하신 서점에서 교환하여 드립니다.
※ 저자와 협의하여 인지를 붙이지 않습니다.

크리스탈 N세대 연애 소설

다섯 개의 별

엔젤로스 2

도서출판 청어람

page 58 그대는 나의 공주역…….

"지원아!! 강지원!! 좀 서봐!!"
재규의 헐떡임이 내 귀까지 들려온다. 난 왜 도망치려는 걸까? 자신없는 거겠지? 이대로 그냥 돌아서는 게 편한 거겠지?
덥석!!
내 팔목을 움켜잡는 재규.
"진짜 빠르네. 헉헉!"
"……."
"나 좀 봐봐."
"왜 따라왔어? 그냥 급한 일 있어서 먼저 나온 것뿐인데."
"오해한 것 같아서. 민경인 그냥 친구야. 그냥 단지……."

"애써 변명할 필요 없잖아? 너 4년 동안 민경이를 기다린 거 알고 있어. 4년 동안 기다리던 사랑… 그걸 어떻게 쉽게 접어. 내가 잘 알아. 그냥 가. 더 이상 나 추접스럽게 만들지 말고 그냥 지금 돌아서 버리란 말야!! 얼른 카페로 돌아가라구―!!"

저벅저벅―

저 멀리 사라져 가는 재규의 발걸음 소리가 내 귓가를 맴돌고 있다. 가슴은 재규를 잡아끌고 있는데, 몸은 그 자리에 멈춰 버렸다.

털썩!

"흑! 흐… 후잉! 흑!"

예상하고 있었잖아, 강지원. 너 어차피 재규 놓아주려고 한 거잖아. 그런 거잖아. 근데 왜 우니? 흑! 왜 바보같이 후회하고 있냐구. 나는 우주 병원으로 발걸음을 옮겼다.

끼익―

"지원아?"

은혁이와 우주가 날 보며 놀란다. 그때까지도 내 눈에선 눈물이 멈추지 않았으니까. 우주가 벌떡 일어나더니 절뚝거리며 내게 다가온다.

"왜 울어? 누가 이랬어?"

"우주야. ㅠ_ㅠ"

"왜 울어, 맘 아프게."

우주의 품속으로 박히는 내 머리통. 나는 우주의 환자복을 적시기 시작했다.

"흐윽… 흑! ㅠ_ㅠ 예상하고 있었는데… 나 바보같이 울어버렸어."

우주는 내 얼굴을 들어 올려 볼 위로 흐르는 눈물을 입술로 닦아주었다.

"후엉. ㅠㅇㅠ"

나는 소리 내어 울기 시작했고, 우주는 소매로 내 눈물을 쓸어내기에 바빴다.

"이제 진정 좀 돼?"

은혁이가 가져다 준 주스 한 잔. 나는 힘없이 받아 들었다. 병실 침대 위에서 나를 물끄러미 바라보는 우주.

"말해 봐, 무슨 일 있었던 거야?"

우주의 굳은 표정.

"아무 일도. ^-^"

"무슨 일이야?"

"아무 일도 아니라니까."

"은재규지?"

"……."

나는 마시던 주스를 무릎 위로 내려놓고 고개를 숙일 수밖에 없었다. 또 흐르려는 눈물.

"제길!!"

주먹으로 침대를 내려친 우주. 침대가 들썩이고 은혁이가 곧바로 우주를 제압했다.

"야야, 흥분하면 안 돼!!"

"허윽!!"

갑자기 우주가 왼쪽 가슴을 움켜쥐며 침대로 쓰러져 꿈틀거린다.

"우, 우, 우주야!!"

쨍그랑!!

나는 놀라서 컵을 놓쳐 버렸다. 우주는 쉴 새 없이 눈물을 흘리며 비명을 토해냈다.

"아악—!!"

은혁이가 재빨리 간호사와 의사를 데리고 들어왔다.

"우주야—!!"

소리 지르는 나를 은혁이가 병실 밖으로 데리고 나왔다. 내 몸이 심하게 떨리기 시작했다. 은혁이는 보다 못해 나를 힘껏 안아주었고,

"괜찮아. 우주 저러는 거 잠시뿐이니까 걱정 마. 괜찮을 거야. 그만 울어. 뚝."

은혁이는 언제나 따뜻하다. 은혁이의 품도, 숨결도, 말들도.

"우주 왜 저러는 거야? 응?? 우주 다른 데 아픈 거지? 심한 거지? 그치!!"

시선을 피하는 은혁이.

"말해 줘! 제발! 제발!!"

"나중에. 일단 니가 좀 더 행복해지구 나서."

"우주 군 보호자?"

"예!"

"어서 진료실로 가보세요!"

은혁이가 진료실로 달려갔고, 나는 그대로 병원을 나와 버렸다. 도대체 어떻게 돌아가는 건지…….

지원이네 집 앞.

대문이 열리며 승관이가 나온다.

"누나!!"
익숙한 음성. 승관이. ^-^
"승관아, 오랜만이네."
"오랜만이에요! 보고 싶었… 어? 왜 그러세요?"
퉁퉁 부어버린 내 눈. 놀랄 만도 하다.
"괴물 같지."
놀란 눈을 하고 손으로 내 눈가를 어루만지는 승관이.
"^-^ 나 괜찮아. 그냥 좀 놀라서 그랬……."
내 입술에 승관이의 입술이 맞부딪쳤고,
"미안해요. 누나 힘든 모습 나 지켜볼 수가 없어서 그만……."
승관이가 그대로 오토바이를 타고 달려간다. 아직도 입술에 남아 있는 승관이의 촉감.
"뭐라? 승팔이 이 개자식!! 내가 그렇게! 한사코! 말렸구만!! 키, 키, 키스를 해—!!"
집으로 들어와 방금 전의 얘기를 하자 래원이가 금방이라도 승관이에게 달려갈 기세로 소매를 걷어붙이고 흥분하기 시작한다.
"ㅠ_ㅠ 래원아, 그만 해~ 누난 괜찮아!"
"짜식, 그래도 어지간히 좋은가 보군. -_-"
"응??"
"아냐."
그날 저녁.
"누나! 오늘 엄마, 아빠 안 오신대!! 앗싸아!"
"정말?"

"응!! ^-^*"

래원이가 방실방실 날아다닌다. +_+ 와~ 신기!

쾅쾅쾅쾅—!!

"뭐야!! 누가 사랑스러운 우리 집 대문을 뿌수는 게냐!!"

래원이가 야구 방망이를 들고 밖으로 나갔고, 갑자기 래원이의 부축을 받아 끌려 들어오는 건… 승관이? O_O?

"^-^ 아하~ 누나~ 꺄악! 실례 좀 할게요!"

"야야야, 얼마만큼 마신 건데?"

래원이가 승관이를 소파 위로 던져 버린다.

"저… 승관아, 괜찮니??"

래원이는 투덜투덜대며 주방으로 들어갔고, 소파 위에 누운 승관이의 눈에서 이슬이 떨어지기 시작했다. 나는 승관이의 눈물을 닦아주었다.

"승관아, 무슨 일 있었니?"

승관이는 내 손을 잡아 손등에 뽀뽀를 하더니 감고 있던 눈을 뜬다.

"누나 맞네요. 지원 누나 맞네요. 누나… 누나."

계속 눈물이 그렁그렁 맺히는 승관이의 눈.

"누나, 절대 내 앞에서 힘든 척하지 말아요. 안아주고 싶잖아요. 절대 내 앞에서 울지 말아요. 닦아주고 싶잖아요. 절대 내 앞에서 웃지 말아요. 사랑하게 되잖아요."

하더니 다시 스르르 눈을 감아버리는 승관이.

"야! 승팔아!! 물 마셔라!!"

래원이가 물 컵을 들고 오면서 승관이를 발로 차기 시작했다.

"야야야! 어여 인나!!"

"-_- 아씨, 잠 좀 자려니까!!"
"여기가 너네 집이냐?!"
"그래그래."

하더니 승관이가 래원이를 잡아당겨 2층으로 올라가 버린다. 뭐지, 방금? 승관이가 한 말.

　　　　　　　*　　　*　　　*

래원이 방.
"야야, 이 자식아! 이거 마시라니까?!"
풀썩!

곧바로 침대로 누워버리는 승관이. 팔로 눈을 가린 채 흐느끼자 볼을 타고 눈물이 흐른다.

"야? 왜 울어? 어떤 새끼들이 때리냐? 엉?? 야야야! 왜 울어!!"
"됐어."
"아, 왜 우냐고!! 왜 울어!!"

우리 집엔 밤새 래원이가 승관이에게 고래고래 지르는 고함 소리로 가득 찼다.

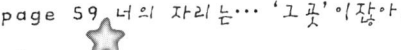

page 59 너의 자리는… '그곳'이잖아.

"아악! -0- 제발 그만 좀 하란 말이다. 내가 병신이냐? 어디서 맞구 다니게? 때리면 때렸지. 아, 몰라! 됐어. 자라, 자."

"아씨. 근데 왜 우는 건데. -_-+"
"자라고!!"
"으음."
지쳤는지 래원이가 침대에 눕자마자 잠이 든다.
"후……."
승관이가 래원이의 책상에 있는 담배 한 갑을 손에 들고 방을 나왔다.
끼이—
 살짝 열려진 지원이의 방문. 지원이가 자고 있다. 가서 금방이라도 안아주고 싶지만 내겐 그럴 자격이 주어지지 않았다. 지원이 쪽으로 다가가는 승관이.
"우웅~"
흠칫!
 지원의 뒤척임에 흠칫하는 승관이. 이내 지원이의 침대에 걸터앉는다. 지원이의 머리를 쓸어 넘기며,
"이젠 울지 마세요. 내가 달래줄 수도 없는데, 달래줄 수 없는 내 마음이 더 아프잖아요. 잘 자요, 누나."
 하더니 지원이의 이마에 살짝 뽀뽀하는 승관이. 달빛에 반사되는 승관이의 머리, 그리고 번쩍이는 승관이의 눈물.

*　　*　　*

 담날 아침. 일요일.
"으아아아아악—!! 최승팔—!!"
"아침부터 왜 저런대?"

벌컥!

내 방문을 열고 다급히 들어오는 래원이.

"휴— 난 또 너 덮쳤을까 봐."

래원이는 머리를 긁적이며 방을 나가 버렸다.

"아아악!! 그럼 내 담배 갖구 토낀 거냐!! 아씨! 그걸 끝으로 금연할라고 했더니만. -0-^"

래원이의 우렁찬 목소리. 승관이가 가버렸나 보다.

*   *   *

재규네.

"은재규우!! 얼른 일어나아! >0<"

"……"

재규가 이불을 꽁꽁 두르고는 꿈쩍도 안 한다.

"일어나, 임마아! 나 서울 구경시켜 줘어! >0<"

"재영이한테 해달라고 해."

"재영 오빠는 애인 만나러 갔어."

"……"

재규가 힘없이 이불을 놓아버린다. 두 눈이 충혈돼 있다.

"뭐야? 너 눈이 왜 이래??"

"잠을 못 자서."

"아이구!! 잘나셨네! 일로 와봐! 누나가 재워주마!"

하더니 재규의 머리를 자신의 무릎 위에 올려놓는다.

"자장~ 자장~ 자장~ 자장~ 우리 아기 잘도 잔다~ 꼬꼬닭아, 울지 마라~"

"……."
지원과 같은 자장가를 불러주는 민경. 눈을 감지 않는 재규.
"야! 눈을 감아야 잠이 오지!"
"……."
재규가 눈을 감자 눈에서 또르르르 눈물이 흘러내린다.
"O_O 왜 울어! 사내 자식이!!"
민경의 무릎을 다 적시는 재규의 눈물.
"-_-^"
민경은 재규의 입술에 키스를 한다.
"……."
재규는 아무런 반응도 하지 않고 그저 초점없는 눈으로 천장만 바라볼 뿐. 민경은 발그래해서 입술을 떼고 재규의 얼굴을 바라보았다. 멍한 재규의 눈빛. 민경은 아랫입술을 꾸욱 깨물고 재규를 일으킨다.
"나가자! 나가서 놀자, 놀아!!"
민경의 손을 뿌리치며 다시 침대로 눕는 재규.
"너 혼자 나가."
"야야야!! 누가 나 잡아가면 책임질래??"
"……."
재규는 옷을 갈아입고 민경의 뒤를 따랐다.
"얼른 와, 바보야!"
"꺄아!! 재규 오빠―!!"
여자들이 달려들다가 민경과 재규의 마주 잡은 손을 보고 민경을 노려본다. 민경이가 돌아보자 졌다는 표정으로 돌아간다. 민경의 외모는 뛰어나다. 인정하긴 싫지만. -_-^ 시원스러운 얼굴이 마구마구 번쩍인다. 저 멀리서 한쪽 어깨를 부여잡고 걸어오는 우주 뒤에도 여자들의 무리가 우르르 쫓아온다. 민경, 재규와 마주친 우주.

"신우주! 병원에 있어야지, 여긴 왜 나왔어!"

"우주? 우주야아! 너도 많이 멋있어졌다! 나야 나! 민경!"

민경이가 우주의 손을 잡고 길길이 날뛰자, 우주가 민경의 손을 뿌리친다. 그러고는 재규와 민경을 한참 동안 뚫어져라 바라보더니 침을 탁 뱉는다.

"두 분 누구십니까?"

"야! 재규야, 얘 우주 아니야? 신우주??"

"그냥 가자."

"어? 어? 정말 우주 아니야?"

재규가 강제로 민경을 끌고 가버린다.

"미친… 은재규 씨, 다른 여자 만나니까 신선한가 보죠?"

우주는 소곤거리듯 말하고 여자애들 무리를 끌고 저 멀리 사라져 갔다.

"재규야, 아니야? 야야야! 아니냐고!"

"맞아, 우주."

"ㅇ_ㅇ"

재규는 주먹을 쥐더니 어느 가게 앞에 서 있던 간판을 손으로 내려쳐 버렸다.

"야!!"

민경은 재규를 데리고 빠르게 도망쳤다.

"어떤 새끼야!!"

재규는 무표정으로 거의 끌려가듯 달리고 있다.

"야! 좀 빨리 달려!! 쫓아오겠어!"

"……."

재규가 민경을 쳐다보더니 벽으로 밀어붙이고 민경의 입술에 키스를 한다. 그리고…

"사랑해, 지원아."

"뭐?"

민경이가 재규를 밀쳐 내고,

"미안하다."

하더니 저 멀리 사라져 가는 재규.

"야! 은재규!! 개자식아!! 거기 좀 서!!"

민경의 울부짖음만 메아리쳐 돌아올 뿐, 재규는 돌아오지 않았다.

page 60 …주름진 당신의 얼굴에 내가 섞여 있군요.

"퓨슈슈. =_="

하ㅏ아. 그러고 보니 나 어제 실연당한 거군. 윽! 생각하니 슬프다. ㅠㅠ

나는 창문에 턱을 괴고 아주 멍하니 약 올리듯 새파란 하늘을 원망도 해보고, 훨훨 자유롭게 자기 맘대로 날아다니는 새들을 부러워해 보기도 하고…….

"휘유~"

지원은 하늘을 쳐다보느라 재규가 지원이네 대문 앞에 도착한 모습을 보지 못한다.
끼익— 탁!
세차게 불어대는 바람 때문에 창문을 닫아버리는 지원.
"하."
재규는 스르륵 대문 앞에 기대 앉아버리고, 핸드폰엔 민경의 문자가 와 있다.

「어디야. 지금 당장 엔젤로스로 와.」

"하아……."
힘없이 핸드폰을 닫고 지원이네 집을 한 번 쳐다본다. 벨 쪽으로 손을 가져갔다가 이내 몸을 틀어 카페로 향했다.

*   *   *

지원이네.
"래원아, 뭐 해?"
"휴, 다 했다! 짐 챙겼어! 내일 일본 가잖아."
래원이가 이마에 흐르는 땀을 닦으며 허리에 양팔을 척억 올린다. 햇살에 비친 노란 머리에 슬쩍 가려지는 래원이의 슬픈 미소.
"으아아아! 괴력의 싸나이 강래원!! 으다다다!!"
요상한 소리를 내면서 거대한 짐들을 1층으로 마구마구 나르기 시작한다.

"휴우……."
나는 힘없이 래원이를 위해 주스를 따르러 주방으로 향했다.

      *   *   *

엔젤로스.
딸랑~
짝!!
재규가 들어서자마자 문 앞에 앉아 있던 민경이가 재규의 뺨을 거칠게 강타한다.
"ㅇㅇㅇ!! 해민경!"
"이, 이 나쁜 새끼야ㅡ!! ㅠ_ㅠ 너너너!! 내가 여기 찾아오느라 얼마나 힘들었는 줄 아냐?! 엉?? 혼자 두고 가면 어떡하냐고!!"
"미안해."
"어디 갔다 왔어?!"
"그냥. 미안, 혼자 놔둬서."
"ㅠ_ㅠ 흑! 지리 몰라서 무서웠다구."
민경이가 재규의 품에서 울어버리고, 은혁이는 못 보겠다는 듯이 쾅 소리를 내며 대기실로 들어가 버린다.

우주가 옛집을 찾았다. 엄마가 죽어간 곳… 세상에서 가장 경멸하는 아빠가 있는 곳… 여전히 허름한 집.
끼이ㅡ
열리는 대문.

"누구신가??"

이맛살을 찌푸리며 우주를 쳐다보는 할머니. 벌써 4년 전. 할머니도 너무 많이 늙어버렸다. 우주도 그만큼 많이 변해 버렸다.

"아이고! 어머니, 들어가 계세요. 왜 나오세요, 감기 걸리게."

초췌해진 아빠의 모습. 들고 있는 검은 봉다리에는 콩나물이 수북이 담겨 있었다. 미소도 예전의 비웃음이 아닌 소박한 행복을 찾는 웃음.

"누굴 찾아오셨나요??"

우주 아빠가 조심스레 우주에게 말을 건넨다.

"아니요."

"우리 우주랑 참 많이도 닮았네. ^-^"

"아이구, 허리야."

우주 할머니가 허리를 톡톡 치며 말한다.

"어머니, 들어가세요."

"아이구, 오늘도 우주는 안 올래나 보다. 허유… 그 어린 게 어디 가서 살아는 있는지 원. 우주가 오늘따라 보고 싶구나."

"그러게요. 이젠 고2가 됐을 텐데… 그때 내가 그렇게 다그치지 않았다면 지 어미도 그렇게 안 됐을 텐데……."

우주 아빠는 슬픈 표정을 짓고 할머니를 모시고 집 안으로 들어가 버렸다. 우주의 눈에는 눈물이 핑 돌기 시작했다. 어느새 하얀 눈이 소복이 내리기 시작했다.

풀썩!

대문 옆 담벼락에 주저앉아 버린 우주. 담배를 입에 문다.

5분 후, 작업복으로 갈아입고 나온 우주아버지. 우주의 담배를 뺏어 꺼 버린다.

"젊어 보이는데 나쁜 거 길들이면 좋은 거 하나 없수다. 나도 술에 쩔어 살았수. 좋은 거 하나 없드만. 사랑하는 여편네 저 세상 가게 만들고… 하나 있던 아들까지 내팽개쳐 버렸으니……. 지금은 간암으로 투병 중이올시다. 마땅한 벌을 치른 게지. 허허, 고것 참… 우리 아들이랑 붕어빵이올시다? 우리 아들 같아서 하는 말인데… 이런 거 길들이지 마요."

우주의 얼굴을 양손 가득 감싸더니 이내 눈물을 글썽이는 우주 아버지.

"아들을 많이 사랑하셨나 봐요?"

"암요, 누구 아들인데. 고 녀석 여자같이 호리호리한 게 참 이뻤수다. 지 어미를 닮아서 여자들 참 따랐을 텐데. 지금은 어디 가서 뭘 하는지도 모르오. 이제 저 세상 갈 날도 얼마 안 남았는데… 쿨럭쿨럭! 얼굴이라도 한 번 봤으면……. 그래도 그쪽 덕에 아들 생각……."

목이 메이는지 말을 잇지 못하고 고개를 끄덕이더니 저 멀리 사라져 간다.

"행복하게 사시오!! 아들 이름이 신우주라오. 우주같이 눈이 깊어 어찌나 이쁘던지… 혹시 보면 전해주시오. 이 아비가 많이 보고 싶어한다고… 사랑한다고……."

코를 훌쩍이더니 다시 갈 길을 간다. 우주는 집 안으로 들어섰다.

"무슨 일이시오? 혹시 우주냐? 이 할미가 눈이 어두워 그런데 이리 와 앉아봐라."

할머니가 손짓하자 우주가 할머니 곁으로 간다.

"아이고! 우주구나!! 우주 냄새가 나는 게."

"우주가 아니라 우주 친구예요. 우주가 이걸 전해달래서요."

하더니 우주는 할머니 앞에 있던 종이 한 장을 집어 든다.

"읽어주실라우?"

"^-^ 할머이~ 나 우주야. 잘 지내고 있는 거지?? 보고 싶다. 많이많이 사랑해요. 난 잘 지내고 있어! 내가 곧 찾아갈 테니까 할머이 밥 많이 많이 먹고 건강하게 있어! 그럼 내가 꼭 찾아갈게. 아빠는 많이 아파? 아빠한테도 내가 곧 찾아간다구 전해줘. 그리고 할머이 오래오래 살아야 돼!! 그래야 우주 만나지."

우주가 든 종이는 아무것도 적혀 있지 않은 백지. 우주는 눈물을 뚝뚝 흘리며 더 이상 읽지 못했다.

"우리, 우리 우주가 뭐래나? 빨리 읽어보게."

할머니가 우주의 팔을 잡고 흔든다.

"많이많이 사랑한다구 적혀 있네요."

"아이고… 우주야. 이놈아, 이 할미가 보고 싶지도 않은 게냐."

울부짖는 할머니. 그리고 눈물을 흘리는 우주. 우주는 재빨리 집을 나섰다.

"ㅎㅏㅇㅏ."

유난히도 새하얀 눈. 소복소복 우주 어깨에, 우주 머리에 쌓인다.

뽀드득뽀드득—

우주의 발자국. 어째 떨어지지 않는 발걸음. 우주는 하늘을 바라본다.

"엄마… 아빠랑 나, 그리고 할머니, 이제 곧 저기서 만나겠네. ^-^"

또르르—

한 방울 우주의 볼을 타고 떨어지는 눈물.

page 61 징그럽도록 사랑하고 싶은데.

엔젤로스.

"ㅠ- 훌쩍. 한 번만 더 그랬담 봐. 죽어."

민경이가 재규 옆에서 떨어질 생각을 안 한다. 키도 재규만한 게, 재규 옆에 붙어서 징징대니 원~ 짜증나 죽을 판이다. -0-;

"맞다! 민경아, 너 일렉 기타 연주할 수 있지?"

"일렉? 아, 키보드보단 자신없지만 할 수는 있지. 왜??"

"ㅠ_ㅠ 너의 도움이 절실히 필요해."

상원이의 빈자리를 민경이가 대신 채우기로 한다. 카페 안을 울리는 민경의 부드러운 기타 소리.

"꺅! >o< 너무 오랜만에 만진다."

흐뭇한 듯 기타를 내려보는 민경.

대기실.

"싫어! 연주 안 해. 안 해먹고 말아."

은혁이가 소리친다.

"그럼 어쩔 수가 없잖냐. 멤버 구하기도 힘든데 민경이는 아는 사이니까 적응할 기간도 필요없고, 민경이가 악기는 다 잘 다루잖아. 민경이하고 전에도 같은 밴드였잖아. 응?"

강우가 애원하듯, 은혁을 설득하는 중이다.

"싫다고 했어."

"야야, 어쩌자고!!"

"…생각해 봤냐? 사랑하는 사람이 그렇게 등 돌려 버릴 줄 누가 알았겠냐?"

은혁이가 말하자 재규가 벌떡 일어난다.

"이제 다 끝난 일이잖아!! 그리고 다 내 잘못이야. 민경이 탓하지 마."

"푸하! 은재규, 금방 해민경 편드는 거 봐. 그 병신 같은 사고방식에 이제는 질리는 거 아냐? 아냐고!! 진짜 질려. 은재규, 너 같은 새끼 질린다고."

"힘들다. 은혁이 너까지 이러지 마."

"힘들어? 누가? 니가? 미친 새끼. 너 혹시 그거 알고 있냐? 우정 같은 거 끝내려면 옛날에 끝났어. 지원이가 너 선택한 이후로 우리 넷, 완전 파멸이었어. 알아? 그래도 우리가 웃을 수 있던 이유가 뭔 줄 알아? 지원이가 니 옆이지만… 우리의 옆이 아니지만… 지원이가 웃어줬기 때문이야."

은혁이가 말을 마치자 재규가 주먹을 움켜쥔다.

"손 풀어라. 넌 그럴 자격도 없어."

은혁이가 가방을 메고 손엔 드럼 스틱을 쥐고 대기실을 나가 버렸다.

"은혁아? 너도 키워주……."

민경을 뚫어져라 노려보는 은혁이.

"니가 뭔데 지원이 자리를 뺏어가려는 건데? 왜 재규 흔들어놓고 지랄인데? 해민경, 너 해민경 아니지? 내가 아는 해민경이라면 분명 애인 생겼다고 재규를 축하해 줬을 거야. 니가 아무리 좋아한다고 해도 말야. 어쩌다 이렇게 이기적으로 변해 버렸어?"

"으, 은혁아?"

"하, 씨발. 미안하다. 지금 눈에 뵈는 게 없어서."
딸랑~
"거 봐. 처음부터 니 자리 아니라고 했잖아. 분명히 내가 경고했어. 마지막으로 한 번 더 경고한다. 후… 내 동생 재규, 인간 쓰레기로 만들지 말아줘라, 제발."
쨍그랑!!
부들부들 떨던 민경은 결국 주스 잔을 깨뜨려 버린다. 재영은 손으로 눈을 가리고 고개를 설레설레 흔든다. 대기실에서 다급히 나가는 재규.
"아야!! 아, 베어버렸어."
"많이 다친 거야??"
"아니야."
피가 뚝뚝 떨어진다.
"이리 와. 소독해 줄게."
"ㅠㅇㅠ 아오, 아파."
"피식. 하하, 연기 잘하는데? 나 너 그렇게 안 봤어."
하더니 재영이가 카페를 나간다.
"왜 그래? 뭐라는 거야, 저 자식?"
"몰라. 나한테 삐쳤어. 아야야야야!! ㅠㅇㅠ"

재영은 담배를 입에 물고 번화가를 걷기 시작했다.
"참나, 해민경… 그렇게 독한 기집애인 줄은 몰랐네. 시원스럽고 털털해서 이쁘게 봤는데 그때 차버린 거 잘한 거야. 그럼~ 어쩜 사람이 변해도 저렇게 변해 버린 거지? 지구의 종말이 다가오는 건가? 허허, 참."

지원이네.

"누나! 나 승팔이 만나러 갔다 올게! 죽었어, 최승팔. -_-^"

하더니 나가 버리는 래원이. 오늘이 마지막이네.

샤우트.

"여어~ 애기들아! 엉아 왔다아!!"

래원이가 호프집에 들어서자마자 전에 래원이가 자퇴서 내러 가던 날 출현한 친구들이 모여 있다. 그중 승팔이도 표정이 많이 슬프고 어둡다. 승관이 옆에 파고드는 래원이.

"내놔, 이 자식아. 어제 너 내 담배 가지고 토꼈지? 그거 내가 마지막 담배로 숨겨놓은 건데 어떻게 찾았냐? -_-^"

"야, 래원아."

멍한 승관이의 눈빛.

"아씨, 또 연기하려고? 최승팔, 이제 재미없거든? 어디다 숨겼어!! 내놔!!"

"아, 씨발. 나 누나가 너무 좋다."

눈물이 흐르는 승관이의 눈.

"아우~ 알았어. 담배 값으란 소리 안 할게."

"하하. 씨발, 나 왜 이러지."

승관이가 서둘러 눈물을 닦아내고 모른 척하려던 래원이가 그런 마음을 안다는 듯이 승관이의 머리를 품에 끼고 마구마구 비벼댄다.

"래원아! 너 진짜 내일 가는 거야? 그런 게 어디 있어. ㅠ_ㅠ 우릴 두고!!"

전에 본 덩치 남산만한 아이가 래원이에게 엉엉대며 앵긴다.
"이 엉아가 성공해가지고 오면 너네한테 한턱 쏜다니까!! 한턱이 모야! 두턱! 세턱! 기분이다. 열턱도 쏜다아!! >ㅁ<"
"ㅠㅇㅠ 우엉엉!"
눈물바다가 되어버린 테이블. 승관이만큼은 다른 이유 때문에 술을 마시고 눈물을 짠다.

누나, 그거 아세요? 나 누나가 미치도록 좋아요. 누나 볼 때마다 가슴이 두근거려서 미치겠어요. 혹 내 심장 소리 누나한테 들릴까 봐 애써 숨도 꾹꾹 참아보고, 병신같이 표정도 굳혀보는데 심장이 벌렁거리는 건 나도 막을 수가 없나 보죠. 자는 모습도 참 이쁘더라구요. 그래서 순간 눈물이 나버렸어요. 가까이서 볼 수 있는 것만으로도 죽을 듯이 행복했거든요. 누나가 나 때문에 웃어주는 것도 더 행복했어요. 나 걱정해 주는 누나, 내가 안아주고 싶었어요. 나… 누나… 곁에 있고 싶은데… 너무 큰 욕심이겠죠……? 내가 지켜줄 수 없는 대신에 꼭 행복해야 돼요. 사랑하는 사람이 누가 됐든 간에 울지 마세요. 누나를 울린 새끼는 제가 다 모아서 한꺼번에 제거해 줄게요. 사랑해요, 누나. 병신 같은 승팔이는 오늘도 혼자 누나를 사랑하네요…….

"앞으로! 우리 누나를 지켜라! 세현고 2학년 11반 강.지.원!! 승팔이가 우리 누나를 알기에, 너네도 앞으로 승팔이와 같이 우리 누나를 보호하라는 명령을 내린다아—!!"
"그럼그럼, 당연하지. ㅠㅇㅠ 우엉엉. 지원이 누나는 우리가 꼭 지켜드릴게!!"

"그리고 한 개만 더. 은혜, 우리 은혜 좀 지켜줘."

수그러드는 분위기.

"그래! 까짓 거 우리가 다 지켜줄게!! 우리 래원이가 아끼는 사람인데. ^O^"

덩치 산만한 애가 코를 훌쩍이며 고개를 끄덕인다.

"고맙다. ^-^"

"하하, 누나."

구당탕!! 술병들을 밀고 테이블 위에 엎어져 잠들어 버린 승관이. 래원이는 승관이의 볼을 쓰다듬더니 안아준다. 사랑이란 게… 정말 사람 바보로 만드는… 그런 거구나…….

page 62 이젠 버릇처럼, 습관처럼, 당신을 사랑하게 됐어.

승관이의 감은 눈에서 쉴 새 없이 눈물이 흐른다.

"야야야, 마셔라~ 부어라~ 취해라~!! 꺄하하하하!!"

고래고래 소리치는 래원이의 친구들. 래원이는 계속 승관이를 부둥켜 안고 흐르려는 눈물을 참으려고 하늘을 쳐다보고 있다.

"으흑… 흑!"

마침내 소리 내서 우는 승관이. 래원이는 승관이의 눈물을 닦아주며 말한다.

"왜 울어, 울지 마. 인간 최승팔, 너 언제부터 이따위로 변했냐?"

"아, 씨발. 나 왜 이러니."

"나 니 맘 알아, 충분히. 니 맘 알아주는 나 강래원이 있으니까 바보처럼 울지 말라고."

지원이네.

"에휴… 볼 것두 없구. 심심해잉~"

몇 시간째 애꿎은 리모컨을 괴롭히며 TV 채널 돌리는 중. 아무리 재미있는 프로를 보고 있어도 애석하게 계속 눈물이 난다. 슬픈 프로를 볼 때면 턱없이 솟구치는 눈물.

"으윽! 괴물이잖아. ㅠ_ㅠ"

쿠당탕!!

대문이 부서지는 소리. o_o? 나는 서둘러 대문으로 뛰어나갔다.

끼익—

대문 앞에 앉아 날 올려다보는 우주의 눈물 맺힌 눈.

"우주야—!!"

많이 슬퍼 보이는, 아니, 많이 운 것 같은 우주.

"우주야!! 어디 아파? 왜 그래? 무슨 일 있어? 벌써 퇴원한 거야??"

살짝 웃으며 고개를 설레설레 젓는 우주.

"그럼?"

"^-^ 바람 냄새 안 맡은 지 너무 오래 되어버려서. 병원 냄새에 질식해 죽어버릴 것 같아서. 이제 들어가면 뚱땡이 간호사한테 얻어터질 거야. 그 두툼한 손. 막강한 파워. ㅠ0ㅠ 생각만 해도 아찔해~"

"너 술 마셨구나? 근데 울긴 왜 울어."

">o< 지원이가 너무너무 반가워서. 그럼 넌 왜 울어?"

"나도 우주가 반가워서. 흐읍… 흑! 흐윽."

나는 우주를 보자마자 긴장이 풀린 탓에, 그리고 우주의 미소가 너무 고마워서 꾹꾹 참고 있던 눈물을 터뜨려 버리고 말았다.

"왜 그래? 어? 지원아, 왜 울어!!"

"아니야~ 우주가 너무 반가워서 그래. ㅠOㅠ"

나를 와락 안아버리는 우주의 왜소한 몸에서 나오는 절대적인 파워.

"울지 마. 제발 울지 마. 나 너 우는 거 보면 미쳐 버릴 것 같단 말야. 내 마음 찢어진다고. 알아들어? 그러니까 제발 울지 마, 응?"

우주의 애원하는 목소리.

"ㅠOㅠ 후웅. 후웅. 으응, 이젠 안 울게."

"그래, 착하지. 뚝! ^-^★"

"ㅠ_ㅠ"

"누가 너 슬프게 한 거야?"

"아무도 아냐."

"누구야. 말해 봐."

"아무도 아니라니까."

"누구야—!!"

내 어깨를 잡고 크게 소리치는 우주. 눈망울이 마구 흔들린다. 금방이라도 흐를 것같이 눈 안 가득 눈물이 고여 있는 우주.

"사실 어제……."

할 수 없이 우주에게 어제 일을 다 털어놨다. 순간 변해 버린 우주의 표정을 보고 말하지 말아야 할 것을 말해 버린 것을 뒤늦게 깨달은 나. 비틀거리며 벌떡 일어서는 우주.

"우주야!!"

그리고 저벅저벅 골목 끝으로 걸어가는 우주.

"우주야, 안 돼!! 우주야, 너 카페 가는 거지? 우주야!! 신우주!!"

뒤돌아보지도 않는 우주. 걸음이 빨라진다. 꼭 무슨 일이 일어날 것만 같아.

* * *

엔젤로스.

짤랑~

"어? 우주야!!"

"은재규, 어디 있어?"

"대기실에. 그건 왜?? 그나저나 너 퇴원한 거야??"

벌컥!!

민경이의 다친 손을 어루만져 주고 있는 재규.

"우주야!"

무서운 눈. 초점을 잃은 우주의 두 눈. 이미 우주의 눈엔 지원이의 슬퍼하는 모습뿐.

"은재규—!!"

크게 소리치는 우주. 재규는 아무 말 없이 당연하다는 듯 고개를 숙여 버린다. 재규의 멱살을 잡아 올리는 우주.

"내가 얼마나 힘들었어?! 내가 지원이를 너한테 보낸 다음에 얼마나 힘들었어?! 내가 얼마나 힘들어했어, 어?! 너 사람이냐? 생각해 봐!! 어땠냐? 나 얼마나 병신 같았냐? 그래도 지원이가 너 좋아한대서, 지원이가 너 좋대서, 너한테 보낸 거야. 힘들어도 아파도 지원이가 택한 건 너니까!! 지원이를 행복하게 해줄 수 있는 건 나도, 은혁이도 아닌 너 하나뿐이니까—!"

흐르는 우주의 눈물.

"그만 해, 우주야."

난처한 듯 우주를 말리는 민경이.

"내가 좋아하던 그런 해민경이 아냐. 벌써 눈빛부터 이미 해민경 네 자신을 잃어버린걸."

우주의 차가운 눈빛. 다시 천천히 재규 쪽으로 고개를 돌린다. 재규는 아무 말 없이 고개를 숙이고 있을 뿐.

"말 좀 해보지? 왜 지원이가 너 때문에 그렇게 울어야 하는지 말 좀 해봐!! 변명이라도 해야 할 거 아냐!!"

재규가 우주의 두 손을 잡아 살며시 내려놓는다.

"궁색한 변명 같은 건 하기 싫다."

"변명이라도 하라고—!! 니가 미워지지 않게, 니가 싫어지지 않게 변명이라도 해달라고!! 지원이한테도 변명이라도 해, 이 자식아!! 제발 돌아오란 말야. 지원이 앞에서 한없이 어린애같이 굴던 은재규로 돌아오라고."

주저앉아 눈물을 펑펑 쏟아내는 우주. 이내 조용해진 대기실 안. 재규가 우주의 눈물을 닦아준다.

"울지 마. 나 은재규, 후회 같은 거 안 할게. 우주야. 날 좀 지켜봐 줘라."

"니가 바보 같은 짓을 하는데, 잘못된 길을 걷고 있는데, 너 후회할 짓 하는 거 빤히 알고 있는데 어떻게 지켜만 봐줘? 니가 나중에 가서 슬퍼할 거 내가 잘 아는데 어떻게 내가 그냥 보기만 해!!"

"내가 그렇게 한심해 보여? 걱정해 줘서 고맙네. ^-^"

재규가 우주의 머리를 마구 비빈다. 우주는 재규의 손을 뿌리치며,

"치워!! 한 개만 더 알아둬. 나 병신 짓하는 니 꼴 못 봐."

카페 문을 매섭게 열고 나가 버리는 우주. 대기실 벽에 기대앉아 한없이 웃으며 눈물을 짓는 재규.

page 63 그 어리석음의 끝은, 이미 니가 다 깨달았잖아.

지원이네.

"래원인 어디 갔니?"

뒤늦게 들어오신 엄마, 아빠. 어제 할머니가 많이 편찮으셔서 안 들어오셨다.

"친구들 만나러 갔어."

"좀 늦는구나."

"이제 마지막인걸 뭐."

"그래."

나는 2층으로 올라왔다. 밤하늘… 무지하게 이쁘다. 또 서글프게 울고 싶어지는 난 뭐냐고. ㅠ-

부아아앙! 부릉!!

들려오는 오토바이 소리. o_o 나는 창문을 열고 밖을 내다보았다.

"래원아!"

달빛에 비친 래원이의 노란색 머리가 더 반짝거린다. 색색의 머리를

가진 래원이의 친구들.

"누나, 안녕하세요? ^-^"

또 밝게 웃으며 인사하는 승관이. 여전히 잘 웃는다. 우주를 닮았다는 생각이 들어.

"^-^ 으응, 안녕?"

"와! 래원이네 누나야? 안녕하세요!! -0-"

우르르르 우리 집 담벼락으로 모여드는 래원이의 친구들. 헛! 나 잠옷을 입고 있는데……. 나는 최대한 몸을 숨겼다. -_-a

"그만 봐. 닳어, 짜식들아! -0-!!"

래원이가 친구들 뒤통수를 한 대씩 때린다. -_- 심했다, 래원아~

"강지원!! 승팔이가 너 좋아한대!! 아니, 너 사랑한대애!! 꺄아~ 얼레꼴레~ 얼레꼴레~"

오토바이에서 폴짝 뛰어내리더니 방방곡곡 골목 사방을 뛰어다니며 마구 소리치는 래원이. 저, 저 자식이 무슨 개소리를……. -_-;

"저기 승관아, 미안한데 래원이 입 좀 막아서 보내줄래??"

"네."

슬프게 웃는 승관이. 승관이의 웃음은 우주와는 약간 다른 미소. 조금… 애달프다고 할까? 승관이가 래원이의 입을 틀어 막아버린다. 그러더니 뭐라고 중얼대자 꽥꽥 소리 지르던 래원이가 조용해져 나를 빤히 쳐다본다. 오, 승관이에게 의외로 저런 모습이!

"뭘 봐! 강래원, 너 얼른 들어와. 엄마, 아빠 들어오셨어. 내일 아침 비행기라며? 늦잠 자고 비행기 놓쳐라!"

"애기들아, 잘 가~ 엉아 내일 갈 거야. 공항 나오면 죽어. -_-^ 승팔이도 가서 질질 짜지 말고 자라. 눈이 뻘겋다."

래원이는 오두방정을 떨면서 친구들을 보낸다. 나는 창문을 닫았고, 승관이만 묵묵히 창문을 바라보며 서 있다.

"야, 이 자식아! 넌 집에 안 가냐? 스토커 같아. >ㅁ< 어머머!"

"…하하. 저 굳게 닫힌 창문이 나한테 뭐라는 줄 아냐?"

"뭐라는데? ㅇ_ㅇ 넌 창문이랑 얘기도 하니? 신기하구나!"

"넌 어서 돌아가래. 넌 지원이한테 어울리지 않으니까, 어서 돌아가서 잠이나 자랜다. 넌 사랑할 자격 없으니까, 넌 지원이 곁에 있을 수 없으니까."

"와~ 죽이는데? 저 창문 너무 매정하다."

"다 맞는 말인데, 왜 나는 저 창문을 깨버리고 싶을까?"

쨍그랑—!!

"엄마야!!"

창문이 깨졌다. 어떤 새끼야!! 나는 벌컥 문을 열었고,

"아아!! 누나, 미안미안!! 열려 있는 줄 알고."

래원이가 밑에서 손짓한다. 저 자식은 아직도 안 들어오고 뭐 하니?

"얼른 들어와! 춥지도 않냐??"

"알았다니까아! >ㅁ<"

"아우 씨, 이 밤에 어쩌라는 거니?"

나는 어쩔 수 없이 베개를 끌어안고 래원이의 방으로 향했다. 조금 후에 방문이 열리고 래원이가 머리를 툭툭 털며 들어온다.

"어? 누나, 왜 여기서 자? 무섭구나? 내가 재워줘??"

"니가 내 방 창문 깨부쉈잖아. 이 추운 날 어떻게 자라고. ㅠ_ㅠ 바람이

쌩쌩 불어닥치는데!!"

"그건 누나 창문이 너무 싸가지가 없어서 그래."

"뭐어? 이젠 아주 헛소리까지?!"

"킥킥!!"

뭐가 그리 즐거운지 옷을 벗어 옷걸이에 걸면서 연신 킥킥댄다. 젠장, 왜 저리 웃는 거야?

"누나, 침대에서 자. 내가 바닥에서 잘게. >_<"

"너 바닥에서 잘 수 있어? 너 어디 가서도 꼭 이불 몇 겹씩 깔구 잤잖아."

"응, 이젠 괜찮아! 승팔이네서 잘 때는 침대가 없어서 바닥에서 잤거든."

"그래. -_-"

"누나야."

"응??"

"누난 연하가 좋아, 연상이 좋아?"

"글쎄."

"승팔… 아니다. 내 친구 놈 중에 정말 뻔지르르르하게 잘난 놈이 하나 있거든?? 누나 소개시켜 줄까?? 재규 형 외모 뺨치는데."

"그렇게 뻔지르르한 놈이 나를 좋아한대? 나가자마자 너 몰매 맞을걸. -_-"

"아냐아냐!! >0<!! 걔 이상형이 딱 누나라니까!"

"됐네요, 이 사람아. 나 잘 거야. 말 걸지 마. 졸려! 넌 몰라도 난 내일 학교 간다구."

"잘 자, 우리 누부야~"

"……."

"누나… 자?"

"음냐음냐……."

"누나, 짝사랑이란 거… 진짜 힘들더라. 그래서 내가 사랑하는 승팔이는 그 딴 거 안 했으면 했는데……. 나쁜 건 고대로 배운다고 승팔이도 어느새 짝사랑하드라. 키킥! 얼굴 하나 보고 여자들이 줄을 서는데… 휴~ 앞날이 보장되지 않는 미련한 여자를 좋아한다드라. ㅋㅋ 승팔이만큼은 그 딴 거 안 했음 했어. 승팔이만큼은 정말 멋진 사랑하길 바랬다? 근데… 근데 너무 둔한 바보 같은 사람을 좋아하는 바람에 지금 너무 아파해. 너무너무 아파하는데… 어떡하지?"

"어어! 아저씨! 차 세워! 나 지각한다구우. 음냐~"

열심히 자는 지원. 잠꼬대까지 지껄이기 시작한다.

"ㅋㅋ 누나도 짝사랑해 봐서 알 거 아냐, 얼마나 아픈지. 혼자 가슴앓이하는 게 얼마나 아픈 건지 누나가 더 잘 알잖아. 그러니까 조금이라도… 조금만이라도 우리 승팔이 맘 알아주면 안 돼? 승팔이한테 눈길 좀 주면 안 돼?? 휴… 잘 자, 누나……."

다음날 아침.

"늦었다—!!"

벌떡 눈을 뜨니, 래원이는 이미 일어났나 보다. 빠르기도 하시지, 우리 동생. 나는 초스피드로 교복으로 갈아입고 1층으로 향했다. 가슴 아프게 거실에 마구마구 쌓여 있는 래원이의 짐. 그 사이에서 바삐 물건을 챙기는 래원이.

"ㅇ_ㅇ 누나! 엄마가 오늘 학교 가지 말래. 축하해. >ㅇ< 오늘은 공항에 가야 되니까. 멋진 동생 님이 일본엘 가니까."

말을 마치자마자 또 바삐 움직이는 래원이의 하얀 손.

"뭐어? 아이씨, 나 준비 다 했단 말야. ㅠㅇㅠ"

"아, 푸히히! 싫음 학교 가~!!"

"ㅠ-"

번뜩! 내 머리에 떠오른 건 은혜!! 나는 서둘러 은혜의 핸드폰으로 전화를 걸었고,

[여보세요.]

축 처진 은혜의 목소리.

"은혜야! 나야, 지원이. 오늘 래원이 출국하는 거 알지? 11시 비행기야. 올 거지, 그치??"

[선생님 오신다. 끊어. 뚜— 뚜— 뚜— 뚜—]

은혜야~ 너 잊으면 안 돼. ㅠㅇㅠ 너 후회한다!!

page 64 이별은 또다른 만남을 만들겠지…….

"휴우… 다 했습니다. +_+)>"

래원이가 손을 탁탁 털면서 식탁 의자에 앉았다. 오랜만에 가족 넷이 뺑그르르 둘러앉은 식탁. 아침 식사 도중에 누구도 아무 말 하지 않았다.

"키킥! 이것도 마지막이네. 이제 누나 자명종 노릇 안 해도 된다. 지겨

웠지, 참. 엄마 밥도 그리울 거고, 아빠 담배 냄새도 그리울 거고, 누나 못생긴 얼굴도 그리울 거다."

하면서 아무렇지 않게 밥을 북북 긁어먹는 래원이. 물끄러미 래원이를 바라보는 아빠와 나, 그리고 차마 못 보겠다는 듯 고개를 돌려 코를 훌쩍이는 엄마. 엄마는 래원이에게 반찬을 얹어준다.

"아이, 왜 이래? 닭살시럽게. ㅋㅋ"

하더니 꿀떡꿀떡 잘도 넘긴다. 우리 가족은 래원이 빼고 밥을 반 이상 남겨 버렸다.

아침 8시. 시간은 째깍째깍 잘도 간다. 멍하니 앉아 있는 내 등 뒤로…

"어디선가~ 누군가에 무슨 일이 생기면~ 짜짜짜짜짜앙가! 엄청난 기운이이이~ -0-!!"

하더니 소파 옆에 끼워져 있던 내 핸드폰을 빼내 꾹꾹꾹 누르기 시작한다.

"0번을 누르세요, 0번을~ 틀림없이 우리들의 승팔이가 올 겁니다아! -0-"

"-_- 뭔 소리야?"

"누나 핸드폰 0번 꾹 누르면 위험할 때 승팔이가 10분 내에 달려올 거다!! 꺄하하하!!"

하더니 2층으로 올라가 버린다.

* * *

래원이 방.

종이 한 장도 없이 깨끗이 비워진 래원이 방. 어쩐지 좀 쓸쓸하다. 래원이는 방 안 이곳저곳을 쑤셔보더니 지원이 방으로 향한다. 깨어져 있는 지원이 방의 창문. 밤새 바람이 불어서인지 방이 춥다. 래원이는 깨진 창문틀 주변을 어루만진다.

"킥!"

이내 피식 웃음을 흘리는 래원이. 떨어져 있는 유리 조각을 사정없이 짓밟아대는 래원이. 어딘가에 미친 듯싶다.

어젯밤.
"그럼 깨."
"-_- 지원이 누나 다쳐."
"괜찮아. 깨라니까?! 누나 방 창문은 침대 옆에 있어."
"니가 책임질 거냐?"
"응, 내가 책임질게!"
"-_-^"
묵직한 돌 하나를 집어 들고 지원이 방 창문으로 휙 던지는 승관.
쨍그랑—!!
"헉! ㅇ_ㅇ 명중이다!"
끼이—
열리는 지원이 방 창문.
"아아!! 누나, 미안미안!! 열려 있는 줄 알고."
"얼른 들어와! 춥지도 않냐??"
"알았다니까아! >ㅁ<"
래원이가 지원이와 대화를 하고 있는 동안 보이지 않게 대문 앞에 주저앉아 있던 승관이.

"-_-v 거 봐, 이 형님이 책임진댔지? ㅋㅋ 이제 속 시원……. O_O"

입을 가리고 소리 죽여 우는 승관이.

"야! 이 찐따야, 너 울어? 야야!! 찐따 최승팔이!!"

"흐윽… 흡!"

소리가 크게 새어 나오려 할 때쯤 더 꽉 짓누르지만 계속해서 눈물이 뚝뚝 바닥으로 흘러 흩어진다.

"병신. 유리창 시원하게 홈런 해놓고 울긴 왜 울어?"

어깨를 들썩이는 승관이.

"울어라. 승팔아, 이제 나 일본 가면 너 달래줄 새끼 없다."

고개를 들어 래원이를 쳐다보는 승관이. 계속 흐르는 눈물.

"윽, 추하다. 그냥 고개 숙여라."

하더니 래원은 승관이를 무릎 위에 눕힌다.

"흐윽… 흑! 흑!"

"고만 좀 해!! 지겹지도 않아? 좋아한다고 말해!! 뒤에서 지켜보면서 이유없이 힘들어하느니, 차라리 명확한 이유로 슬퍼해라."

"뻔한 결과에 더 울 거 잘 아니까 안 하는 거야, 병신아. 하여간 생각이 없어요, 도대체가. -_-+"

승관이는 벌떡 일어나 말한다.

"야! 그렇다고 언제까지!!"

주먹으로 래원이 이마를 툭 밀쳐 내는 승관이.

"짜식, 강래팔 사람 됐네? 이 형님 걱정도 해주고. 오오~ 술 사줘야 되겠는데? 그런데 이걸 어쩌나? 지금 더 마시면 내일 비행기에서 떨어진다고 발악하는 거 아냐?"

"킥!"

"…일본 안 간다며? 너 강 씨 집안 아들 맞다며?"

"맞아. 아들… 강 씨 집안 멋쨍이 아들 강래원."

"일본 안 갈 거라며? 은혜 붙잡을 거라며? 은혜 누나 꼭 니 꺼로 돌린다며? 은혜 누나 평생 사랑하면서 한국에 눌러 살 거라며!"

"그만 해."

"은혜 누나 사랑하잖아!! 그럼 가서 잡아, 병신아!!"

"니도 병신. 나도 병신. 하하."

"너 울지 마! 강래원, 니 눈 진짜 이쁜 거 알아? 울지 말라고. 너 울게 하는 거 놈이든, 년이든 내가 다 밟아줄 테니까 울지 마."

"딱 하나, 우리 누나 빼고 다 밟아줄 거지? 킥!"

"말이라고 하냐?"

"이제 들어가라, 춥다."

"그래, 내일 너 가면 언제 보냐?"

"100년 후쯤?"

"맞고 싶어?"

"아니, 죽고 싶어. >ㅁ<"

"3년 안에 돌아와라. 아님 나 너 안 본다."

"보지 말아라~!! 나 너 안 봐도 됩니다요. >ㅁ<"

폴짝폴짝 뛰기 시작하는 래원.

"나 그럼 너랑 한 약속 깨버린다. 지원이 누나 덮쳐야지. 후훗!"

"꺄악! 꺄악! 너… 너!!"

"걱정 마, 짜식아. 진짜 덮칠까 봐? 난 진짜 사랑하는 사람이면 내 목숨 걸고 아껴. 너도 알잖아."

"쳇! 알긴 뭘 알아! 이 변태 자식! 믿을 수 없어! 없어!"

"강래원!!"

"알아, 이 자식아. 그걸 모를까 봐? 오올~ 멋지네! >ㅁ<"

"얼른 들어가라, 이 형님 춥다아!!"

승관이가 래원이를 대문 안으로 밀어버린다. 승관이가 대문을 닫아주며,

"^-^ 잘 가라, 래원아."

토옥!

한 방울 뚝. 의리하면 강래팔, 최승팔, 크로스!! +_+

"야!! 강래원! 너 뭐 해!! 다쳐!!"

내가 방에 올라갔을 때, 핏물로 물들여진 내 방. 래원이 이 자식은 피랑 웬수를 졌나. 연실 피를 질질 흘리는 래원이의 불쌍한 발. ㅜㅜ 어젯밤에 깨진 창문 조각들을 무참히 밟고 있다. 아무 곳도 주시하지 않은 채. 나는 래원이의 허리를 붙잡고 늘어졌고, 래원이는 그럴수록 눈물만 흘리며 미치도록 날뛰었다.

"강래워언—!!"

우뚝!

멈춰 서는 래원이.

"승팔이… 승팔이."

"뭬?"

"누나야, 아아아악!! >ㅁ< 아파!!"

"얼른 와! 미쳤냐! 약 발라줄게. 으유으유~ 이 진상!"

"우우웅. 너무 아프다. ㅠ_ㅠ"

래원이는 엉덩이로 계단을 내려온다. 집안 곳곳에 찍찍 피를 묻혀놓는다. ㅠ_ㅠ

"우억—!! 아프다. 아파요, 아파. 꺄악~ 아기가 나오려고 해!!"

래원이가 내 머리를 움켜잡고 계속 신음을 토해낸다. 이러다 나 대머리되는 거 아니냐고. ㅠ-!!

"너 왜 갑자기 유리 조각 위에서 그리 날뛰었던 거냐?"

"사랑하는 그녀 곁은 내가 갈 수 없는 곳~ 바로 눈앞에 있는데~ 바로 코앞이 그녀 옆인데~ 왜 나는 다가설 수 없는 걸까아~ 이걸로 만족해야지. 그녀를 볼 수 있는 것만으로도~ 그녀를 바라보는 것으로도 충분히 행복하니까아~ 유유유유유~ 휴휴휴휴휴~ 라라라라라~ 리리리리리~"

이상한 노래를 지껄이는 래원이. 정신까지 이상이 오는 건 아닌지. 양쪽 발에 붕대를 감은 래원이. -.-;

"꺄악꺄악! 최신 양말! 우후우후~"

아픈 발로 또 방방 날뛴다. 도대체… 저거 사람이니?

벌써 9시가 다 되어간다. 서둘러 출발하지 않으면 늦겠다. 엄마, 아빠는 서둘러 래원이의 짐을 차로 옮기고 래원이는 계속 아까 그 노래를 흥얼거린다. 우리 예쁜 래원이 얼굴… 그리울 텐데…….

page 65 The End. 언제나 나는 Start.

"누나! 얼른 타아!! 누나만 내버려 두고 간다!!"

래원이가 뒷좌석 창문을 내리고 빠꼼히 고개를 빼낸다. 나는 흐르려는 눈물을 서둘러 훔쳐 내고 차에 올라탔다. 계속 똑같은 노래를 중얼거리며 창문에서 눈을 떼지 못하는 래원이.

스윽—

세명고 앞을 지나쳐 가고,

"래원아아아아—!!"

차에 탄 래원이를 알아보고 뛰쳐나오는 래원이의 친구들.

"아빠아빠, 달려! 달려! 꺅꺅!!"

창문을 보면서 계속 말하는 래원이. 엉덩이가 들썩거린다. 마음은 벌써 친구들 곁일 텐데… 그나저나 은혜는 정말 안 올까?

래원이는 지쳤는지 내 어깨에 기대 잠이 들었다. 래원이의 얼굴… 연분홍 입술에 샛노란 머리, 가짜 속눈썹처럼 길고 이쁜 속눈썹. 래원이의 얼굴을 토닥여 주었다. 그러곤 나도 래원이의 머리에 머리를 기대 잠이 들었다.

*　　　*　　　*

세현고.

"184쪽. 민은혜 니가 읽어봐."

옆으로 쭉 올라간 안경을 치켜올리며 재잘대는 일명 마녀 선생. -_-

"……."

"민은혜, 뭐 해? 읽으라니까!"

"은혜야, 은혜야."

은지가 은혜의 옆구리를 쿡쿡 찌르자 깜짝 놀라는 은혜.

"너 읽으래. ㅇ_ㅇ"

"선생님! 지금 몇 신가요?"

"뭐?"

"지금 몇 시예요!!"

"9시 15분이다."

"선생님, 나 조퇴!!"

은혜는 가방을 들고 교실을 박차고 나가 버린다.

"야, 민은혜! 너 거기 안 서? 야! 민은혜!! 민은혜!!"

"11시… 11시… 래원아…… ."

뒤늦게 택시를 잡아탄 은혜.

"아저씨! 더 빨리요!!"

은혜는 택시 안에서 버럭버럭 소리를 지른다. 택시 아저씨… 초보 운전이다. 아하하, 불쌍하여라.

     *   *   *

"벌써 10시 30분이야. 휴… 애들 깨워."

"얘들아, 일어나. 내리자. 다 왔어."

"우움……."

"꺅꺅꺅! 공항이야! 와우와우! 비행기 봐봐! ㅇ_ㅇ"

"-_- 너도 곧 탈텐데 뭐."

래원이는 짐을 들고 콩콩콩 공항 안으로 들어간다. 지금 시각 10:30. 은혜야, 너 정말 안 오는 거야? 그런 거야? 이제 30분밖에 안 남았다. 째깍째깍… 11시를 향해 마구 내달리는 시계. 시간을 돌려놓고만 싶다. 은혜야, 제발······.

"아, 왜 이케 길어!!"

래원이가 가만히 앉아 있다가 벌떡 일어선다. 은혜야······. 나는 두 손을 꼬옥 쥐고 기도를 하기 시작했다. 하느님, 부처님, 알라신··· 이 세상 신들이여, 은혜가 올까요??

"래원아—!! 헉. 헉."

맞은편에서 헉헉대며 소리 지르는 건··· 은혜닷! ㅠㅇㅠ 은혜야, 왔구나! 래원이는 순간 인상을 찌푸린다. 그러더니 은혜 쪽으로 걸어간다. 나도 살금살금. -_-^

"하아. 하아. 래원아, 간 줄 알았어."

"여긴 뭐 하러 왔어?"

"래원아······ ."

"가슴 아프게 여긴 왜 왔어!! 왜 자꾸만 기대하게 만들어!! 왜 자꾸만 날 바보로 만들어!! 얼마만큼 가야지 속이 시원하겠어!! 얼마만큼 니 손에 놀아나야 속 시원하겠냐고!!"

래원이가 은혜 어깨를 꽉 부여잡고 크게 소리친다. 지나가던 사람들의 시선이 우리 쪽으로 쏠리고,

"뭘 봐!!"

래원이가 크게 소리치자 다시 바쁘게 움직이는 사람들.

"래원아, 가지 마. 안 가면 안 돼? 래원아, 이렇게 부탁할게. 정말 안 가면 안 되겠어? 나··· 너 사랑해. 래원아, 널··· 너무 사랑해. 단 한 순간도··· 잊어본 적 없어, 래원아."

래원이의 옷깃을 잡고 매달리는 은혜. 자존심이 무척 강한 은혜는 이

렇게 누구에게 애원하거나 부탁한 적이 없다. 사랑하는 사람이기에 저렇게 매달릴 수 있는 것 같다.

"흐윽… 흑!"

은혜는 마침내 주저앉아 버렸고, 래원이는 그런 은혜를 한없이 내려보다가 은혜 앞에 쪼그리고 앉는다.

"은혜야… 은혜야… 민은혜… 얼굴 좀 들어봐, 울지만 말고. 마지막인데 얼굴 기억해 놓구 가야지. 그래야 안 그립잖아."

"흑! 래원… 흑!"

"우리 마지막으로 만난 날… 니가 사랑한다고 말해 주면 너 잊겠다고 했을 때… 니가 사랑해란 말 안 해주길 바랬다? 사랑해란 말 해주면 나 너 잊으란 소리잖아. 그런데 사랑해라는 말을 듣는 순간 눈앞이 깜깜해져 버렸어. 그래, 결국 잊으란 소리구나 하구. 그런데 아직까지도 못 잊었네. 약속 못 지켰어. 미안해."

"래, 래원아."

"이젠 정말 안녕해야겠네. 정말정말로 잊어야겠네. 은혜가 나 사랑한다고도 해줬으니까. 이젠 아프지 마. 이제는 내가 대신 아파해 줄 수도 없잖아. 이젠 슬퍼하지 마. 내가 대신 슬퍼해 줄 수도 없잖아. 웃어줘, 은혜야. 마지막이니까, 이제 여기서 The End 해야 되니까 한 번만 웃어주면 안 돼? 나 죽을 때까지 은혜가 웃으면서 행복하게 살면 그걸로 족해. 응? 한 번만 웃어줘. 나 평생 은혜 웃는 걸로만 생각할게."

은혜가 고개를 들고 눈물을 손등으로 슥슥 문지르고는 애써 밝은 표정을 짓는다. 그렇치만 흐르는 눈물은 변함이 없었고,

"하하. 눈물 범벅해서 웃으니까 웃긴다. 그래도 이쁘네, 우리 은혜. 아

니, 은혜 누나. 그래, 나 뒤돌아보지 않을 거니까 계속 웃고 있어, 계속. 이 세상 어디 있든 나 은혜 누나 안 잊을게. 그러니까 은혜 누난 계속 내 추억 속에, 기억 속에 언제나 행복하게 웃고 사는 은혜로 있어줘."

"래원아… 흐윽. 흑!"

"나 간다."

래원이가 은혜 이마에 뽀뽀를 한다. 은혜는 더 크게 울어 젖힌다. 래원이는 떨어지지 않는 발길을 애써… 돌려 버린다.

"래원아!!"

"아씨, 좀 더 멋있게 하려니까 막상 생각이 안 나네. ^-^"

눈물을 흘리는 래원이. 피식피식 웃으면서 계속 눈물을 흘리는 래원이.

"엄마! 아빠! 나 가요! 누나! 나 갈게!! 요우요우~ 보고 싶을 거야. ^-^"

엄지손가락을 치켜들더니 점점 출국장 안으로 사라져 간다. 래원이의 노란 머리카락이 한 올도 보이지 않는다. 나는 은혜에게 달려갔고 은혜와 둘이 부둥켜안고 울기 시작했다.

"흐윽! 래원아―!!"

만남이 있으면 이별이 있단 말… 순 거짓말. 사랑이 있으면 이별이 있을 리가 없잖아. 다만 아주 가끔… 예외도 있어. 이곳에서 우린 THE END.

* * *

비행기 안.

"웃차!"

래원이는 자리에 앉아 턱을 괴고 창밖을 바라본다.

"비행기가 이륙하겠사오니……."

주절대는 스튜어디스. 아무것도 들리지 않는다. 계속 한없이 눈물을 흘려낼 뿐.

은혜 누나야, 잘 있어. 래원이 이제 간다. 울면 안 돼, 알았지?? 내 마음 더 아플 거니까. 나보다 더 멋진 놈 만나서 꼭 행복해야 돼. 비록 같은 땅을 밟고 있는 건 아니지만, 그래도, 같은 하늘 아래 있으니까. 일본이랑 한국 가깝잖아. 같은 하늘에 같은 공기 마시면서 공존하니까, 더 이상 그리워하는 바보 같은 짓 하지 말자. 알았지? 누나… 은혜 누나… 내가 너무… 사랑해. 누난… 그냥 내 가슴속에서 언제나 웃는 은혜가 되어줘.

유난히 새파란 하늘. 누구나 망쳐 놓고 싶은 너무 하얀 구름들. 저런 하늘도… 질식해 버릴 만큼… 나 은혜 없으면 어떻게 살지? 생각조차 안 해 봤는걸…….

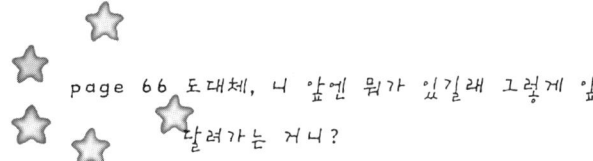

page 66 도대체, 니 앞엔 뭐가 있기래 그렇게 앞만 보고 달려가는 거니?

"안녕히 가세요……."

은혜가 엄마, 아빠한테 인사를 꾸벅하더니 사람들 사이로 스며들어 간다. 휴… 또 어디 가서 쪼그려 울는지…….

지원이네.

역시 허전하다. 이럴 줄 알았는데도 허무하다. 빈자리에 익숙해지는 것은 사랑하는 사람을 잊어야 하는 것만큼 쉽지 않을 텐데. 아빠도, 나도, 엄마도 몇 달간은, 아니, 평생… 언제까지가 될지 모르지만 래원이를 그리면서 울지도 모르지. 나는 래원이 방으로 발걸음을 옮겼다. 차가운 방바닥. 아무것도 없는 새하얀 방. 그리고 벽에 걸려 있는 래원이의 브로마이드. 팬들이 만들어준 거라며 좋아서 방방 뛰던 그 사진. 참 이뻐. 이젠 사진 속에서만 볼 수 있는, 사진에 박혀 버린 래원이. 나는 벽에서 래원이의 사진을 떼어냈다. 그리고 가슴에 품었다. 알 것 같아, 래원아. 니가 얼마나 힘들었을지… 얼마나 아팠을지… 항상 웃기만 하던 래원아, 누구보다도 강했던 내 동생 래원아…….

"흐윽… 흑!"

나는 소리 내어 울기 시작했다. 래원이의 그리움 반. 재규에 대한 아픔 반.

*　　　*　　　*

엔젤로스.

"왜 오늘은 니들뿐이냐?"

재영이가 카페에 들어서자마자 조금 허전한 카페 모습에 실망한 표정이다.

"지원이 동생이 오늘 일본으로 출국해서요. 그래서 학교도 안 왔어요."

"아, 그 노랭이? 일본 갔구나. 아침마다 재규랑 세트였는데… 이제 없어지는구나. 아, 이제 너 승관이랑 같이 하면 되겠네."

강우가 약 올리듯 재규의 어깨를 톡톡 건드린다.

"최승관, 내 앞에서 그 새끼 이름 꺼내지 마."

"왜?"

"지워, 아니, 최승… 걔 너무 촐싹대잖아."

재규가 어린애처럼 입이 퉁퉁 부어오른다. -0-

"야야, 은재규 니가 몰라서 그래. 승관이 얼굴 정도면 되지. 싸움도 솔직히 니보단 잘해, 임마. 나이 더 처먹었다고 유세냐?"

재영이가 재규의 뒤통수를 툭툭 때리며 말한다.

"-_-^"

재규가 휙 돌아보자 재영이가 흠칫 놀라며 무대 쪽으로 고개를 돌린다.

딸랑~

문이 열림과 동시에 민경이가 들어온다. 양손엔 커다란 봉지가 들려있고 그 안에는 키위가 담겨져 있다.

"어? 은지도 있었네. 우리 키위주스 먹자~ 내가 만들어줄게! 와와, 사람 많다! 키위주스. +_+"

민경은 키위들을 딸랑딸랑 흔들며 주방으로 들어갔다.

"-_- 나, 난 갈래."

강우가 은지의 손을 붙잡고 나가려 한다.

"어디 가!! 니네끼리만 살겠다는 거냐?!"

재영은 강우의 목덜미를 잡으며 자리에 앉혔다.

"형, 난 도저히 못 마셔요. 이래 봬도 곱게 자라서 비위가 안 좋다구요! ㅜ^ㅠ"

하더니 은지를 데리고 후닥닥 나가 버리는 강우.

10분 뒤.

"자아, 키위주스다. 어? 강우는? 은지는!!"

민경이가 키위주스가 가득 담긴 유리잔들을 들고 나온다.

"갔어."

"그럼 재영 오빠가 두 잔 마셔! 그 다음에… 음, 넌 이름이 뭐니?"

민경이가 지현이에게 키위주스를 건네며 말한다.

"알아서 뭐 하려구?"

지현이 심하게 경계 중.

"응? ㅇㅇㅇ"

"알아서 어따 팔아먹게? 그 딴 걸 왜 물어보냐고!"

"그냥~ 궁금하잖아."

"별게 다 궁금하네."

하더니 은혁이가 있는 대기실로 휙 들어가 버린다.

"흐응~ 그럼 재규랑 재영 오빠랑 나랑 다 마시면 되겠다. ^-^*"

"야야야, 난 절대 사양이다."

"마셔!!"

참고로 아무도 말해 주진 않았지만 민경이가 만든 키위주스는 말 그대로 최악이었다.

"우에에에에엑!!"

재영은 그 자리에서 키위주스를 뱉어버렸다. =ㅠ=

"증말 맘에 안 들어."

지현이가 대기실 문을 쏘아보며 말한다.

"뭐가?"

은혁이가 드럼 스틱을 획획 돌리며 악보를 보면서 흥얼거리다가 지현의 이상한 행동을 보고 묻는다.

"-0- 저 호랑이 새끼가 물어온 년 같은 기집애! 지가 뭔데 맨날 여기 와 있니? 어우, 참."

"호랑이 새끼가 물어온 년? 그건 또 무슨 소리야? 아, 쟤가 해민경이야. 들어봤지?"

"ㅇ0ㅇ 뭐?"

"지원인 요즘 어때?"

"울상이지 뭐. 어쩐지!! 표정이 죽을상이드만!! 저 기집앨 그냥 확!!"

팔을 걷어붙이는 지현이. 킥킥 웃는 은혁이.

"돌아갈 수 있겠지?"

지현이가 걱정스레 묻는다.

"그러길 바래야지."

*　　　*　　　*

그날 저녁, 지원이네.

"밥 먹어라."

우중충한 우리 집. 나는 부어버린 눈을 매만지면서 식탁으로 향했다. 밥과 국이 4그릇, 수저도 4개, 젓가락도 4쌍.

"엄마, 밥 4공긴데?"

"응? 아아."

민망한 듯 엄마는 한 공기를 밥솥에 다시 덜어놓는다. 습관이라는 거… 이제 알겠네.

＊　　　＊　　　＊

재규네.

"꺄아아아아—!!"

주방에서 들리는 고함.

"아씨, 너 또 뭐야!!"

재영이가 오락기를 만지다 주방으로 가서 버럭 소리를 지른다.

"ㅠ_ㅠ 오빠아~ 내, 냄비 손잡이가……."

민경이 된장찌개를 끓여 옮기다가 냄비 손잡이가 떨어져 버렸다.

"젠장. 제발제발… 주방에 들어가질 마!! 내가 한다니까??"

재영이가 걸레질을 하며 민경을 다그친다.

"우엉엉~ ㅜㅁㅠ"

"울지 마!! 뭐 잘한 게 있다고!! 냄비 손잡이 떼놓고, 접시도 다 깨놓고! 칼날까지 다 뭉개놓은 주제에!"

"ㅠ_ㅠ"

"뭐가 이래 시끄러?"

재규가 느릿느릿 걸어온다.

"-O- 아이씨!! 이 아줌마가 또 일 저질렀지!"

재영이가 더 세게 걸레질을 한다.

"오빠, 내가 할게~ㅠoㅠ"

"절루 가 앉아. 또 무슨 일 내려고!"

"ㅠ_ㅠ"

"뭐 그런 거 가지구 그러냐? 냄비가 꼬물인 걸."

재규가 민경이의 어깨를 팔로 감싸 거실로 데려간다. 한마디로 주방에 있지 말라, 이런 뜻이랄까? -_-;

"ㅠ_ㅠ 일부러 그런 게 아니라… 갑자기 뚝 떨어져 버리는 걸 어떡해 애!"

"괜찮아, 괜찮아. 재영이 자식이 괜히 심통 부리는 거야."

"ㅠㅇㅠ 흑!"

재규가 민경을 품에 안아준다.

"후엉어어어엉! ㅠㅇㅠ"

더 크게 울어 젖히는 민경이.

"재규야, 배고프지? 미안해."

"……."

대답이 없는 재규는 시선이 없다.

"은재규!"

"어? 어."

"뭔 생각해?"

"아니야."

용기가 필요한 거죠. 내게 아직은 그녀를 붙잡을 용기가 없는 거겠죠.
돌아갈 순 없겠죠. 이미 그녀 마음에 깊은 상처를 남겼을 테니…….
가슴속에 무너진 그녈 위한 내 마음도 이제는 산산조각나 버린 거겠지만, 그래도 아직 난 그댈 잊지 못했죠.
차라리 우리 사랑하지 말 걸 그랬죠. 미안해요… 미안해요.

"야야야야!!"
"으응?"
"너 자꾸 무슨 생각해!"
"아냐아냐, 아무것도 아냐."
자꾸 눈앞에서 서성이는 지원이 모습. 하아, 내가 지금 뭘 하고 있는 거지? 은재규, 너 지금 뭔 짓 하는 거냐?

그날 밤.
지이이이잉— 지이이잉—
"아~ 이 야밤에 누구야?"
징징대는 내 핸드폰. 핸드폰을 확 열어젖혔다.

「잠이 안 와. -재규.」

뭐야? 이제 와서 어쩌라구? 이미 난 니 곁에 있을 수 없게 되어버렸는데… 이렇게 만든 것도 너면서… 난 어떻게 해줘야 하는 거니? 나는 핸드폰을 꾹꾹 누르기 시작했다.

「얼른 자야지. 내일 학교도 가는데. 이젠 미련…」

나는 반쯤 쓰던 문자를 지우고 핸드폰과 배터리를 분리시킨 뒤 그대로 잠이 들었다.

재규 방.

밤새도록 뒤척이는 재규.

"하아."

눈물을 흘리고 있는 재규. 손엔 핸드폰이 꼭 쥐어져 있다. 핸드폰 액정을 보고 또 보고… 이렇게 미치도록 아파할 거면서… 후회할 거면서… 왜?

page 67 한참 달리다가 숨이 가쁠 땐, 한 번쯤 뒤를 돌아봐도 좋잖아.

"야, 은재규! 그만 좀 뒤척여. 니 침대 소리 때문에 잠을 못 자잖아!!"

재영이가 들어와 빽! 소리 지른다.

"혀엉……."

"ㅇㅇㅇ 너 방금 뭐랬냐??"

재영이가 재규의 이불을 확 걷어버리자 마를 새 없이 눈물을 흘리는 재규의 두 눈.

"왜 울어?"

이맛살을 찌푸리는 재영.

"지금 이게 뭐 하는 짓인가 싶네."

몸을 웅크린 채 피식 웃음을 흘리는 재규.

"난 니가 이해가 안 간다. 병신같이 아파할 거면, 아예 움직이질 말았어야지. 그냥 니 자리 지켰어야지. 지원이 계속 웃게 놔두지. 아니면, 우주나 은혁이, 아프게 하면서까지 니 꺼 하지 말지 그랬어?"

"나도 힘들어!!"

"니가 힘들어? 그래!! 지원이보다 힘든 사람이 누가 있는데? 우주만큼 슬픈 사람이 누구야! 은혁이만큼 가슴이 텅 빈 사람이 누군데!! 난 너처럼 후회할 짓은 안 해!! 너처럼 바보 같은 짓 하면서 많은 사람들 아프게 하진 않아! 적어도, 적어도 난 내가 정말 사랑하는 사람이라면 목에 칼이 들어와도 절대 아프게 하지 않아."

끼이—

"음… 왜 이렇게 시끄러워? 재영 오빠, 이 시간에 어디 가!!"

"알아서 뭐 하게. 너도 얼른 일본으로 돌아가! 더 이상 재규 흔들지 말란 말야!!"

쾅—!!

매섭게 닫혀 버린 문. 재영은 담배 한 개비를 입에 물고 골목을 빠져나간다. 민경은 서둘러 재규 방으로 향한다. 눈물로 범벅이 되어버린 재규의 얼굴.

"왜 우는 거야?"

"아냐, 아무것도. 가서 더 자."

"……"

민경은 아무 말 없이 재규를 내려보다가 키스를 한다. 그런 민경이를 뿌리치는 재규.

"지금 뭐 하는 거야?"

"…나 너 좋아해. 아주 오래전부터 널 정말 좋아했어."

"민경아……."

"^-^ 일본에 가 있는 4년 동안 니 생각 많이 했어. 아직 내 안에 재영 오빠의 여운이 남아 있지만, 그래도 말이지… 널 좋아하는 이 마음이 재영 오빠에 대한 감정을 점점 억누르기 시작했어."

"민경아, 미안하다."

"지금 그거… 무슨 뜻이야?"

"나 널 사랑해 줄 자신이 없어."

"너… 지원이 버리고 나한테 온 거 아냐? 너… 나 좋아하는 거 아니었냐구!!"

재규에게 키스하려 하는 민경. 재규는 민경의 어깨를 확 잡아 세운다.

"사랑해!! 사랑한다구!! 강지원보다 내가 더!! 내가 더 먼저 사랑했다구! 몇 년 전부터!!"

버럭 목이 터져라 소리치는 민경. 민경을 조심스레 안아주는 재규.

"널 기다린 건 단순한 죄책감이었고, 넌 이미 내게 추억일 뿐이야. 니가 돌아와 준 건 정말 고마워. 하지만 내게 생긴 불면증 따윈 널 위해서가 아니라 지원이를 찾기 위한 방황이었어. 지금 내겐 지원이가 더 소중한 것 같다."

짜악!!

민경의 손이 매섭게 재규의 뺨을 치고,

"더 때려. 나 죽을 때까지 때려도 돼. 근데 우리 억지는 부리지 말자."

"내가… 내가 4년 동안 어떻게 버텨왔는데?! 내가 그 험난하던 4년을 얼마나… 힘들게… 힘들… 흑!"

"민경아."

"놔!! 괜한 동정심 같은 거 갖지 마!! 더 비참해지고 초라해지는 거 니가 잘 알잖아."

쾅!!

민경은 방으로 가서 짐을 챙기기 시작했다. 강해 보이던 민경도 사랑 앞에 무너져 버리면 무참히 약해진다. 그러나 재규의 마음은 거기까지 알 만큼 넓지 못하다. 이미 지원이로 가득 차버린 마음엔, 4년 전 추억의 민경이 따윈 아주 작은 자리일 뿐이니까.

"민경아! 뭐 하는 거야! 이 밤에 어딜 간다구!!"

재규가 뜯어말리기 시작했지만, 이래 봬도 싸움 랭킹에 들던 민경이다. 주먹으로 재규의 얼굴을 강타하자 뒤로 넘어져 버린 재규. 얼얼한 얼굴을 어루만지는데,

"나 그렇게 순진한 애 아니야. 단순한 기집애도 아니고. 누구처럼 바보 스럽지도 못해. 이젠 다 됐다고 생각한다면 아주 큰 오산이야."

눈물 한 방울을 재규 볼에 떨어뜨리고 휑하니 나가 버린 민경이. 대문 앞에 앉아 담배를 태우던 재영이가 깜짝 놀라 민경을 올려다본다.

"그게 다 뭐냐? 너 정말 일본 가냐?"

"오빠, 내 안에서 제발 좀 사라져 줄래?"

"뭔 소리야? 애초부터 니 마음속 따윈 들어가고 싶지도 않았어. 왜 이러셔!"

"나 재규가 너무 좋은데… 재규를 보면 볼수록 오빠가 겹쳐 버린다구!! 제발 내 안에서 오빠를 없애줘."

민경이가 울기 시작한다. 재영이가 툭툭 털고 일어나더니 담배 한 모금을 입에 가득 물더니 키스를 하듯 담배 연기를 민경의 입 안으로 넘긴다.

"후우~"

"콜록콜록! 뭐야!!"

"너 바보지? 너 날 못 잊은 게 아니라 괜한 핑계를 대고 있는 거잖아. 너 재규한테 차였지? 그러니까 일부러 내 핑계를 대는 거야! 난 이미 니 안에서 지워진 지 오랩니다! 니 맘속에 있기도 싫어. 으우~ 너 같은 스타일은 절대 내 스타일 아니거든? 생각만 해도 끔찍해, 끔찍해. 얼른 집으로 들어와! 이 야밤에 여자애가 어딜 가겠다고."

재영이가 민경 양손에 들린 짐을 뺏어 들고 집 안으로 척척 걸어간다. 그리고 현관 문고리를 잡고 말한다.

"조금만 더 생각하면, 진실을 알게 될 텐데… 이제는 좀 인정할 때도 됐는데……."

끼익—

집 안으로 들어가 버리는 재영. 민경은 아무 소리 없이 재영을 쫓아 들어간다. 소파 위에 앉아 얼음 찜질을 하는 재규. 벌겋게 부어오른 재규의 뺨.

"와~ 재규야, 니 얼굴 볼 만하다. 풉! 야, 빨랑 들어와! 바람 들어온다."

끼익— 탕!

민경이가 쭈뼛쭈뼛 들어와 재영을 따라 후닥닥 올라간다. 민경이 방에 짐을 던지는 재영.

"얼른 자라. 그리고 비행기표는 내가 마련해 줄 테니까 일본으로 돌아가."

"오빠, 난 안 가!"

"그럼 내가 보내."

"재영 오빠!!"

"잘 자라."

끼익— 탕!!

"얼른 올라와, 은재규. 또 밤샐 거냐?"

"먼저 자."

"민경이가 돌아오면 편히 잘 수 있을 거라며?"

"몰라."

"거 봐, 넌 강지원 없으면 아무짝에도 쓸모없는 빈 깡통일 뿐이야. 얼른 니 마음 다스려라. 지원이가 너에 대한 마지막 희망까지 버리기 전에. 정말이야. 지원이가 너 다 잊어버리기 전에 달려가."

끼이— 탁!

"하."

사람이 그리울 때, 애써 그 사람 생각을 하지 마. 볼 수 없어 더 그리울 테니. 그리고 떠나간 그 사람에겐 더 이상 그 무엇도 바라지 마. 그 이상을 바란다면 너무 큰 욕심이니까. 그 사람이 내게 줬던 그저 행복했던 과거들을 간직한 것만으로도 감사해야 해. 그 사람 덕택에 행복함을 느낄 수 있었고, 사랑을 느낄 수 있었고, 슬픔을 느낄 수 있었고, 기쁨을 느낄 수 있었으니까… 난 그걸로도 만족하니까.

page 68 가슴이 아픈 것쯤은 아무렇지도 않아.
단지 당신이 웃는 그것이 더 슬퍼.

잡을 수 있다면 그것이 최선의 방법. 잡을 수 있을 때, 그것이 최고의 행복.

담날 아침.

소파에 기대어 혼이 나간 듯. 치지직거리는 TV만 바라보는 재규. 무슨 생각으로 밤을 지새운 건진 아무도 모른다.

"학교 가야지, 야야."

재영이가 재규를 흔들고, 재규는 알았다는 듯이 고개를 몇 번 끄덕이더니 화장실로 직행한다.

지원이네.

눈을 감아도 흐르던 눈물은 래원이에 대한 그리움. 덤덤하게 재규를 보냈던 그 야릇했던 마음이 어젯밤 드디어 터지고 말았다. 나는 일어나자마자 거울 앞에 섰다.

"=_= 제길."

괴물이 되어버렸다. 괴물이 되어버려도 좋으니, 재규를 한 번만 더 붙잡을 수 있다면. 조심스레 한 계단 한 계단씩 밟고 내려온 거실은 분주하던 아침과 다르게 싸늘하다. 아침부터 넥타이를 휘두르며 방방 뛰어야 할 래원이의 모습이 온데간데없고, 그저 과거가 되어 있을 뿐이었다. 바로 어제 일인데도… 이젠 과거가 되어버린 래원이.

"다녀오겠습니다."

힘차게 내디딘 내 발걸음. 내가 한 걸음 내딛었을 때, 바로 앞에 승관이가 서 있었다.

"누나."

오렌지 빛 머리를 삐쭉하게 세우고 입김을 호호 불며 나를 반기는 승관이.

"엇! 여긴 웬일이야??"

"^-^ 학교 가야죠."

내게 하얗고 큰 손을 내미는 승관이. 멋쩍다는 듯이 씨익— 하얀 치아를 드러내며 웃는다. 어쩌면 승관이는 내게 래원이를 선물해 주기 위해 아침부터 찾아왔을지 모른다 생각이 들었다.

"우악! 손 떨어져요!!"

계속 내게 손을 뻗고 있던 승관이가 안 되겠는지 소리를 친다.

"얼른 가요! 지각해요."

나는 승관이의 손을 잡고 펄쩍 오토바이 위에 올랐다.

"출발합니다!"

부릉! 부아앙!

힘차게 출발한 오토바이. 승관이의 허리를 꼭 붙들고 있는 나. 승관이는 뭐가 좋은지 계속 킥킥 웃는다.

끼익—!

"^ㅇ^ 다 왔습니다!!"

"헉헉. 벌써?"

아하하! 학교가 울렁울렁댄다. 꺄아!!

"그래, 너두 얼른 학교 가야지. 늦겠다. ^-^"

"누나, 그럼 갈게요!"

손을 휘휘 휘두르며 유유히 사라지는 승관이와 오토바이.

"엄머엄머! +_+ 지원아! 쟤 승관이 아니니? 쟨 어떻게 꼬셨니? 능력도 좋구나!"

난생처음 보는 여자애들이 바글바글 쫓아온다.

　　　　　　*　　　　*　　　　*

세명고.

옆 파출소에 오토바이를 세워두고 학교로 들어가는 승관이. 세명고는 1학년만 공학이다.

"승관이 머리 색깔 바꿨다! >O<"

수군수군대는 여자애들. 현관에 다다른 승관이. 현관에 주우욱— 앉아 있는, 요즘 들어 많이 출현하는 래원이의 친구들.

"어? 승관이 머리 바꿨네? 래원이보다 쫌 찐하다. 래원이 머리 같은 색깔은 싫다며?"

친구들이 승관이의 머리를 마구마구 비벼댄다.

"-_- 하지 마. 스타일 망가져."

승관이의 한마디에 손을 다다다닥 떼어내는 친구들. 승관이는 귀찮다는 듯 머리를 다시 매만진다. 승관이와 래원이의 성격은 완전 반대다. 그 둘이 친구가 될 수 있는 이유는… 아무도 모른다. =0= 래원이는 밝은 편이지만, 승관이는 우중충한 편. 승관이는 무리들을 이끌고 교실로 향했다.

"어머어머! 너 그거 들었어? 재규 오빠 애인 바뀐 거 알아? 키가 재규 오빠만하고, 눈도 크고, 하여간 진짜 예쁘던데? 그때 번화가에서 봤잖아. 우주 오빠랑도 있던데? 와아~ 너무 좋겠지 않냐? 나는 은혁이 오빠 애인이면 되는데. ㅠ_ㅠ"

"은혁이 오빠도 애인 있잖아! O_O"

"정말? 아이! 아깝다."

깔깔깔 웃어넘기는 1학년 여자애들.

"어머! 승관이다아! >0<"

승관이가 지나가다 우뚝 멈춘다.

"방금 뭐랬어? 누가 애인을 바꿔?"

승관이의 표정이 확 굳어버리고,

"어? 아아… 재, 재규 오빠가 애인을 바꿨더라구."

"확실하지?"

"그, 그럴 거야. ^-^;"

"……."

입술을 씰룩대는 승관이.

"승관아, 너 왜 그래? O_O"

친구 무리들 중 한 명이 말한다.

"야구부 가서 야구 배트 한 개만 빌려와."

"그건 왜? 야구하게? 와와와! 오랜만에 야구 한 게임!!"

우르르르 몰려가는 친구 무리들. 승관이는 교실로 가 가방을 집어 던진다.

"최승관, 벌금 1000원! 10분 지각!!"

승관이네 꼬마 반장. 안경이 얼굴의 반을 차지할 정도로 얼굴은 작고, 키는 승관이 허리만한 여자 아이. 승관이네 반장이다.

"너랑 장난할 기분 아냐. -_-^"

"야야야, 누가 장난하재? 너 빨리 벌금 내!!"

빽빽 소리치는 꼬마 반장. 승관이는 시끄럽다는 듯 귀를 막고 자리에 앉았다.

"어? 야! 최승관!!"

"나중에 놀아줄게. 가서 공부나 하렴."

승관이가 꼬마 반장의 이마를 톡톡 치며 말한다.

드륵— 탁!

"승관아아! 빌려왔다아—!!"

떡대가 소리친다. 애교도 많고, 등치가 산만해서 남산을 가리던 래원이 친구. 승관이 앞에서 재잘대던 꼬마 반장은 승관이의 표정이 변하자 말을 멈춘다. 승관이가 야구 배트를 넘겨 받고 손으로 반장 머리를 쓰다듬더니,

"오빠야가 이따가 놀아줄게."

하고 저벅저벅 걸어나간다.

재영이네 반.

드륵—

"어이, 승팔아~ 웬일이냐? 래원인 증말 일본 간 거냐?"

복도는 담배 연기로 뿌옇다.

"안녕하세요, 선배? 지금 재영이 형 계세요?"

"잠깐 기다려라. 야, 은재!! 나와라 승팔이 왔다!!"
게임기를 뿅뿅대던 재영이가 승팔이에게 달려간다.
"웬일이냐, 승팔아~ 래원이 일본 갔다며?? ㅇ_ㅇ"
"아, 네. 재규 형, 지원이 누나랑 헤어졌나요?"
"아… 응, 그게 좀 그렇게 됐다. -_-a"
"정말인 거죠?"
조금씩 부들부들 떨리는 승관이의 손에 들린 배트.
"응, 그렇지 뭐."
"……."
승관이가 밑층으로 뛰어내려 간다.
"승관아!! 승관아!!"
소리치는 친구 무리들.
"쟤 왜 저러냐??"
"모르겠어요. 승관이가 이상해요!"
쫓아 내려가는 친구 무리들.

재규네 반.
쨍그랑!!
재규네 뒷문이 산산조각나고,
"뭐야?"
모두들 수군거리는데 뒷문을 열어젖히는 승관이.
드르륵— 탕!
승관이가 치밀어 오르는 화를 삼키며 맨 뒷자리에 엎어져 있는 재규를 노려본다.

"뭐야, 최승관?"

뒷문으로 걸어나오는 강우.

"재규 형, 깨워주세요."

"무슨 일이야?"

은혁이가 승관이의 야구 배트를 보며 말한다.

"재규 형, 깨워주세요."

재규에게 꽂힌 시선.

"야, 은재규! 누가 너 찾아왔는데?"

강우가 재규를 향해 소리치자 일어나는 재규.

"뭐야, 너."

재규가 귀찮다는 듯이 승관을 향해 말한다.

"지원이 누나… 버린 거죠……."

말에 가시가 박혀 있다.

"니가 상관할 일 아니라고 본다."

부들부들 떨리는 승관이의 손.

"남이야 어떻게 되든 상관없는 거죠? 형은 남의 마음이야… 짓밟히든, 무시당하든 그런 건 상관없는 거겠죠. 형 눈엔 보이지 않아요?!"

"뭐?"

퍼억!

재규의 얼굴을 치는 승관이의 손.

"야! 너 뭐 하는 거야!! 선배한테!"

소리치는 강우.

"뒤에서 지켜보는 사랑은… 사랑도 아니야? 뒤에서 지켜보는 사랑은 마구 짓밟혀도 되는 거냐고!! 뒤에서 지켜보는 사랑이야 어떻게 되든 아무 상관 없는 거야? 그런 거야!!"

승관이가 씩씩대며 재규에게 내뱉은 한마디. 재규는 뺨을 어루만지며 승관이를 내려다본다.

"적어도 나는 그래요. 다른 사람 눈에 눈물나게 하면서 얻은 사람이라면 모든 걸 바쳐서라도 항상 웃게 할 거야. 이 야구 배트를 당신 피로 물들이고 싶었어. 근데 그거 알아? 지원이 누나의 가슴엔 당신 자리가 아직도 많아서 당신이 아프면 누나도 백 배 천 배 아플 거야."

승관이의 말이 끝나자 뒤늦게 내려온 친구 무리들이 승관이를 제압해 끌고 가기 시작한다.

"아아아악―!!"

복도에 쩌렁쩌렁하게 울리는 승관이의 목소리. 사랑에 대한 울부짖음…….

학교뒷담.

"야! 최승관! 너 미친 거냐, 아니면 정신이 없는 거냐!! 선배를 때려?!"

소리치는 친구들. 승관이는 잔디밭에 앉아 있다가 벌떡 일어난다. 그러더니 여기저기 보이는 물건을 모두 다 때려부수기 시작한다.

쾅! 콰앙!! 쿠당탕!!

"허억… 헉!"

숨을 힘차게 몰아쉬는 승관이.

"짝사랑은… 사랑도 아닌 거야? 짝사랑은… 어떻게 되든 상관없냐구―!!"

더 세게 내려치는 승관이. 마침내 두 동강 난 야구 배트.

"야야, 승관이 말려야 돼!!"

"하하하. 이래선 비참해질 수밖에 없잖아. 내가 해줄 수 있는 게 이런 거밖엔 없는 거잖아!!"

비틀거리다 잔디밭에 쓰러지는 승관이.

"승관아―!!"

무진장… 가슴이 아팠다. 지원이 누나가 아파하면서 울 때마다 나도 가슴이 찢어질 듯이 아팠다. 나는 해줄 수 있는 게 아무것도 없어서… 내가 지원이 누나에게 해줄 수 있는 건… 단 하나도 없어서 단지… 뒤에서 지켜볼 수밖에 없어서… 언제나 난 가슴이 아팠다.

page 69 내가 웃을 수 없는 단 한 가지 이유.

양호실.

"승관아, 병원에 안 가봐도 되니?"

양호 선생님이 조심스레 묻는다.

"됐어요. 볼일이나 보세요."

승관이가 누운 침대에 주르륵 둘러앉은 친구들.

"얘 왜 이러는 거야, 갑자기?"

"원래 알 수 없는 놈이잖냐. 래원이가 떠나서 그런가 봐. 휴……."

친구들 중 한 명이 승관이 머리를 쓸어 넘긴다.

"으윽……."

얼굴을 일그러뜨리며 눈을 점점 뜨는 승관이.

"승관아, 너 무리했다."

"…응."

"왜 그러는 거야? 갑자기 재규 형을 때리질 않나."

"……."

고개를 돌려 버리는 승관이.

"알았다. 우리 가볼게. 한 명씩 돌아가면서 너 지키러 올 거니까 중간에 학교 튀어나가면 죽어. -_-"

승관이 다음 서열인 넘버 쓰리가 말한다.

끼익— 탁!

"승관이 저 자식 곤란할 때 고개 돌리는 버릇 있는데 또 저러네. 래원이 때문에 그런 건 아닌 거 같아."

"후우~ 하여간 승관이는 인생을 너무 복잡하게 산다니까. -,.-"

"너같이 단순 무식 과격하게 사는 놈보단 훨 나."

"하하……."

멈추지 않는 승관이의 눈물.

"마지막이다, 승관아."

혼자 머리에 되뇌고 있다.

"마지막이야, 최승관. 우리 한 번만… 이제 마지막으로 딱 한 번만 미쳐 보자."

세현고.

"뭐야, 저기 빈자리!"

"민은혜요~"

휴우… 은혜에게 늦게 시작된 첫사랑이라 상처도 많이 컸을 테지.

학교가 끝났다.

"지원아, 엔젤로스 갈 거지??"

"아니, 안 가."

"뭐어? 왜? 너 그 해민경인가? 호랑이 새끼가 물어온 년 해민경!! 내가 있잖아. 가자, 가!! 가서 결판을 내는 거야!!"

흥분하기 시작하는 지현이. 이미, 끝나 버렸단다.

"호랑이 새끼가 물어온 년이라니. 아냐, 됐어. 지현아, 나 먼저 갈래."

"야! 그 해민경 내가 때려줄게! 걱정하질 말라니까!! 아우, 그 키위주스 드럽게 못 만드는 년!!"

"-_- 어떻게 알아? 마셔봤어??"

나도 전에 한 번 마셔본 적 있다. 죽을 뻔했지. 소금을 탄 것 같았어. ㅠ_ㅠ

"은혁이가 그러더라니까!!"

다들 어지간히 맛없었나 보다.

"아냐아냐, 나 정말 그냥 집에 갈래."

"그럼 같이 나가자. ^-^"

은지가 조심스레 말한다. 셋이서 나란히~ 교문을 향해 걸어가는 중.

"아우, 은재규! 왜 그렇게 바보 같니, 증말!!"

계속해서 소리 지르는 지현이.

"누나아. ^-^"

"와! 짱이다!"

지현이와 은지의 입에서 동시에 튀어나온 말. 정말이지 어쩔 수 없다니까.

"승관아, 웬일이야?"

"^-^ 집에 가야죠!"

"괜찮아, 이렇게 일부러 안 와도……."

나를 확 끌어 오토바이에 태우는 승관이.

"제가 좋아하는 일이니까 괜찮아요! 출발해요!!"

"아아, 얘들아! 안녀… 꺄아악!!"

"와, 박력있다아!! 꺅꺅!!"

저 뒤에서 손 붙잡고 꺅꺅거리는 지현이와 은지. 밝히긴~

"승관아아아아!! 이쪽으로 가는 거 아니야아아아!!"

으아아아!! 언제나 느끼는 거지만 오토바이는 무섭다아. ㅠㅁㅠ

끼이—!!

승관이가 멈춘 곳은 로맨스라는 레스토랑. 와와~ 비싸 보이는데 여긴 왜 온 걸까?

"^-^ 누나 내리세요!"

"어? 어엉. -,.-"

정신이 없는 나는 쫄쫄쫄쫄 승관이를 쫓아 들어갔다.

"뭐 좋아하세요?"

"응? 아무거나."

"그럼 여기… 음, 오븐스파게티 둘이요."

"예."

"근데 승관아, 여기 무지 비싸 보여."

"괜찮아요."

"근데 여긴 왜 온 거야?"

"그냥요. ^^"

"어? 어."

승관이가 날 빤히 쳐다보다가 눈이 마주치면 싱글벙글 웃는다. 우훗, 민망해라.

"오븐스파게티 나왔습니다. -0-"

ㅇㅠㅇ 맛있겠다아!! 나는 스파게티를 허겁지겁 먹어치우기 시작했다. 거의 다 먹고 접시를 벅벅 긁고 있을 때,

"다 드셨어요?"

"엉? 응, 잘 먹었어, 고마워."

"아니에요."

승관이가 또 내 팔을 잡아당겨서 벌떡 일어나 버린 나.

"그럼 2차, 2차!"

엥? 2차? 나는 또 오토바이에 냴름 올라탔다.

또다시 빠르게 달려 멈춘 곳은 물랑루즈라는 액세서리 가게. ㅇ_ㅇ

"여긴 또 왜?"

"들어가면 알아요! >_<"

들어가니 가게 안이 온통 번쩍번쩍! 눈이 부시다. >_<!!

"와~ 이거 이쁘다. 누나, 이거 이쁘죠??"

"응. 와, 되게 이쁘다!"

승관이가 가리킨 것은 목걸이. 반짝반짝! 물방울 모양에 큐빅이 덕지덕지 붙어 있다. 무지무지 이쁘당~ 비쌀 것 같아. >0<

"이거요."

" ??"

어찌 됐든 그 목걸이를 사서 나온 승관이와 나. 갑자기 내 목에 그걸 걸어버리는 승관이.

"^^* 아~ 이쁘다!"

"승관아, 저기 이거……."

"누나 가지세요! 이뻐서 산 거예요."

"아, 저기… 이거 비싸……."

"3차!! 3차!! >ㅁ<"

"승관아아아아!!"

또 끌려간 곳은 스티커 사진기 앞.

"여긴 또 뭐 하게?"

"사진 찍게요!!"

나는 사진기 안으로 끌려 들어갔다.

"다 래원이가 부탁한 거예요. 누나 기분 전환 좀 시켜주라구. 일본 가기 전에 그러더라구요. 자기 일본 가면 슬퍼할 거 뻔하니까 제가 웃게 해 주라구요."

"정말?"

"그러니까 걱정 마세요!! 어어어? 찍힌다! >_<"

찰칵— 찰칵— 찰칵— 찰칵—

사진 찍을 때 반짝거려서 핑핑 돈다.

"이젠 정말 집에 가요. ^^"

부릉! 부릉! 부아앙!

지원이네.

"다 왔어요!"

"아, 오늘 정말 고마웠어. ^-^* 덕분에 즐거웠어."

"아, 괜찮아요. 그럼 그 대신 사진 제가 가질게요."

"응? 아, 그래."

"그럼 쉬세요."

"웅. 잘 가!!"

부아아아앙!

아하, 오랜만에 기분 전환했다. 래원이 자식, 기특하군!! 나중에 만나면 쓰다듬어 줘야지~ 승관이는 보면 볼수록 정이 가는 타입이야. 어려서 좀 아쉽지만. 휴휴휴… 춥다아!!

      *   *   *

승관이네.

"다녀왔습니다. ^-^"

"승관이 무슨 기분 좋은 일 있니?"

"예! ^o^"

콩콩콩! 방으로 들어가 버리는 승관이. 그리고는 바닥에 벌렁 누워버린다. 교복 안주머니에서 꺼낸 스티커 사진.

씨익— 사진을 보고선 만족한다는 듯 웃는다. 한 장을 핸드폰에 떡 붙이더니 나머지는 다시 안주머니에 꼭꼭 숨겨놓는다. 그리고 바지 주머니에서 꺼낸 건 지원이에게 준 것과 똑같은 목걸이. 목걸이도 품에 넣는다.

"딱 한 번만 미쳐 볼게. 래원아, 나 말이지… 병신같이 한 번만 웃긴 짓 해볼게."

엔젤로스.

"야, 너는 도대체 야구 방망이랑 무슨 원수라도 졌냐? 맨날~ 야구 방망이에 맞게. 오래전에도 지원이가 너 야구 방망이로 후려치지 않았냐?"

재규의 뺨에 얼음 찜질을 해주며 약 올리듯 강우가 말한다.

"몰라."

고개를 돌려 버리는 재규.

"얼마나 만만하면 후배한테 맞냐? 쯧쯧."

재영이가 오락기를 두드리며 혀를 끌끌 찬다.

"오늘은 민경이 안 와?"

"집에 있어. 혼자 고독을 씹을걸~"

"예?"

"키킥! 우와우와! 몽키대마왕이다!!"

재영이가 방방 뛴다.

우주 병실.

"몸은 괜찮아졌어?"

"아, 조금은."

"내일이 2차 수술이지?"

"응. 지원인 잘 있어?"

"왜 그 말 안 하나 했다. 요즘은 통 카페에 안 와."

"휴……."

"너무 걱정하지 마. 괜찮을 거야."

"응, 그래야지."

더 하얗게 된 우주의 얼굴. 반쪽이 되어버렸다.

"며칠 전에 집에 갔었다며?"

"응."

"알아보셔?"

고개를 양 옆으로 젓는 우주.

"하긴… 4년 동안 니가 꽤 많이 변했어야지."

"아빠 간암이래."

"뭐?"

"…고칠 수도 있는데 마땅한 벌이라면서 버티고 계신가 봐. 그리고 할머니 모시고 살더라."

"너 정말 말 안 해도 돼??"

"어차피 우리 모두 하늘에서 만날걸."

슬프게 웃는 우주. 요즘 들어 씩씩하게 웃질 않는 우주.

"지원이 내일 오라고 할까?"

"아니, 나 살면 그때 볼래."

"뭐야? 왜 죽을 것같이 폼잡아."

"키킥! 은혁아, 아빠도 많이 늙었더라. 할머니랑 비슷해 보이셔!!"

"보고 싶지?"

"우흑!"

아이스크림을 사달라고 떼쓰는 어린아이처럼 은혁이의 옷자락을 붙잡고 울기 시작하는 우주.

"지원이도 보고 싶을 거고."

"흑!"

어깨를 들썩이는 우주.

"지원이가 그렇게 좋아죽겠냐? 이 형님보다!!"

"은혁아."

"힘내라, 우주야. 내가 니 옆에 있어줄게."

우주 머리를 쓰다듬어 주는 은혁이.

"그러니까 좀 웃어! 너 완전 죽을상이야!!"

"^_^"

"넌 어떻게 웃어도 다 슬퍼 보이냐."

또 눈물을 글썽이는 우주.

"또또! 운다!! 수술 다 이겨내면 지원이 니 꺼로 만들어 버려, 알았지?"

고개를 끄덕이는 우주.

"야, 이깟 수술쯤 이겨내야 지원이가 널 남자로 봐주지!!"

"응."

"그래, 그래."

   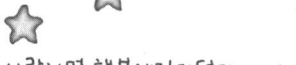

page 70 …내 곁으로 와주세요.

사랑하면 행복해진다던데… 어째서 난 이렇게 미칠 듯이 사랑하는데 행복하지 못한 거지?

밤은 점점 깊어만 갔다.

끼이— 끼이—

우주의 침대에서 소리가 나기 시작하자 잠시 눈을 붙이고 있던 은혁이 놀라 두 눈을 뜬다. 하얀 침대 위에 새빨간 핏자국들. 더 슬픈 건 너무 서글프게, 너무 서럽게 우는 우주. 분명 몸이 아파서가 아니다. 사랑하는 그녀를 소유할 수 없기에… 그녀가 슬퍼하는 모습을 지켜볼 수밖에 없기에… 바보같이 자신의 마음을 몰라주는 그녀의 야속함에 대한 슬픔.

"우주야! 우주야!!"

"헉! 은혁아… 죽을 것 같아. 터질 것 같아. 미칠 것 같아. 너무… 아파. 으윽!"

자신의 왼쪽 가슴을 꾸욱 움켜쥐고 숨을 헐떡이는 우주. 은혁의 옷자락을 꼬깃 잡으며 고통을 호소하는 우주. 은혁이는 서둘러 간호원들을 호출한다.

"우주야, 안 되겠다. 지원이 부르자, 응? 그러자."

은혁이가 땀을 뻘뻘 흘리는 우주의 얼굴을 닦아내며 말하자 고개를 힘차게 흔드는 우주.

"싫어. 하지 마. 하면… 너 안 본다. 하지 마. 제발 하지……."

점점 정신을 잃어가는 우주.

"정신 차려! 우주야!! 눈떠!! 눈떠야 돼! 간호사들 올 때까지만이라도 정신 차려! 제발!! 울지 말고… 그래, 크게 호흡하고… 우주야!!"

"하하, 너무 비참한 거 아냐? 꼭 소설에 나오는 멋진 주인공 같지?"

은혁이의 옷자락을 스르르 놓아버리는 우주.

"우주야!! 신우주!! 제발 눈떠, 눈!! 정신 차리라고!!"

벌컥!

"세상에!!"

달려온 간호원들과 의사는 마구잡이로 흐르는 피를 보며 다급히 우주를 수술실로 옮겨갔다.

"우주야!! 신우주!!"

은혁이가 우주의 침대를 쫓아가며 말한다.

"지원… 아……."

조그맣게 들려오는 우주의 목소리. 은혁이는 우주의 두 손을 꼬옥 붙들며,

"그래, 나 지원이야. 나 여기 있어. 꼭 수술 잘 끝내고 돌아와야 돼."

"…윽!"

"우주야—!!"

"보호자는 밖에서 기다리세요!!"

"우주야!! 신우주!!"

굳게 닫혀 버린 수술실 문. 은혁이는 실없이 웃어버린다. 그리곤 떨리는 손으로 핸드폰을 열어 지원이의 번호를 눌렀다.

[뚜르르르— 뚜르…….]

신호음이 들리자 핸드폰을 닫아버리는 은혁이. 그리고 두 손을 깍지꼈다. 살려 내. 우리 우주 살려 내. 우주는 착하기만 한데 왜 우리 우주를 데려가려는 거야!! 우리 우주는 혼자 아픈 사랑 한 죄밖에 없어. 아무 잘못 없어. 우주는 단지… 단지… 아픈 사랑을 했을 뿐이야.

눈물을 뚝뚝 흘리는 은혁이.

수술실.

"맥박 체크! 혈압 체크!!"
분주히 움직이는 의사들.
"우주 군, 희망을 가지길 빕니다."
곱게 눈을 감고 있는 우주. 대체 어떤 꿈을 꾸고 있는 걸까?

"우주야."
돌아봐 주지 않는 그녀. 그녀가 있다. 흐릿흐릿하지만 금방 그녀라는 걸 느낄 수 있다. 사랑하기에… 그 무엇도 아닌 사랑이라는 이름으로 그녀를 느낄 수 있다.
"우주야."
밝게 웃는 그녀 옆에 뻣뻣하게 서 있는 재규. 밝게 웃는 그녀. 그리고 그녀를 안아주고 있는 재규. 점점 멀어져만 간다. 다가가면 다가갈수록 사라져 간다. 슬퍼서… 너무 슬퍼서 무의식적으로 눈물이 흐른다. 빠르게 지나쳐 간다. 그동안 그녀에 대한 자신의 사랑과 그녀의 눈물, 그녀의 웃음, 다른 곳을 보고 있는 그녀.
"우주야, 재규가… 흑!"
앞에 주저앉아 재규, 재규 하면서 우는 그녀. 우주 품에서 울고 있는 그녀. 또 금방 눈시울이 아려온다. 내 곁에 둘 수 없는 아픔.
"우주야……"
다가가자 점점 멀어지는 그녀. 옆에는 팔짱을 끼고 있는 재규와 같이 행복하게 웃으며 멀어지는 그녀.
움찔!
"우주야—!!"

힘들게 눈을 치켜뜨는 우주. 눈물로 범벅된 은혁이의 얼굴이 보인다. 우주 얼굴로 뚝뚝 떨어지는 은혁이의 눈물. 우주는 은혁이를 보자마자 다시 힘없이 눈을 감는다. 그리고 입을 열기 시작한다.

"은혁아, 사랑은… 혼자 하는 게 아니지."

"혼자 하는 사랑도 있어."

"혼자 하는 사랑은 사랑이 아냐. 한심한… 고갯짓일 뿐이야. 혼자 하는 사랑은… 아픔일 뿐이고… 눈물일 뿐이지. 사랑이 아냐."

"무슨 소릴 하고 싶어?"

"…다른 곳으로 눈을 돌려볼까? 지원이가 아닌… 다른 여자에게로… 큭! 마음은 쫓아오지 않겠지만."

"우주야."

"하아, 조금이라도 알아주면 안 되는 건가? 은혁아… 나… 내 사랑… 조금이라도 지원이한테 표현하면 안 돼?"

"왜 안 돼?"

"안 되겠지. 난… 친구일 뿐일 테니까… 지원이한테 친구를 잃게 하고 싶진 않아."

"……."

"하하하, 내가 생각해도 난 정말 너무 멋있는 것 같아. ㅋㅋ"

한숨을 쉬더니 입을 굳게 닫아버리는 우주.

"우주야."

"자고 싶어. 놔둬."

"……."

번화가.

"야, 어떻게? 저러다 죽는 거 아냐?"

"쉿쉿. 그냥 지나가."

"경찰 부를까?"

"미쳤어?!"

수군수군거리며 지나가는 사람들. 그 속에 어딘가에 난폭한 승관이의 모습이 보인다.

"승관아!! 너 미쳤어?!"

소리 지르는 친구들. 길바닥에 피를 토하고 쓰러져 있는 사내 5명. 사내들을 무참히 찍어내는 승관이. 고통을 호소하며 호흡조차 힘들어하는 사내들. 이미 정신을 잃은 지 오래인데 승관이가 계속 짓밟고 있다. 누구도 승관이 곁에 다가갈 수 없다. 호프집에서 시비가 붙은 모양이다.

"그만 좀 해라!! 얘네 다 죽었어!"

아무 말 하지 않고 무참히 짓밟는 승관이. 그리고 길바닥으로 떨어지는 눈물들. 아스팔트 바닥에 떨어져 스며드는 눈물.

"한번 겪어봐. 당신도 겪어봐. 얼마나 아픈가를, 얼마나 고통스러운가를 느껴봐!!"

손에 쥐고 있던 각목으로 한 명의 옆구리를 내려친다.

"으아아악—!!"

"승관아! 너 그만 해!!"

"하아하아……."

숨을 몰아쉬는 승관이.

"뭐 하는 거야!! 도대체!!"

"겪어봐야 알지. 한번 똑같이 느껴봐야 알지. 슬퍼하는 게 얼마나 아픈지를……"

승관이는 힙겹게 몸을 가누며 골목을 빠져나간다.

"야야, 너네 여기서 빨리 도망가라. 한 번만 더 걸리면 끝장이다."

샤샤샥 도망치는 사내 다섯. 그리고 승관이의 친구들은 승관이를 쫓아 발걸음을 옮긴다.

"최승관!! 이 미친놈아—!!"

힘없이 각목을 질질 끌고 가는 승관이.

그륵— 그르륵—

아무런 동요 없이 무의식적으로 걸어간 곳은 지원이네 집 앞. 불 꺼진 지원이 방. 지원이 방 창문을 바라보며 눈물을 흘린 뒤, 전봇대를 각목으로 가격하기 시작한다. 부러지다 못해 아예 뭉개진 각목. 승관이는 주먹으로 전봇대를 내려친다. 주먹에서 흐르는 피. 뼈가 으스러지는 소리가 들리지만 승관인 아무런 반응도 없다.

"어떻게든 상관없으니까 제발… 울지 말아요……."

피가 흥건히 묻어버린 전봇대. 부러진 각목을 냅다 차버리고 다시 발걸음을 옮긴다. 한없이, 마를 새 없이, 계속 눈물이 흐른다.

"야! 승관아!!"

승관이네 집 앞에서 기다리고 있던 친구들. 승관이의 손을 보고 모두 경악을 금치 못한다.

"야! 너 5대 독자 아니냐!! 너 다친 거 알면 니네 부모님 쓰러지셔!"

"…하하!!"

큰 소리로 웃어넘기며 덩치 큰 떡판에게 기대는 승관이. 그리고 이내 힘없이 주저앉으려 한다. 그런 승관이를 번쩍 들어 올리는 떡대. 친구들은 자신의 교복을 벗어 승관이의 팔에 묶고 승관이의 얼굴을 가렸다. 그리고 깊게 한숨을 내쉰 뒤, 승관이네 집 안으로 들어섰다.

"어머! 너희 왔구나! 승관이는 지금 집에 없는데 어디 간 줄 아니??"
"아, 승관이가 지금 잠들어서요! 저희가 올려다 눕히고 갈게요!!"
쿵쾅쿵쾅!!
"이거 미친 놈 아냐? 손 좀 봐, 다 으스러졌어."
"어떡해애!!"
"아씨."
구급 상자에서 붕대를 꺼내 친친 두른다.
"이러면 뼈가 붙어? -,.-?"
"붙을 거야."
"에이, 풀칠이라도 해야 되는 거 아냐?"
"딱풀이 좋겠다!!"
"얘네 좀 봐, 미쳤어? 내가 종이냐? 됐어, 이제 너희 가봐."
승관이가 벌떡 일어난다.
"괜찮아? 어디서 그랬어!!"
"똥개한테 물렸어."
"니가 만난 똥개는 뼈까지 씹어먹냐!"
"······."
고개를 돌려 버리는 승관이.
"알았다. 쉬어. 내일 병원 가."

우르르— 쿵탕쿵탕!!

"안녕히 계십시요오—!!"

피식 웃는 승관이.

"아, 좀 아프다. 그렇지만… 아주 조금 아파. 응, 아주 조금밖에 안 아파. 아직까진 참을 만한걸."

page 71 …왜 사랑에 대한 욕심은 큰 걸까?

"마음도, 몸도 병신이 되어버렸네. 제길, 이래선 너무 비참하잖아."

승관이는 이내 눈을 감았다.

　　　　*　　　　*　　　　*

짹— 짹— 짹— 짹—

아침이 오고,

"으랏차—!!"

아침부터 우렁찬 목소리로 잠을 깬 나. 하아… 재규는 안 본 새 어디 다치지는 않았을까? 잠은 잘 자는지… 어디 아픈 건 아닌지… 정말 나 왜 이러지? 비참하게, 나 버린 사람을 걱정을 다 하고…….

"다녀와요!"

오늘은 날씨가 더 춥다. 으아~ 두리번거려도 씨익— 웃고 있는 승관이의 모습은 보이지 않는다. 오늘은 안 오려나? 언제부턴가 승관이를 기다리는 나. 허허허. 할 수 없지. 오늘은 오랜만에 버스로 갈까? 골목 귀퉁이를 돌아가고 있는데 저쪽에서 익숙한 오토바이의 굉음이 들려온다.

부아아앙!

"누나야! ^-^"

승관이다. 오렌지 빛 머리가 아침 햇살에 더 반짝거린다.

끼이익—!!

"하아! 하아! 오늘은 좀 늦었죠? ^O^"

"아니야, 괜찮아. 오늘 안 오는 줄 알았는데?"

"아, 늦잠을 자버렸어요."

씨익 웃으며 쑥스럽다는 듯 머리를 긁적이는 승관이.

"어? 근데 왜 장갑이 한 개야?"

승관이의 한쪽 손에 장갑이 끼워져 있었다.

"^-^; 아, 오다가 한 개 날아가 버렸어요."

"아아, 그렇구나. 조심하지 그랬어~"

"얼른 타세요!! 학교 늦어요!!"

부릉! 부아아앙!

이제는 제법 오토바이 타는 것도 익숙해졌다. 습관이란 건 생기기는 쉬운데 왜 고치기가 힘들까? 지금 내가 붙들고 있는 이 허리의 주인이 재규였으면 하는 바람은 너무 큰 욕심이겠지?

"^-^ 다 왔어요!"

"그래, 승관아. 오늘도 고마워. 공부 잘해!!"

"누나두요!"

하더니 멀리멀리 사라져 간다. 나는 건물 안으로 힘없이 발걸음을 옮겼다.

　　　　　＊　　　＊　　　＊

우주 병실.

"뭐야, 새끼야. 너 누가 여기서 밤새래?"

우주가 침대 끄트머리에 엎드려 잠든 은혁이의 머리를 톡톡 건들며 말한다.

"넌 밤새 간호해 준 사람한테 새끼야가 뭐야, 새끼야가."

은혁이가 인상을 구긴다.

"알았습니다. 형님, 이제 학교 가보셔야죠."

"됐어, 이미 지각이야. 가봤자 호되게 혼나기만 해. 차라리 안 가고 말지."

은혁이가 일어나 기지개를 켜며 말한다.

"허어~ 샌님이 웬일로 학교를 안 가서?"

"또또 샌님이라 한다."

은혁이가 우주 머리를 부비면서 말한다.

"아씨, 마이 스타일."

"3일 후가 마지막이지?"

은혁이가 고개를 돌려 버린다.

"응, 3일 후지. ㅋㅋㅋ"

"잘될 거야."

"글쎄."

"무슨 소리야! 나을 수 있다잖아!"

"쳇, 그럼 의사가 무슨 하느님이게?"

눈물 고인 눈으로 씨익 웃는 우주. 더 창백해진 얼굴.

"이제 이런 덴 그만 오자."

"응, 그래. 이젠 이 환자복도 지겹다."

"다신 병원 같은 것에 얽히지 말자."

"응, 그러자."

"다신 의사 새끼들이랑 간호사들 보지 말자. 주사 바늘도 보지 말고, 약 봉투도 보지 말고, 병원 음식도 보지 말고, 환자들도 보지 말고, 굳게 닫힌 수술실 문은 두 번 다시 보지 말자."

"…응."

은혁이가 손등으로 눈물을 훔쳐낸다. 처음 만났을 때부터 병원을 들락날락했던 우주. 웃음이라고는 눈곱만치도 볼 수 없었던 우주. 언젠가부터 한 사람을 위해 웃기 시작했다. 그런데 이제 그 행복한 웃음마저 우주를 떠나 버렸다.

*   *   *

"너 정말 안 갈 거야?!"

지현이가 내 앞에서 책상을 쾅 내려치며 빽 소리 질러 버린다.

"안 가. 왜 가? 갈 이유도 없잖아."

나는 슬그머니 자리에서 일어났다.

"야! 너 그 호랑이 새끼가 물고 온 년 해민경! 고거고거고거!! 고거 때문에 그러는 거지!!"

한 톤 높아진 지현이의 목소리. 은지가 옆에서 뜯어말리지만 벌써 흥분해 버린 지현이.

"고거! 내가 처리한다니까?! 그년 아주아주아주!! 내가 확실히 제거해 주게!!"

지현이가 팔을 걷어붙이기 시작한다. 매우 심각하다. 지현이한테 걸리면 위험하겠는걸.

"됐어, 니들끼리 가. 은혜야, 가자."

나는 은혜 앞에 섰다. 힘이 없는 눈.

"어어, 그래."

힘없이 가방을 드는 은혜. 우리 둘은 흐느적대며 뒷문으로 향했다.

"야! 좀비 시스터즈!! 강지원!! 이 맹추야!! 뺏긴 건 다시 뺏으면 되는 거야!!"

지현이가 버럭 소리 지른다. 글쎄, 뺏긴 거라… 내가 뺏은 게 아니라? 그래서 해민경이 다시 찾아간 게 아닌가? 이런저런 생각을 뒤로하고 학교를 벗어나기 시작했다.

"은혜야, 집은 구했어?"

"어? 어. 이모네가 이민 간다고 해서 전에 살던 이모네 집 내가 넘겨받았지. 그 집으로 우리 엄마가 내게 남겨놓은 빚을 갚는 거라나? 뭐, 인연을 끊고 싶다는 거겠지."

아무런 감정 없는 목소리.

"래원이한테 연락받았어?"

조심스레 래원이 얘길 꺼냈다.

"아니, 기대도 안 해. 나 같은 거 뭐가 좋다구……. 나도 래원이 나만큼, 아니, 나보다 더 많이 힘들게 했잖아."

괜히 말 꺼내 버렸다. 또 한숨을 내쉬는 은혜.

"어? 버스 왔다. 나 먼저 갈게. ^^"

힘없는 손짓 인사. 은혜는 버스 좌석에 푹 앉아버렸다. 출발하는 버스. 누군가를 못 본다는 건, 잊어야 한다는 건, 헤아릴 수도 없을 만큼 아프구나. 난… 볼 수 있으니까, 보지 못하는 은혜보다 덜 힘든 거구나. 나는 발걸음을 옮겨 학교 정문으로 뛰기 시작했다.

"헤엑! 헤엑!"

두리번거리니까 저 앞에 걸어가는 지현이와 은지가 보인다. ㅠ_ㅠ

"은지야아!! 지현아아!! 헤엑!"

"누가 니 잡으러 온다냐?"

지현이가 토끼 눈마냥 눈을 크게 뜨며 나를 쳐다본다.

"왜 그래, 지원아? 누가 너 쫓아와??"

은지가 힘들어하는 내 등을 토닥여 주며 말한다.

"볼 수 없는 것보다 안 보는 게 덜 힘들다는 거 알았거든."

"-_-^ 얘 뭐래니?"

지현이가 똥 씹은 표정으로 날 내려다본다.

"그, 글쎄."

은지 또한 식은땀을 주륵 흘리며 곤란해한다.

"어쨌든 이 기집애야, 이 언니가 해민경 고년! 깨끗하게 해결해 줄게!"

그래, 이미 내 손에 넘어온 건 내 꺼야. 내 소유가 되어버린 걸 가져간다면, 그건 무조건 찾아와야 해. 언제쯤 행복한 사랑을 꿈꿀 수 있을까?

엔젤로스.

딸랑~

"오우, 지원아!! O_O"

모두가 눈을 땡그랗게 뜨고 꼭 죽은 사람이 살아 돌아온 듯 날 쳐다본다.

"^-^; 오랜만."

나는 어색한 손짓을 했다. 정말 어색하다. 지현이가 의미 모를 미소를 입가에 띠운다.

"재규 어디 있어!"

"대기실에 있는 것 같던데??"

강우가 손가락질하자 나를 대기실로 마구마구 밀어 넣는 지현이. 이러지 마~ 제발! 난 이러려고 온 게 아니라… 으악—!!

끼익— 탕!

엎드려 있는 재규. 참 오랜만인 얼굴. 못 본 새 반쪽이 되어버린 얼굴. 내가 몸을 돌려 살금살금 나가려 하자, 내 손목을 잡는 물컹한 것이 있으니… 재규의 따뜻한 손. 내 굵직한 손목을 꽈악 부여잡고 있는 재규 손. 아윽, 조금씩 고통이 느껴온다.

"아, 아파, 재규야. ㅠ_ㅠ"

슬머시 눈꺼풀을 치켜올리는 재규. 잠을 못 잤는지 뻘겋게 충혈된 눈.

"아, 안녕? 오랜만이구나."

"……"

아무 말 없이 나를 쳐다보다가 일어서는 재규. 아, 손목아. 내 손목을 놓아주질 않는 재규. 쬐끔 아프긴 하지만 어쩐지… 행복하다.

스르—

날 놓아버리는 재규.

"그, 그럼 쉬, 쉬어. 난 나가보……."

뒤돌아서는 순간 내 일자 허리를 감싸는 재규의 팔. 그리고 내 어깨에 기대 버린 재규의 얼굴.

"하아……."

익숙한 재규의 음성이 내 귓전을 맴돈다.

"왜 그동안 카페 안 왔어?"

"어? 아… 이젠 올 필요가 없는 것 같아서."

"왜 필요가 없어?"

"아, 어… 음… 어… 아… 아… 집에 빨리 가야 했거든!"

그건 너한테 해답이 있잖아라고 말하고 싶었다.

"안 보고 싶었어?"

이러지 마, 재규야. 제발 나 기대 갖게 하지 마. 너 자꾸 이러면 니가 돌아올지도 모른다는 희망 따위가 생겨 버린다구.

"어? 어… 보고 싶었지. 응, 그럼. 우주도 보고 싶고, 은혁이도 보고 싶고, 재영 오빠도, 강우도, 모두모두 보고 싶었지. ^-^;"

내 허리를 더 꽈악 감싸는 재규. 흐읍! 숨을 쉴 수가 없잖아! >_<

"…다시 한 번 말해 봐."

"ㅠ_ㅠ 그, 그러니까 모두 보고 싶……."

꽈악!!

"…뭐라구? 안 들려."

"모두모두 보고 싶었어."

뭘 바라는 건지. 내게 뭘 원하는 거니? 더 세게 조이는 팔. 아아아악!!

"재규야, 너무 아픈데… 놔주고 말하면 안 될까?"

"도망칠 거면서······."

"헉! 내가 왜 도망을 치니. ㅠ_ㅠ"

"난 그대론데… 내 마음, 내 모습 모두 변하지 않았는데… 넌 변했어. 눈에 보이진 않지만 나는 느낄 수 있어. 이미 또 다른 것에 길들여져 버린 거… 넌 이미 그 어떤 것에 길들여져 있어. 아무도, 니 자신조차 느낄 수 없겠지만, 난 알 수 있어."

-_-? 에?

"처음부터 알고 있었지만… 니가 내 꺼 아니란 거 수도 없이 느꼈지만… 그래도 이렇게 빨리… 이렇게 빨리 길들여질 줄은 몰랐어."

내 허리를 점점 풀어주는 재규. 내가 살짝 움직이자 나를 벽으로 밀어붙인다.

"재규야."

흔들리는 재규의 눈. 더 짙어져 가는 재규의 눈.

"…내가 가질 수 없는 거라면 망쳐 놓고 싶어······."

page 72 지독하게도, 사랑하게 되어 버렸다.

"무슨 소리야, 재규야?"

"······."

아랫입술을 꽈악 깨무는 재규. 무슨 생각인 건지, 어떤 마음인 건지, 내가 빠져나가려 하자 재규가 내 입술에 키스를 한다. 평소와는 다른 느낌. 다른 사람 입술 같았다. 왜 그럴까? 재규는 지금 무슨 생각을 하는 걸까? 나는 재규의 입술을 콱악 깨물었다. 재규가 아니었다. 내게 키스하고 있는 사람은, 내 눈앞에 서 있는 이 사람은 내가 그렇게 보고 싶어하던 은 재규가 아니었다. 아랫입술에 피가 흐르는 재규. 놀란 표정으로 입술을 황급히 떼는 재규.

"재규 너 도대체 왜 이래?! 갑자기 왜 이렇게 변해 버린 거냐구!! 넌 내가 변했다고 할지 몰라도, 지금 완전히 변해 버린건 너야!!"

크게 소리치는 날 보며 입술에 묻은 피를 닦는 재규.

"……."

아무 말도 하지 않는다. 지금 이 순간 내게 변명해야 할 재규는 이미 초점을 잃었다. 내 목덜미에 얼굴을 품어버리는 재규.

"왜 그래! 재규야, 하지 마. 제발 이러지 마. 제발 이러지 말아줘. 재규야, 흑! 재규야… 흑! 하지 마."

내 목덜미에 묻은 재규의 혈흔. 오늘따라 이상한 재규. 슬프다. 오랜만에 본 재규는 이상하기만 하다.

털썩!!

나는 힘없이 주저앉아 버렸다.

"흑! 재규야."

"…하아."

재규가 한숨을 쉬더니 쭈그리고 앉아 나를 안아준다.

"미안. 정말 미안해. 나 잠깐 미쳤나 봐. 나 잠깐 돌았나 봐."

"…흐윽."

나는 재규의 옷자락을 꽉 붙잡았다. 놓칠 것 같아서… 이대로 다시 날 돌아서 버릴까 봐……. 그렇게 오랫동안 우린 부둥켜안고 있었다.

"…안 힘들어?"

재규를 올려다보았다. 재규는 날 내려다보며,

"되게 무겁다. ㅋㅋㅋ"

"ㅠ_ㅠ 미안."

내가 일어나려 하자 나를 다시 앉히는 재규. 그리고는 더 세게 안아준다.

"너무 아팠지? 너무 힘들었지? 너무 슬펐지? 미안. 나 정말 바본가 봐. 자기 맘도 모르는 그런 바본가 봐. 잠깐, 아니, 좀 많이 미쳤었나 봐. 미안. 지원아, 정말 미안해. 그리고 정말로 사랑해."

"…재규야."

"아무 말 말고 들어."

나는 세차게 고개를 두어 번 끄덕였다.

"하아… 내가 강지원 널 너무 사랑해. 하지만 갑작스럽게 민경이 뿌리칠 수 없었다. 한때 너무 아끼던 아이였으니까. 돌아와 준 민경이가 고맙기도 하면서 너무 미안했다. 그랬어. 그런 감정에 앞서 내 마음이 널 몰라봤어. 강지원, 너 정말 대단하더라. 너란 여자… 정말대단하더라. 나 너한테 또 반했어. 다른 여자 같으면 벌써 '날 나쁜 놈이라'하고 달려들어 줘패놨을 테지. 넌… 사람을 바보로 만드는 재주가 있더라. 있지, 나 벌써 너한테 두 번이나 반했어. 다른 여자가 옆에 있는데도 왜 그렇게 니 모습만 아른거리고, 니 생각만 나는지… 난 이미 너한테 길들여졌다는 증거겠지. 나… 반했다. 너한테 반했어, 강지원."

재규가 나를 꼬옥 안아준다. ㅠ_ㅠ 흑!

"재규야, 끄윽! 흑! 으앙~"

크게 울어버렸다. 너무너무 사랑하는 재규 때문에… 너무너무 아파했을 재규 때문에… 내가 재규를 너무 사랑한다는 걸 깨달아 버려서… 순식간에 울음을 터뜨렸다.

"…절대 떨어지지 말자."

"응."

* * *

승관이 방.

우글우글 모여 있는 승관이의 친구들. 승관이는 한쪽에 누워 주머니에서 사진을 꺼낸다. 3장의 스티커 사진. 그걸 보곤 이내 킥킥 웃는 승관이. 입에서 미소가 떠날 줄 모른다. 교복에 손을 넣어 꺼낸 목걸이. 목걸이를 꼬옥 쥐는 승관이.

"뭐냐, 그거?"

넘버 쓰리가 말한다.

"행운의 상징이라고 하면 알아듣냐?"

"흥!"

승관이는 삐친 넘버 쓰리에겐 관심도 없다. 그저 눈앞에 느껴지는 지원이의 얼굴. 승팔이는 알고 있었다. 자신이 미쳐야만 하는 이유를… 지원이의 행복이 어떤 것인지를……. 그래서 바보 같은 짓을 해버리는 미치광이가 되어본다.

* * *

대기실.

"이거 뭐야??"

재규가 내 목에 걸린 승관이가 사준 목걸이를 톡톡 건들며 말한다.

"아, 이거? ^o^ 승관이라구 알지? 왜 그전에 보지 않았나? 요즘 나 학교 데려다 주고 하는 앤데, 래원이 친구거든? 선물로 받았어."

"-_-^ 흐응……."

"왜?"

"내일부터 내가 니네 집 앞에 간다."

"뭐? 승관이가 맨날 데리러 오는데?"

"넌!! 이상한 남자랑 손 붙잡구 학교 가냐! 앙?"

"이상한 남자가 아니라 동생 친구인데."

"동생 친구든 나발이든! 나한텐 다 이상한 남자야!"

버럭 소리치는 재규. 킥! 은근히 귀엽다. ^-^ 이렇게 재규가 돌아왔다는 게… 꿈만 같아.

담날 아침.

"으허험~"

어젯밤, 잠을 못 이뤘다. 재규가 집 앞에 온다니까. 헉! 벌써 8시야. 나는 서둘러 교복으로 갈아입고 머리에도 신경을 썼다. -_-; 나는 인사도 잊은 채 현관을 나섰다.

끼이—

"아씨."

재규가 인상을 찡그린 채 전봇대 앞에 기대 있다.

"미, 미안. ㅠ_ㅠ"

"드럽게 늦어! 뭐가 그렇게 늦어!!"

"미안미안. 추웠지?"

나는 내 목도리를 풀어 재규 목에 둘둘 묶었다.

"-_- 한 번만 더 늦어라~ 응?"

"응!!"

"뭐?!"

"아니, 안 늦을게. ㅠㅁㅠ"

"가자."

재규가 내 손을 꼬옥 붙든다. 아무리 추운 곳에 있어도 이상하게 따뜻한 재규 손. 그래서 재규가 더 좋은지도 모르겠다. >_<

"오늘은 이리로 가자."

재규가 다른 길로 가잔다.

"왜??"

"그냥 이리로 가!"

"알았어."

이리로 가면 한참 돌아가는데. -ㅠ

부릉! 부아아앙!

지원과 재규를 못 본 채 지나가는 승관이의 오토바이. 승관이의 얼굴엔 미소가 가득하다.

"어?"

승관이가 오토바이를 다시 온 길로 되돌린다.

"이 바보야!! 너랑 좀 더 있고 싶어서 이리로 간다!! 됐냐?!"

"증말? 다시 한 번 말해 주면 안 돼? >0<"

"싫어! 내 인생은 생방송이야. 재방송은 없어."
"가끔은 재방송해 줘도 좋잖아! ㅠㅠ"
"쉿! 거기까지. 그만그만."
승관이가 재규와 지원이의 모습을 보며 꽉 쥐고 있던 주먹을 힘없이 푼다.
"하하, 지겨워……."
승관이는 오토바이를 돌려 혼자 학교로 향했다. 승관이의 눈물이 달리는 오토바이 덕분에 얼굴 뒤로 흘러내렸다.
"또 이렇게 바보 같은 미친놈 되기 싫었는데."

세현고 앞.
"헥헥. 늦었다. 재규야, 어떡해~ 너 학교 가려면 멀었는데?"
"괜찮아. 나는 남자니까."
"얼른 뛰어! >_<"
"나 간다. 이따가 데리러 올 거니까 꼼짝 말고 기다려."
"알았어."
나는 가뿐한 발걸음으로 학교로 들어섰다.

*　　　*　　　*

세명고.
"최승관! 이놈!! 간만에 너, 딱 걸렸다―!!"
오늘도 반가운 주임 샘 얼굴. 승관이의 표정은 딱딱하게 굳은 무표정. 그럴 수밖에. 주임 샘은 승관이의 목덜미를 잡아다가 경비실 앞에 앉힌다.

"최승관! 니 머리 언제 까맣게 되는 꼴 보냐, 응? 니 머리 까맣게 되는 꼴 볼라믄 나 100살까지 살아야 되지, 응? 그치?"

다그치는 주임 샘 앞에 아무 말 없는 승관이.

10분 뒤.

엉금엉금 기어들어 오는 재규.

"은재규! 저놈 새끼도 머리 봐라! 머리!"

후닥닥 달려가는 주임 샘.

"은재규! 니 머리는 365일 염색채가 부족한가 보다. -_-^"

재규의 머리에 염색채가 부족해 은색이 되었다고 알고 있는 선생님들.

"그럼요, 염색채 만드는 데 150년이나 걸린대요."

재규가 지나가려 하자 주임 샘이 잡는다.

"지금이 몇 시냐?"

"8시 50분이네요. -_-"

"절루 가 앉아!!"

학주가 가리킨 곳을 쳐다보니 승관이가 재규를 쳐다보고 있었다. 재규는 꼽나는 듯이 승관이 옆으로 가서 꿇어앉았다.

"왜 늦으셨습니까?"

승관이는 재규를 쳐다보지 않고 정면을 바라보며 말한다.

"너랑은 상관없잖냐."

"상관있는데요."

"너 앞으로 강지원 데리러 가지 마라."

"싫습니다."

"우리 이제 다시는 안 헤어져. 너 껴들 자리 없어."

재규가 양반다리로 자세를 바꿨다. 그리곤 승관이를 쳐다보며 말했다.
"끼어들 자리는 제가 만들면 되는 거구요."
승관이는 여전히 앞만 보며 말한다.
"글쎄, 끼어들 자리라… 한번 만들어 봐. 사람들 꽉 찬 버스에서 끼어 앉아봤냐? 그때 기분 어땠냐? 잘해봐라. 넌 백 년 만 년, 죽어도 강지원이 랑은 아니다."
재규가 엉덩이를 탈탈 털며 일어난다. 그리고 몸을 돌려 학교 건물로 들어가려 하자 승관이가 입을 연다.
"너무 안심하는 거 안 좋을걸요. 당신같이 쉽게 변하는 게 사랑이니까……."
"뭐?! 이 자식이!!"
"왜요? 틀린 말인가요? 양심은 있나 보죠? 찔리는 거 보니까. 웃기지도 않아."
승관이는 살짝 웃은 뒤 재규보다 앞서 건물로 향한다.
"……."
재규는 아무 말 하지 못했다. 모두 맞는 말이기 때문에… 그렇게 자주 쉽게 변하는 게 사랑이니까…….
"저것들이! 벌 서랬지, 언제 들어가라 했어!!"

승관이네 반.
쾅!!
세게 열리는 뒷문. 깜짝 놀라는 반 아이들과 승관이 친구들. 승관이는 창가에 앉아 있는 애 곁으로 갔다.

"야, 좀 비켜봐."

"어?"

"비켜봐. 여기가 탐난다."

"야! 최승관! 너 왜 들어오자마자 가만히 있는 애한테 자리를 비키라 마라야?! 누가 자리 바꾸래?! 너 그리고 지각 벌금 천 원! 여지껏 밀린 것만도 만오천 원이야!! 어쩔 거야?!"

우리의 깡센 꼬마 반장. 오늘도 커다랗고 둥그런 안경을 치켜올리며 말한다.

"좋은 말 할 때 꺼져. 제발 내 앞에서 땍땍대지 마. 좀 놀아주니까 이젠 아주 머리끝까지 기어오르려고 하네. 너 같은 기집애 다 짜증나."

슬금슬금 피하는 창가에 앉은 그 아이.

"뭐? 기어올라? 놀아줘? 땍땍? 기집애? 꺼져? 짜증나? 나도 너 싫어! 짜증나고! 너 소란 피우는 것도 지겹다!"

"근데?"

"뭐?!"

"같잖은 샌님들은 가서 공부나 해. 괜히 나 같은 거 신경 쓰지 말고."

"샌님?! 이 양아치 새끼! 니가 그렇게 잘났어?!"

눈물이 그렁그렁 맺히는 꼬마 반장.

"세연아! 그만 해!!"

여자애들이 말리기 시작한다.

"아씨, 쬐깐한 게 목청은 좋아가지고."

승관이가 고개를 휙 돌려 버린다. 그리고 교복에서 목걸이를 꺼낸다. 그러더니 미소를 짓는다.

"야! 최승관! 넌 내가 그렇게 우습니?! 그렇게 우스워?!"

"엉. 생긴 것도 진짜 웃기구, 성격도 기집애가 무진장 드럽고, 난 떽떽거리는 기집애가 제일 싫어. 그리고 맨날 나한테 와서 시비 걸지 마. 나 말고 지각한 새끼들 많아. 딱 너 같은 게 제일 싫어. 지원이 누나 아니면 몽땅 다 싫어."

"나, 나도 너 싫어!!"

"그럼 다른 데 가서 놀아, 제발. 귀찮게 하지 말고."

목걸이에 정신을 판 승관이.

"야!!"

승관이가 가지고 있던 목걸이를 확 뺏어드는 꼬마 반장.

"……!!"

승관이가 벌떡 일어선다. 순간 놀라는 반장.

"…그거 이리 내."

표정이 굳어버린 승관이.

"싫어! 이딴 거 보면서 사람 무시나 하고!! 그렇게 만만하냐?!"

소리치는 반장. 점점 굳어지는 승관이.

"…더 이상 입 열어봐. 그거 이리 내, 빨리. 안 그럼 너 때린다. 너 정말 맞는다."

"흥! 때려봐! 그래! 때려! 사내 새끼가!!"

목걸이를 바닥에 내던지는 반장.

"……."

승관이는 아무 말 없이 걸어가 목걸이를 주워선 주머니에 넣는다. 그리고 반장을 쳐다본다.

"나 너 같은 애 싫어. 싫다고 했는데 왜 그래? 나한테 신경 끄라고 했잖아. 나 너 안 좋아. 언제까지 내가 너 좋아하길 바라냐? 나 죽었다 깨어나도 너 같은 거 좋아할 일 없거든? 나 분명히 말했다, 너 싫다고. 너 같은 기집애가 제일 싫어."

승관이가 다시 자리에 앉아 엎드린다.

"최승관!!"

"안 때린 거 고맙게 생각해. 네가 여자만 아니면 뭉갰을지도 몰라. 입 다물고 살아라, 제발."

하고 나가 버리는 승관이. 눈물을 뚝뚝 흘리는 반장.

"세연아, 그만 하라니까."

여자애들이 몰려와 반장을 달래기 시작한다.

"아이고~ 벌써 3번이나 차이고, 제일 싫다는 소리나 듣고… 쯧쯧, 니 인생도 불쌍하다. 키도 드럽게 작고, 생긴 것도 이상하고."

"야!!"

소리 지르는 반장, 정말 깡이 세다.

"그러니까 승관이한테 관심 갖지 말라고. 승관이는 너 같은 애 눈에 안 차. 솔직히 승관이가 널 좋아할 것 같아? 승관이 좋아하는 사람 있어. 그게 누군지 모르니까 하는 소리야. 너 정말 상처받는다."

넘버 쓰리가 말하고, 승관이를 쫓아 나가는 승관이의 친구들.

"그래, 세연아. 승관인 인기도 많구 베스트 킹칸데."

"……"

아픔은 혼자 하는 사랑이 치러야 할 마땅한 이유.

세명고, 옥상.

넘버 쓰리와 나란히 앉아 있는 승관이.

"야, 너무 모질게 안 굴어도 되잖아?"

"…나 정말 그런 기집애 싫어."

"하여간 진짜 충격먹은 것 같드라."

"상관없어. 귀찮아."

승관이가 목걸이를 꺼낸다. 그리고 한숨을 내쉰다.

"그거 뭔데 그래? 행운의 상징? 드럽게 예민하더라? 그게 그렇게 소중해? 그게 뭐야, 진짜."

"-_- 예쁜 거."

"그래, 예쁜 건 알겠는데 어떤 의미가 담긴 목걸이냐고."

"예쁜 의미."

"-_-"

"물방울처럼 생겼지."

"응. 뭐, 가뭄든 곳에 비를 오게 해주는 거냐?"

"아유, 역시 넌 머리가 달리는구나. 사랑의 눈물이란 거다. 멋있지?"

"그래, 멋있다."

"바보 같은 짓 하고 후회하면 그거 미친놈이나 하는 거지?"

"그럼, 바보 같은 짓은 지가 해놓고, 지가 병신같이 후회하면 미친 짓 하는 미친놈이나 다름없지. 그런 건 왜 물어?"

"ㅋㅋㅋ 그럼 바보 같은 짓 하면 진짜 바보되는 거네?"

"바보 같은 짓을 왜 하냐? 바보도 아니고."

"바보라서 바보 같은 짓 하면?"

"바보가 바보 짓 하는데 당연한 거 아니냐?"

"그래……."

"아우 씨! 나 머리 달리는 거 알면서 이상한 걸 왜 물어! 이상한 말만 막 하고! 앞뒤도 말이 다 안 맞아! 진짜, 웃겨!"

"지금 내 속이 앞뒤가 안 맞거든."

"하여간 정말 속을 알 수 없는 놈일세."

"어른 같은 소리 하지 마라! 이 늙은아!!"

"죽을래!!"

그녀가 웃을 수 있다면… 난 기꺼이 바보가 되겠습니다.

page 73 사랑의 힘이란 건, 기적과도 같은 일……

세현고.

"역시역시! 아이고~ 해민경, 고거 꼬시다!! 그러게 날 믿으라니까!! 일찍 그렇게 짝! 붙었음 얼마나 좋았니! >ㅁ<"

지현이가 계속 방방 뛴다. 오늘은 시끄러운 거 이해해 준다. ^-^ 그나저나 은혜가 걱정이다. 나 혼자 이르케 좋아해도 될까? 휘유… 래원인 연락도 없냐! 일본 여자들이 그르케 좋드냐—!!

　　　　　　*　　　*　　　*

세명고, 재규네 반.

승관이가 부순 뒷문은 아직도 깨져 있다. 바람이 휘휘~

열린 뒷문에 승관이가 서 있다.

"뭐야? 또 재규 패러 왔냐?"

강우가 묻자 승관이는 아무 말 없이 주먹을 꾸욱 쥐고 재규를 쳐다본다.

"좀 볼일이 있습니다, 재규 선배."

"…너 왜 또 왔어."

재규가 일어나자,

"잠깐 자리 좀 옮기실래요?"

옥상.

"볼일이 뭐냐? 또 쪽팔리게 후배한테 깨지기 정말 싫거든? 그러니까 말이라도 하고 때려라?"

재규를 때릴 듯이 주먹을 쥐고 들어 올리다가 이내 힘없이 풀어 재규에게 손을 내미는 승관이.

"이거요."

승관이가 내민 손에 걸려 있는 건 물방울 모양의 목걸이.

"어? 이거 강지원이 하고 있던……."

재규가 승관이를 째려본다.

"…가지세요."

"뭐?"

"가지시라구요. 그리고 지원 누나 울리지 마세요. 뒤에서 혼자 아파하는 사랑을 하는 사람은 아무것도 보이지 않아요. 단지 그 사람밖에… 그 사람 울리면 나 정말 미칩니다. 울리지 말아주세요. 제발 아프게 하지 말아주세요."

재규 손에 목걸이를 올려놓고 옥상 문고리를 잡는 승관이.

"제가 해야 할 몫은 이거였나 보군요."

계단을 하나하나 밟아 내려가는 승관이. 그리고 머리 속에 무언가를 마구 새겨 넣는다.

최승관… 이 바보 자식. 미친놈. 후회하면 안 돼, 승팔아. 넌 바보니까 바보 짓 하는 게 당연한 거니까 후회하면 안 돼. 이딴 미친 짓 따위는 병신이나 하는 거야. 최승관 넌 병신이잖아. 지원이 누나밖에 모르는 병신이잖아. 그러니까… 이제 넌 또 아파하면 되는 거야.

"흐음."

재규가 목걸이를 유심히 바라본다.

"이거였군, 이거였어."

의미 모를 말. 재규는 모든 엔딩을 알고 있을까? 재규가 생각하는 엔딩은 뭘까? 오늘따라 구름 한 점 없는 푸른 하늘. 재규는 하늘을 바라보며 누웠다. 손에 든 목걸이. 양쪽으로 왔다 갔다 하는 목걸이. 재규는 아무 말 없이 목걸이를 보고 있다가,

"…그 딴 건 알지 못해도 괜찮은데……."

한숨을 푹 내쉰다.

*　　　*　　　*

세현고.

"간다, 이 아줌마들아. -_-"

은혜는 또 힘없이 교실을 나섰다.

"지원아, 은혜 저러다 정말 무슨 일 나면 어떡해?"

은지가 걱정스러운 표정으로 안절부절못한다.

"그러게 말이야. 휴……."

"아싸아싸! 고거 해민경 딱 걸렸어. 아이고~ 표정이 가관이겠군. 사진기 가져갈까? 꺄하하하!!"

방방. 폴짝폴짝. 지현이의 외모만 보면 저런 이미지는 상상도 못할 일이다. -_-;

"뭐 해? 얼른 가야지!! 푸하하!"

어째 어깨에 힘이 팍 들어간 지현이.

"어? 강우야!! >_<!!"

교문 앞에 서 있는 강우와 재규.

"어? 왜 저것들뿐이야?!"

지현이가 우뚝 멈춰 선다. 은지는 이미 저 앞 강우에게로 뛰어가 버렸다. -_- 빠르기도 하여라.

"빨리 와!! 각시!!"

재규가 크게 소리친다. 아, 챙피하게(은근히 무지막지하게 행복함. -_-;)!

"-_- 강은혁, 죽었어."

지현이가 이를 부득부득 갈기 시작한다.

"왜 이렇게 느려! 쟨 서방님이 부르기 전에 다다다 달려오는구만!!"

재규가 은지를 가리키며 날 다그친다.

"너넨 보자마자 사랑싸움이냐? >_< 키킥!"

강우랑 은지가 킥킥댄다. 그리고 지현이는 은혁이의 핸드폰으로 전화를 빠르게 걸고 있다. 하지만 은혁이는 받을 생각이 없나 보다. 우리는 카페로 향했다.

"이래서 안 돼, 강지원. 나무림보도 아니고."

"ㅇ_ㅇ 나무림보가 뭐야?"

처음 듣는다. 나무림보?

"허허? 이거 무식하기까지! 정말정말정말 맘에 안 들어. 너 못 봤냐? 동물의 왕국에서 보면 느릿느릿 나무에서 사는 놈 있잖아! 나무림보! 아우! 증말!"

재규가 답답하다는 듯이 가슴을 두드린다.

"나무늘보는 들어봤어도 나무림보는 첨인데, 재규야? ㅇ_ㅇ"

멈칫!

"왜 그래, 재규야?"

"아냐, 나무림보도 있어. 내가 봤다고!! 나무림보 내가 봤다고!!"

"아, 그래. 나무림보."

"림보도 있다니까?!"

"알았다니까. 정말!"

"아씨, 너네 조용히 못혀?! 강은혁 이놈아는 왜 전활 안 받냐고! 받아라, 받아! 좀 받아!! 한 번만 받아줘. ㅠ_ㅠ"

"너네 쟤랑 왜 노냐?"

재규가 지현이를 가리킨다.

"은혁님, 제발 받아주세요."

지현이는 전화기에 더 매달린다.

엔젤로스.

딸랑~

"제수씨이! >_<"

내게 돌진해 오는 재영 오빠.

"오랜만이야. 우리 재규가 보고 싶지도 않았어? 대체 요즘 왜 안 왔어? 나는 안 보고 싶었어? 나라도 보러 와야지. 어쩜어쩜, 미워! 저 자식 정말 매정했지? 너무너무 미안! 내 동생 새끼라지만 나도 싫어. 어쨌든 무지 보고 싶었어. ㅠ_ㅠ"

내 두 손을 꼭 붙들고 울부짖는 재영 오빠.

"아, 죄송해요."

"은재영, 이젠 동생 여자한테까지 집적대냐?"

"니 여자면! 니 여자면! 좀 아껴봐라! 강우랑 은지는 얼마나 보기 좋냐?! 너랑 지원이랑 보고 있음 뭔 생각이 드는 줄 아냐? 꼭 호랑이 새끼가 토끼 잡아먹으려 그러는 것 같아! 나처럼 애교도 부릴 줄 알아봐라! 이건 사내 새끼가 지 애인한테 야! 이러면서!! 잘났소이다, 아주! 잘나셨소이다—!! 아주 지 애인 속은 벅벅 긁어놓고. @#$%&*@%! ^&!!"

무슨 말인지 듣진 못했지만 어쨌든 무진장 시끄러웠다. =_=;

"읍!"

재규가 재영 오빠의 얼굴을 손으로 밀쳐 냄으로써 무지하게 시끄러운 소음은 중단되었다. -0-

"민경인 어떻게 된 거야?"

아주아주 힘겹게 재규에게 물었다.

"그건 걱정 안 해도 돼. 이제 나만 믿고 따라오면 아무 걱정 안 해도 돼."

재규가 씨익 웃어준다. 따뜻하고 편안한 미소.

딸랑~

"은혁아! 뭐야? 은혁이 아니잖아. 아이씨, 저 지지배는 왜 또 왔대?!"

지현이가 돌아본 곳엔 민경이가 서 있었다.

"어? 지원이 오랜만이네."

"어? 응, 안녕?"

"재규야, 우리 할머니네 별장으로 놀러갈래? 너희 다음주에 방학한다며! 할머니가 마침 방학이니까 우리끼리 마음대로 쓰래! 관리인도 휴가 갈 테니까. 어때? 어때??"

민경이가 재규의 팔짱을 끼며 얼굴을 들이민다. 상당히 거슬린다. --+ 재규가 나를 슬그머니 쳐다보더니 민경이의 팔을 놓는다.

"ㅇ_ㅇ 왜? 아! 지원아, 너두 갈래? 아참! 이왕 이런 김에 우리 커플로 가자!"

"허어! 야, 해민경 너 모르시나 본데 우리 지원이랑 은재규랑 처억! 다시 붙었다는 거 아니니? 어머어머~ 어쩌니~ 재규가 다시 홀라당 붙어버려서! 다시는! 다시는! 절대! 네버!! 다른 사람 남편 꼬셔갈 생각은 하지 마! >ㅁ<"

지현이가 민경이 앞에서 행복한 표정을 지으며 호호호호~ 웃기 시작한다.

"그래? 축하해. ^-^"

민경이의 의외의 반응에 재규와 나도 놀랐다.

"우리 다같이 가자. ^-^"

그렇게 해서 우리는 일주일 후 방학과 동시에 바다가 보이는 민경이네

별장으로 놀러가게 되었다. 조금 불안하기는 하지만. -_-^

끼익—

대기실 문이 빠꼼히 열리고 재규가 손짓한다.

"o_o?"

"빨리이!!"

나는 대기실로 쏘옥 뛰어들어 갔다.

"왜?? o_o"

"저 녀석들 때문에 시끄러워서 분위기를 못 잡잖아."

재규가 대기실 문을 턱으로 가리키며 말한다.

"이거……."

재규가 꺼내 든 것은… 목걸이? 어? 내 꺼랑 똑같네!

"어? 이거 내 거랑 똑같은 건데? 어디서 났어?"

"이거?"

"응. 어디서 났어?"

"이거? 이거 말이지……."

"응, 이거 뭐?"

"…오다 주웠어."

"노다가? 이 비싼 걸 떨어뜨렸단 말야? 주인 찾아줘야 하는 거 아닐까? o_o"

"됐어!"

"-_-??"

"걸어줘."

"뭘, 이걸?"

"그래, 이거!"

재규가 목걸이를 내 앞에 들이민다.

"땅에서 주운 거면 드러운 걸 텐데. -_-"

"어떤 개자식이 줬어!!"

재규가 버럭 소리친다.

"줬다구? 누가?!"

"잔말 말고 걸어!!"

"알았어."

왜 괜히 신경질 부리구 난리래니? 나는 투덜대며 재규에게 목걸이를 걸어주었다.

"우리 둘이 똑같네."

"우리 둘은 하나니까."

재규가 내 어깨를 휙 잡아끌며 말한다. 하나라… 킥! 그거 괜찮은데?

"아악!! 강은혁!! 도대체 사람 피를 말려 죽이려는 게냐?! 전화 좀 받아줘라. 받아주셔요!! ㅠoㅠ"

지현이가 전화기를 붙들며 말하고, 여전히 무심히 울리는 신호음.

[여보세요.]

낮은 은혁이의 목소리.

"강은혁!!"

[어? 어, 왜??]

"왜라니! 너 어디야, 도대체!! 학교도 안 나왔다며! 벌써 100통 이상은 전화했는데 안 받구!! 사람 피 말려 죽일 작정인 거야?! 너 어디야! 당장 카페로 와!"

[아하, 미안. 너한테 얘기하는 거 잊었다. 어젯밤에 우주 병원에서 밤샜어. 아~ 이 자식이 잠을 못 자겠다잖아? 미안미안. 많이 걱정한 거야?]

"바보 자식아!! ㅠㅇㅠ"

"오늘은 안 되구 우리 내일 만날까?!"

"정말이지! >_<"

아주 좋아서 방방 곤장이라도 하늘로 솟아버릴 것 같은 지현이.

     *   *   *

승관이 방.

똑똑!

"승관아, 뭐라도 좀 먹어야지. 어디 아픈 건 아니니? 승관아, 자는 거니??"

승관이네 집 파출부 아줌마는 죽을 들고 있고, 승관이네 엄마는 걱정스러운 표정으로 굳게 잠긴 승관이 방문을 두들긴다.

"…흐윽! 흑!"

승관이는 핸드폰을 손에 꼬옥 쥐고 눈물을 뚝뚝 흘린다. 베개 속으로 속속 스며드는 눈물. 핸드폰에 붙여진 스티커 사진 한 장.

"흑… 흐윽. 흡!"

지이이잉— 지이이잉—

그때 울리는 승관이의 핸드폰.

딸칵—

[승팔아!! 행님이다. 아씨, 이제야 핸드폰이 된단다!! 그래서 전화했어. 내가 너한테 처음으로 전화한 거야! 야? 최승팔이!! 나 래원이 형님이라고!]

래원이의 우렁찬 목소리가 핸드폰 넘어서 쩌렁쩌렁 울린다.

"킥! 바보 새끼. 여전히 목소리 하난 죽이게 크군. 전화는 왜 했냐? 웬수, 용케도 살아 있군."

승관이가 부은 눈으로 조금 갈라진 목소리로 말한다.

[뭐야? 새끼, 지금 상태는 어떠한가 전화해 줬더니. 어때? 우리 뚱이랑은 잘됐냐?!]

"……."

[뭐야… 너 울었어?]

"왜 울어. 내가 너도 아니고."

[왜 울었어?]

"안 울었어!!"

[왜 울었냐고!! 누가 울렸어!! 바른대로 대. 안 그럼 나 바로 날아간다?! 아니지, 나 지금 일본이라서 어쩔 순 없지만 언젠가 한국 땅 밟으면 바로 밟을 새끼가 생겼군. 후훗, 누가 울렸어?]

"야, 래원아… 흑!"

[그래, 나 래원이다. 말해.]

"아씨, 안 울려고 했는데……."

그들의 통화는 말하지 않아도 알 수 있고, 보지 않아도 느낄 수 있었다.

[승팔아, 바보 된 거 축하한다. 바보 되는 거 무지 힘든데… 너도 나랑 같은 부류가 됐구나. 너 임마, 그래도 너만큼은 안 그러길 바랬다.]

"너 같은 친구 덕이지."

[미안하다, 지금 니 옆에 못 있어줘서.]

"됐어, 가버리는 게 더 좋아."

[뭐!]

"얼른 돌아와, 새끼야. 3년이랬어. 나 3년 후면 너 안 본다!"

[그럼 너 나 안 보겠네. 아마 나 못 볼 거다. 베~]

"뭐? 너 정말!"

[끊어라! 돈 나간다아!! 뚜— 뚜— 뚜—]

"하하. 하하. 강래원 정말 멋있어. 이 자식아, 너 강한 생명력 하난 정말 끝내주는구나. 난 너만큼 아프고도 웃을 자신 없는데… 멋있다, 강래원. 너 정말 끝내준다."

*　　　*　　　*

"내일 아침은 일찍 나와. 안 그러면 너 내 색시 안 한다?"

오늘 재규에게 제일 많이 들은 말, 저거다. 우씨우씨. ㅠ_ㅠ

"얼른 들어가. 춥다."

"응, 너도 추우니까 얼른 뛰어가!"

"잘 자."

재규가 내 이마에 살짝 뽀뽀해 주고, 빨갛게 상기된 얼굴로 길모퉁이를 돌아 나간다.

")_<"

나는 폴짝폴짝 뛰어서 집 안으로 들어갔다.

삘랠랠랠랭~ 삘랠랠랠랭~

"여보세요?? O_O"

[누나! 나야, 래원이! 일본이다! 이제야 핸드폰이 돼서 그동안 연락 못했다. ^-^]

"이, 이 바보야! 얼마나 걱정했는데!! 간 지 며칠이나 지났는데 전화 한 통두 없구, 정말 이러기야?! ㅠ_ㅠ!!"

[미안하다니까! >ㅇ< 아~ 증말 우리 누나 날 너무 좋아해.]

"강래원! 우이씨, 너 강래원 맞지! 내 동생 놈 맞는 거지?!"

[휴… 누부야, 미안한데 나 이제 강래원 아니야. 미안해, 누나. 자랑스런 강 씨 집안 래원이가 못 돼서. 나 이제 히데야. 윽! 일본 말 너무 어렵다! 우리 엄마두 진짜루 이쁘다? 아빠는 아직 못 봤어. 출장 가셨대~ 엄마랑은 말이 잘 통해. 아, 나 동생도 있어! 13살이야. 여자앤데 나 되게 잘 따르구, 맛있는 거 있으면 가져다 주고 그런다? 진짜 착해. 누나, 이젠 나 전화 안 할 거야. 이제 누나도, 나도, 한국에 엄마, 아빠도, 우리 서로서로 잊어야 하니까. 이젠 정말 모르는 사람이 되어야 하는 거니까. 그동안 내 누나가 되어줘서 너무 고마워. 나 누나가 싫어서 뚱이라고 부른 거 아니야. 누나, 난 누나 너무 좋아. 너무너무 맹해서 탈이지만. ㅋㅋㅋ 언젠가 우연히 만나면 그때는 멋쟁이 히데!라고 불러주세요! +_+ 그리고 언젠가 내가 한국에 발을 들여놓게 된다면, 은혜 앞에서 웃을 수 있는 그런 강한 놈이 되었다는 증거일 거야.]

"래원아."

[아이, 참! 래원이 아니라니까. 하긴 누난 머리가 좀 달려서 내 이름 못 외우겠다, 그치? 그럼 더 빨리 나 잊을 수 있을 거야. 언제까지 나 못 잊고 살 거야? 나 그런 거 싫어. 난 여기서 행복하게 살 건데, 엄마, 아빠랑 누나랑 셋이서 나 그리워하면서 난 슬퍼하는 거 싫어.]

"흑! 래원아… 래원아… 강래원."

[아악! 엄마가 밥 먹으래! 끊을게. 또 볼 수 있으면 좋겠다. 누부야, 나

누부야 너무 보고 싶어. 우리 은혜도 잘 부탁하고, 은혜한테 내 걱정은 말고 웃으면서 지내달라고, 은혜가 행복하게 좋은 사람 만나 예쁜 사랑하면서 살아가면 나 언젠가 은혜 찾아간다고 전해줘. 다들 바보처럼 나 같은 놈 기억하지 마, 알았지? 잘 있어! 알았어!! 금방 갈게요! 누나, 끊어야 돼! 안녕!!]

"래원아! 래원아!!"

뚝!

벌컥!

"래원이라니! 래원이한테 전화 왔었니?!"

엄마가 다급하게 뛰쳐나온다.

"엄마, 래원이… 이제 우리 래원이 아니래. 엄마, 래원이… 내 착한 동생이… 내 동생이 아니래!"

나는 미친 듯이 소리 지르기 시작했고, 엄마는 그런 나를 가만히 안아 주었다.

"아악!! 싫어. 내 예쁜 동생 래원이… 내 동생이란 말야!! 되돌려 달란 말야!! 내 동생… 엄마, 엄마, 래원이 내 동생 맞지? 그치? 그치? 엄마가 말 좀 해봐. 래원이 내 동생 맞다구―!!"

"흑! 그래, 지원아. 흑! 흑! 래원이… 우리 집 자랑스러운 아들이야. 흑!"

"얼마나 힘들었을까? 얼마나 아파했을까? 래원아… 래원아…….."

그날 밤.

나는 하루종일 래원이를 찾았고, 꿈에서도 래원이를 보았다. 사람을 잊는다는 건 쉬운 일이 아닌데… 아무리 시간이 지나도 사람을 잊는다는 건 사실 힘든 일인데…….

 page 74 다가올 불행, 예측하지 못한 결과, 알 수 없는 마음.

얼굴로 스며드는 햇빛에 평소보다 일찍 눈을 떴다. 뭉개뭉개 하얀 구름이 떠다니는 파란 하늘. 저런 하늘도 달갑지만은 않다. 래원이가 떠나던 날의 하늘이 저러했으니까. 이젠 더 이상 누굴 원망할 수도 없다. 래원이에게 아픈 운명을 선물한 하늘을 원망할 수밖에. 조금 조심스레 1층으로 내려갔다. 아직은 조용하다. 이런 조용함도 래원이가 있을 땐 느끼지 못했던 것. 새로운 것에 적응해 나간다는 것은 익숙한 것을 잊는 것 못지않게 어려운 일이다.

끼이—

살짝 열린 문틈을 비집고 안방으로 들어섰다. 가족 사진을 손에 꼬옥 붙들고 얼굴엔 눈물 자국이 남은 엄마 얼굴. 아빠는 자는 모습마저 차가울 따름이다. 나는 엄마 머리를 쓸어 넘겼다. 걱정 말아요, 엄마. 래원이는 착하니까 어디서든 사랑받을 수 있을 거예요. 우리 래원이는 멋지니까 어딜 가든 멋있는 사람이 될 수 있을 거예요. 이제 우리만 래원이를 놓아주면 되는 거야, 엄마.

"으음…….'

엄마가 고개를 돌리자 나는 서둘러 안방을 나왔다. 그러곤 교복으로 갈아입고 식빵 한 조각을 입에 문 채 대문으로 나왔다. 조금 이른 아침이라서 날씨가 더 쌀쌀하다.

"우물우물~ 후우……."

이제 재규를 기다려야지. 대문턱에 걸터앉아 살짝 눈을 감았다.

"어이. -_-"

내 볼을 콕콕 찌르는 무언가. -_-

"음."

살짝 눈을 떴을 땐, 재규가 긴 나뭇가지로 내 볼따구를 콕콕 찌르고 있었다. 아무리 그래도 그렇지, 어떻게 여자 친구 볼을 나뭇가지로 벌레 건들 듯 건드리냐구!

"-_- 언제까지 자나 봤더니 아주 눈뜰 줄을 모르고 코까지 골드만?"

재규가 내 앞에 쪼그려 앉아 질린다는 표정으로 손을 휘휘 젓는다.

"그래도 그렇지, 나뭇가지로 얼굴을 콕콕 쑤시는 게 어디 있어? ㅠ0ㅠ 그래도 여자 친군데."

"얼른 일어나기나 하시오."

나는 재규의 손을 잡고 벌떡 일어섰다.

"자, 이거 둘러."

어제 아침에 재규 목에 둘러준 내 목도리를 재규가 내 목에 둘둘 감아준다.

"이제 하루하루 바꿔가면서 하자. ^-^"

씨익 웃으면서 목도리를 단단히 매어주는 재규. 아침이 새롭게 느껴지는 날이다.

"여행 가는 거 말이야."

재규가 머뭇머뭇거린다.

"여행? 아! 민경이가 가자고 한 거??"

"응, 불편하면 안 가도 돼. 뭐, 나도 너 안 간다면 안 가."

"^-^ 왜 그래! 재밌게 놀다오면 되지. 걱정 마. 사실 나도 쪼끔 불안하지만 우리 여행은 처음이잖아."

"하긴 다른 놈들만 없어도 아주 분위기있게 놀다오는 건데. 그치?"

세현고.

드륵―

내가 들어오자마자 뒤이어 뒷문을 힘없이 열고 축 처진 어깨로 들어오는 은혜.

"안녕."

평소의 은혜라면,

"아줌마들, 아침부터 왜 이리 죽을상이래?! 정말~ 아침부터 기분 드럽게 만드는구만?? 수업 좀 즐겁게 하려 했더니만! >ㅁ<"

하면서 등짝을 몇 대씩 후려쳤을 텐데. -_-;

"저기, 은혜야."

"으응??"

고개를 올려 나를 쳐다보는 은혜. 눈이 많이 충혈되어 있었다.

"잠깐 우리 좀 얘기할까?"

"해."

"여기서 말구. ^-^"

옥상.

"옥상 문 열기 정말 힘들다. 다른 학교들은 다 열어놓는다는데 우리 학교는 정말 유별나! 휴."

"할 말이 뭐길래 이런 데 싫어하는 니가 옥상까지 찾아온 거야?"

"응. 어제 래원이한테 연락이 왔더라구. 그동안 핸드폰이 안 됐었나 봐."

"뭐? 래원이? 잘 도착했대?! 몸은 건강하대??"

은혜가 놀란 눈으로 내 옷깃을 부여잡고 말한다. 내가 살짝 놀란 표정으로 은혜를 바라보니 은혜가 슬쩍 손을 내려놓는다.

"다른 좋은 사람 만나서 행복하게, 즐겁게, 웃으면서 지내면 언젠가 래원이가 찾아올 거래. 은혜야, 래원이가 너 만나러 올 거래. 그러니까 너도 래원이 잊어버려. 잊고 더 좋은 사람 만나서 행복하게 지내면 좋은 거잖아?"

"잊고 싶지가 않아. 지원아, 너무 사랑했어. 너무 좋아했어. 그런데 어떻게 잊어? 나 어떻게 래원이를 잊어버리냐구. 어떻게!! 말이 되는 거야? 아니면 내가 잘못된 거야? 나 래원이를 잊어야 하는 거냐구! 난 래원이 추억 속에서라도 사랑하면 안 돼? 래원이 그냥 옛날 모습대로 내 마음에 담아두면 안 돼?"

애처롭게 나를 쳐다보는 은혜.

"응, 안 돼. 시간은 자꾸 흘러서 래원이는 변하는데, 세상도 변하는데, 만약 래원이가 너 다 잊고 다른 좋은 여자 만나서 행복하게 잘산다면 어떡할 건데? 넌 그때 어떻게 할 건데? 이미 늦었는데 그땐 어쩔 건데!!"

털썩!!

힘없이 주저앉는 은혜. 난 냉정해질 수밖에 없었다. 더 이상 힘없는 은혜도 보고 싶지 않았고, 은혜를 그리움에 시달리게 하고 싶지도 않았다.

은혜가 아파하면 래원이도 아플 것이고, 은혜가 슬퍼하면 래원이도 슬플 테니까. 분명히 둘은 너무 사랑하고 있으니까.

"래원아……."

바닥에 톡톡 떨어지는 은혜의 눈물. 너무너무 사랑하면서 헤어져야 한다는 게… 이런 거구나.

우주 병실.

"자, 우주야~ 약 먹을 시간이다!! ^-^"

"누나, 나 수술 날짜 일주일만 미뤄주면 안 돼요?"

"수술 날짜를 미뤄달라니? 그게 무슨 소리야?"

간호사가 놀라서 우주를 바라본다.

"나 아직 시간이 많이 부족하니까. 누나, 나요, 아직 못해준 게 너무 많단 말예요. 아직 행복하게 웃을 수 있게 못해줬구요, 즐겁게도 못해줬구요, 아무것도 해준 게 없는데… 해줄 것도 너무 많아요. 제발."

"일단 의사 선생님께 여쭤볼게. 그때 가서 딴말하지 않기다?!"

"응, 해줄 수만 있다면, 내게 시간을 준다면, 아무 말 하지 않을게요."

"많이 사랑하는구나?"

끄덕끄덕—

"꼭 이식자를 찾아야 할 텐데, 그치?"

"기대 같은 건 안 해요."

기대한 만큼 실망도 큰 법이니까.

엔젤로스.

딸랑~

카페에 들어서자 오늘은 다른 때보다 이른 공연을 하고 있었다.

"아, 이번 곡은 우주가 쓴 곡인데요. 이거 정말 부르기 싫은데… 우주가 입원하면서 부탁한 거라… 휴우, 정말 이건 내 부류가 아닌데… 어쨌든 불러드릴게요."

재규가 한숨을 푹푹 내쉰다. 멜로디가 흘러나온다. 평소보단 경쾌한 멜로디. 기분을 좋게 만든다. 역시 우주를 닮은 곡이다.

오늘 아침 햇살은 왠지 좋은 예감을 실어다주고~
왠지 이 길을 걸어가니 그녀를 만날 수 있을 것 같은 좋은 느낌이 오네.
커다란 그녀 눈망울에 비춰진 내 모습이 가끔은 너무 수줍게 느껴지는데.
이렇게 헤매고 헤매던 그녀 모습이 내 두 눈앞에 펼쳐 있는데,
정말 행복한 거죠. 나는 제일 행복한 사람이죠~
사랑하는 그녀가 내 앞에서 환하게 웃어주는
이런 내가 제일 행복한 사람이겠죠~

은혁이와 강우, 재영 오빠는 뭐가 그리 즐거운지 킥킥 웃어넘긴다. 재규는 그런 그들을 무섭게 째려본다. 힘차게 들리는 일렉 기타 소리. 해민경의 훤칠한 외모만큼 시원스러운 기타 소리.

"야, 재규 오빠 저런 거 불러도 어울린다. 귀여워! >_<!!"

내 꺼요! +_+ 저 남자가 내 꺼요! 어쩐지 기세등등해진 나. -_-;

"흠흠!! 엔딩 곡이네요."

재규가 큐 사인을 보내자 들리는 멜로디. 은혁이의 엄숙한 드럼 소리

가 카페 안에 잔잔히 울려 퍼진다.

　감정없이도 사랑은 할 수 있지. 사랑없이도 사랑은 할 수 있지.
　쉬운 일이지. 사랑이란 건, 여자라는 건 아주 쉬운 존재지.
　단순한 거짓으로도 마음을 다 주는~
　텅 비워진 마음으로도 사랑은 할 수 있지.
　생각없는 마음으로도 사랑은 할 수 있어.
　사랑이란 건 정말 쉬운 거라지. 그만큼 추해지는 것도 여자라는 거지.
　알 수 없는 건지, 인정하지 않는 건지.
　감정없는 거짓 따위에도 행복해하는 건지.
　사랑이라는 건 단순한 도박. 거짓 따위에 마음을 거는 거지.

　은혁이의 드럼 소리가 더 크게 울려 퍼지고, 지현이의 표정이 굳어져 간다. 은혁이의 드럼 소리만으로 시작해 은혁이의 드럼 소리만으로 끝난 노래.
　"지원아, 저거 은혁이 곡이래. 곡에서 왠지 살기가 느껴지지 않아?"
　은지가 내 옆구리를 푹푹 쑤셔대며 말한다.
　"…감정없이… 사랑없이… 사랑하는 일……. 정말 가능한 걸까?"

page 75 의문에는 곧 답이 있는 법.

대기실.

대기실 밖에선 강우와 은지, 재영 오빠가 열심히 일하고 있다. 오늘 재규의 신선한 목소리 덕분에 사람들이 난리도 아니다. ㅋㅋㅋ
"아, 정말 짜증나. 신우주, 별걸 다 시켜. 아, 정말 망신이야. -0-"
재규가 아까부터 우주가 쓴 악보를 보며 투덜투덜 입이 한 댓발 나와있다. 지현이가 은혁이 옆에 앉아 은혁이를 유심히 바라본다. -_-
"왜 그래?? -0-?"
은혁이는 드럼 스틱을 닦으면서 지현이를 바라본다.
"아냐."
은혁이는 아무래도 상관없다는 듯이 또 노래를 흥얼거린다.
"감정없이 하는 사랑이라… 정말 불쌍하군. 안 그래, 지원아?"
민경이가 탈의실에서 옷을 갈아입고 나오면서 내게 묻는다.
"불쌍? 응, 불쌍하긴 하네. 그런데 그게 가능할까?"
민경일 보며 질문하자 민경이가 은혁이와 지현이 쪽을 바라보며 말한다.
"그럼. 감정없이도 사랑은 얼마든지 할 수 있지. 노랫말에서도 사랑은 도박이라잖아. 넌 감정이나 마음을 쏟으며 하는 도박 봤어, 은혁아?"
"응. 감정없이 사랑하는 거 충분히 할 수 있어."
은혁이는 말을 마치고 또 다른 노래를 흥얼거린다. 표정이 어두워지는 지현이가 민경이를 째려본다.
"어머, 지현아. 어디 안 좋아?"
민경이가 지현이를 보며 걱정한다.
"가증스러운 기집애, 정말."
지현이가 주먹을 꼬옥 쥐었다.

"가증스럽다니?? ㅇ_ㅇ"

지현이보다 키가 큰 민경이가 허리를 숙이며 말한다.

"해민경, 그거 아니? 너 같은 것 보고 가증이라 그러는 거야."

끼익— 쾅!!

매섭게 대기실을 나가 버리는 지현이.

"은혁아, 안 따라가?"

은혁이는 계속 드럼 스틱을 닦고 있다.

"뭐? ㅇ_ㅇ 어딜 따라가?"

"지현이 방금 나갔잖아."

"어? 정말 없네?"

하더니 은혁이는 지현이를 쫓아나간다.

"쿡! 이지현도 불쌍해. 그치, 지원아? ^0^"

민경이가 재규 옆에 팔짱을 끼며 앉는다. 정말이지… 재규의 팔을 없애버리든가, 팔에 쥐약을 발라놓든가 해야지!!

"-_- 놔, 더워."

옳지, 잘한다!

"겨울엔 꼬옥! 붙어 있어야지 따뜻해! >_< 너네 둘은 애인 사이라면서 왜 그렇게 냉랭하니? 누가 보면 오빠, 동생 같겠다."

하면서 킥킥 웃는 해민경. 래원이도 이렇게 변해서 돌아올지도 모르지. ㅠㅇㅠ

"그럼 너랑 나는 누나, 동생 사이냐?"

재규가 민경이를 올려다보며 말한다. 약간 당황한 표정의 민경. 푸훗! 재규야, 멋지구나. +_+

"나가자."

재규가 내 손을 잡고 일어나자 벌떡 쫓아 일어나는 민경.

"왜? 너두 어디 가게?"

재규의 퉁명스러운 말투.

"어? 너넨 어디 가는데?"

"우리? 데이트하러 갈 건데?"

재규의 말투가 꼭 꼬마들이 잘난 체하는 말투 같다. -_-;

"그래? 그럼 나도 같이 가자~ 기분 전환도 할 겸. 지원아, 그래도 되지??"

날 보며 물으면 어떡하냐구. ㅠ_ㅠ 계속 눈을 껌뻑이는 민경. 그리고 나를 뚫어져라 째려보는 재규. 점점 애처로워지는 민경이의 눈빛.

"그, 그래, 가, 같이 가자."

대기실 문을 뻥 차버리고 나가는 재규. 우이, 어쩌라구! 니가 딱 잘라 말하면 될 것을. ㅠ_ㅠ

"어? 은재규! 같이 가!!"

뽈뽈뽈뽈 쫓아가는 민경이. 저럴 땐 다리가 길어서 참 좋구나. 나는 뒤로 처져 터벅터벅 걷기 시작했다.

"꺄르르르르르! >_<"

웃음소리도 별나시지, 흥(점점 질투하기 시작한다.)! -_-^ 재규와 비슷한 키에, 이쁘장한 외모, 팔짱까지 끼고 있으니 완전 커플이나 다름없다. 정말정말 인정하긴 싫지만… 둘이 잘 어울린다. ㅠㅇㅠ 그렇다고 재규는 뒤 한 번 안 쳐다보고 가냐!! 나는 힘없이 그 둘을 멍하니 쳐다보면서 쫄쫄쫄 쫓아가기 시작했다. 이런, 비굴해 보이잖아.

"지원아? 빨리 안 오고 뭐 하니! >_<"

민경이 저만한 덩치로 저런 표정을 지을 때마다 정말 솔직히, 한 대 때려주고 싶다. 재규는 개의치 않고 계속 앞만 보며 걸어간다. 이씨!

둘을 따라 30분쯤 걸었을까?

"어? 저기!! ㅇ_ㅇ"

내 어깨를 잡는… 그때 본 일본 변태? ㅇ_ㅇ

"^-^ 래원이 누나지??"

빙그레 웃는 그 남자는 일전에 래원이가 일본 가기 전에 내게 소개시켜 준다면서 데리고 왔던 그 남자 아니던가? 나에게 요코요코 하면서… 아, 맞다, 그 남자.

"^-^ 안녕하세요?"

내 앞에서 꾸벅 인사하는 그 남자.

"아, 안녕하세요?"

"래원이 일본 갔다면서요? 저도 일본에서 왔는데… 어디 혼자 가세요??"

"아, 예? 아, 일행이……."

나는 저 앞에 걸어가는 둘을 가리키자,

"와아~ 저 둘 근사한데요??"

내게 무심하게 말하는 그 남자. ㅠ_ㅠ

"이름이 강지원! 맞다! 지원! 맞죠? 그땐 실례가 많았네요. 아는 사람과 너무 비슷하게 생겨서요. ^-^;"

어쩐지 웃는 게 천진난만해서 우주를 연상케 하는 이 남자.

"제 이름은 치아키. 일본 이름이에요. 일본에서 왔거든요. 한국 이름은 한은수. 은수라고 불러요. 나이는??"

"아, 세현고 2학년이에요."

"동갑이네. 세명고 2학년."

"아, 그렇네. 어허허."

"어머, 저기 봐. 지원이 벌써 남자 꼬신 건가??"

"……."

지원이 쪽으로 가려는 재규.

"어디 가??"

민경이가 팔을 꽉 부여잡는다. 뿌리치는 재규. 그리고는 나에게 다가와 내 손을 꽈악 잡고 다른 한 손으로는 상대방 한은수의 한쪽 어깨를 꽉 부여잡는다.

"뭐야? 이 새낀 또 어디서 꼬셨어?"

무척 화나 보이는 표정. 뭐? 또 어디서 꼬셔?

"재규 너 지금 무슨 소리야? 또 어디서 꼬셔? 그게 지금 할 소리야? 나는 뒷전이고 앞에서 해민경이랑 히히덕대면서 걸어간 주제에! 내가 누구랑 얘기하는 것도 상관하지 않은 주제에! 왜? 남자라서 그래??"

순간 복받친 서러움. 또 꼬시다니. 내가 어디서 누굴 꼬셨는데에!! ㅠoㅠ

"이것부터 놓으시죠. 정말 무례하군요. 어떻게 되는 사이인지는 모르지만 이분과 제가 얘기하는 게 당신께 무슨 해가 된다고 참견이신가요?"

은수라는 사람이 재규를 보며 말한다. 재규는 나를 휙 노려보더니 나를 자기 뒤로 끌어낸다.

"내 여자니까 참견해. 내 여자니까 다른 남자랑 눈 마주쳐도 안 되고, 내 여자니까 다른 남자랑 말해도 안 되고, 내 여자니까 다른 남자랑 웃어도 안 되고, 내 여자니까 다른 남자랑 만나도 안 돼."

재규가 단호하게 한은수라는 사람을 보며 말한다.

"저기, 재규야… 이 사람 있지, 내 동……."

말을 꺼내려 하자 내 손목을 더 세게 누르는 재규.

"하하, 내 여자라… 그러면서 저렇게 다른 여자와 팔짱을 끼고 내 여자라는 사람은 뒷전인가 보군요? 내 여자를 뒤에 두고 다른 여자와 번화가를 걸을 만큼 당신이 대단한가요?"

굳어버리는 한은수의 표정. 와아, 대단하다.

"그건 니가 무슨 상관인데."

"당신이 너무 유세를 부리는 것 같아서요. 당신이 여자에게 얼마나 인기가 많은지는 모르겠지만 자기 여자라면 그만큼 당신에게 소중한 존재 아닙니까? 그런 소중한 존재를 막 다루시다니… 그러면서 다른 남자와는 눈 마주치는 것조차 허용 못한다면 당신은 참 드센 남자 분이군요."

씨익 웃는 한은수. 재규의 표정은 점점 더 굳어만 가고,

"그럼 나중에 또 봐요. ^^"

내게 살짝 고개 숙여 인사하고 사라져 가는 한은수. 저 뒷모습, 너무 익숙하다.

"……."

아무 말 없이 나를 놓아주는 재규.

"정말이지, 강지원 너."

고개를 설레설레 흔드는 재규.

"나 저 사람 동생 때문에 알게 된 사람이야. 꼬신 거 아냐. 그리고 난 누구 꼬신 적 없어."

나는 소리칠 듯한 내 목소리를 차근차근 가라앉혔다.

"......"

나를 빤히 쳐다보다가 휙 돌아서서 돌아온 길을 되돌아가는 재규. 이번에도 또 이렇게 어긋나는 거야? 왜 우리 일주일도 못 버티는 거야? 나도 집으로 발걸음을 옮겼다. 그리고,

"남자가 득실득실하군. 그러니 남자 친구도 질릴 만한지, 안 그래? ㅋㅋ"

하더니 재규를 쫓아가는 해민경. 도대체 뭐가 어디서 어떻게 잘못된 건지…….

page 76 Story의 Ending 이란… 참 무서운 거지.

"야! 은재규! 헥헥! 천천히 좀 걸으면 안 돼? 누가 너 쫓아오니?!"

버럭 소리 지르는 해민경.

"지원이 남자 복을 타고난 거니? 킥! 정말 대단하다. 얼굴이 예쁘기나 하니. 난 가끔 너한테도 의문이 생긴다? ㅋㅋ"

"입 다물어."

"무섭네? 사랑하는 여자한테 화내서 너무 미안해? 미안하면 처음부터 화 같은 건 내지 말았어야지. 너 정말 강지원 사랑하긴 하는 거니?"

민경의 말이 끝나자마자 민경을 벽에 밀어붙이는 재규. 그리고 민경을 찢어죽일 듯이 노려본다.

"왜? 다 맞는 말이니? 니 마음 너도 모르겠지? 갈등투성이지? 지원이,

꼭 니 것이 아닌 것 같지? 놓아줘야 할 것 같지?"

재규가 민경의 입에 키스를 하며 블라우스를 찢어내 버린다.

"ㅋㅋ 마음대로 해. 난 너라면 오케이니까."

"난 내가 사랑하는 사람한텐 이딴 드러운 짓 안 해. 정말 미치도록 사랑해서 가끔은 그 사랑을 표현할 수 없을 때도 있어. 그래도 상관없어. 내 마음은 변함없으니까. 강지원이 나 버리고 떠나도 상관없어. 누군가를 사랑하고 안 사랑하는 건 그 사람 마음이니까. 그렇지만 떠나기 전에 날 못 떠나도록 많이 사랑해 줄 거야. 해민경, 지원이와 너는 별개야. 강지원은 내게 특별한 존재야. 너는 어떻게 해도, 강지원한텐 드러운 짓 못해. 만약 내가 미쳐 드러운 짓을 한다면 난 내 손으로 날 죽일 거야."

"너 꼭 그렇게 끝까지 날 깎아내려야 해? 강지원을 그렇게 위대한 여자로 만들어놔야 속이 시원하냐구!!"

"내가 애써 위대한 여자로 만들지 않아도 강지원은 위대한 여자야. 그리고 나만의 여자이기도 해."

재규는 다시 발걸음을 옮겼다. 뒤에서 해민경의 비명 소리가 들리지만 그 딴 건 아무런 상관없다.

"아아악―!! 은재규! 강지원! 언젠간 아작 내줄 거야."

…가끔 '사랑'은 '증오'를 낳는다.

엔젤로스.

딸랑~

문을 열고 재규가 들어오자,

"어서옵… 오! 이 나쁜 새끼! 어디 있었냐아―!!"

강우가 재규에게 달려들지만, 재규는 한 번 째려보고 대기실로 들어가 버린다.
"헉! 저 자식 왜 또 저래?!"
쿠당탕!!
대기실 안에서 요란스러운 소리가 들려온다.

대기실.
"하아, 은재규. 너 진짜 못난 놈이다. ㅋㅋ"
재규가 혼자 같은 말을 반복한다.
"야, 너 왜 그래? 너 지원이 데리고 나가서 데이트한 거 아니야?"
재영이가 옆 자리에 앉으며 묻자, 벌떡 일어나는 재규.
"나 먼저 간다. 알아서 정리들하고 가."
재규는 가방을 어깨에 두르고 카페를 나섰다.

      *   *   *

재규네 집 앞.
"너 뭐야?"
정체 모를 사람이 재규네 집 앞에 쭈그려 앉아 있다.
"재규야……."
"강지원?"
"……."
"강지원!"
재규가 소리치자 고개를 드는 지원이.

와락—

지원을 숨 막힐 듯이 안는 재규. 사랑하는 만큼.

"흑! 오늘 지나면 너 못 볼 것 같았단 말야. 여지껏 해민경이랑 같이 있었던 거야? 흑!"

"미안, 아깐 내가 너무 미안했어. 정말 미안해. 너무너무 미안해."

"흑. 후엉! 나는 몰라라 하고 해민경이랑 팔짱까지 끼고 간 주제에 나한테 화나 내고 가버리고. 은재규, 너 정말 나빴어. πOπ"

"그래, 정말 미안해. 진짜 미안해. 지원아, 나 때릴래? 분 풀릴 때까지 나 맞을까? 그럴까?"

"됐어! 내가 왜 널 때려! πOπ"

"정말 미안. 아깐 그 새끼 때문에 너무 화가 나서… 미안해. 그 새끼랑 얘기하는 니가 왠지 즐거워 보여서 나도 모르게……."

"뭐?"

"아니야, 아냐."

"흑! 몰라. 은재규, 너 한 번만 더 그래봐."

"그래그래, 내가 정말 미안해. 강지원, 지원아, 정말 미안하고 사랑해."

"그래, 바보야. 나도 사랑해."

"바보야는 빼야지."

"싫어, 멍청아."

"- _-^"

"π_π"

어쩜 나는 이대로가 제일 행복하다고 믿었는지도 모른다.

　　　　　*　　　*　　　*

XX 호프집.

"야, 승관아! 너 고만 마셔라~ 술도 못하면서 벌써 몇 병째야?! 너 요즘 왜 이렇게 자주 마시냐? 너 뭔 일 있어? -_-^"

"이거 놔—!!"

"술 마시니까 사람 개 된다."

술을 병째로 들이키는 승관이.

"야야, 끌어내."

할 수 없이 친구들이 승관이를 들쳐 업고 호프집을 나왔다.

"저 자식들이에요!!"

저편에서 승관이네 무리들을 가리키며 소리치는 한 사내.

"뭐야? 너네 어린놈들한테 얻어터진 거냐? 이 새끼들 아주 쓰레기구만??"

"저 새끼들 그때 승관이한테 죽어라 얻어터진 새끼들 아니야? 아씨, 뭐야? 현다고 새끼들이었냐?"

"현다고 새끼들 또 죽어라 터지고 싶나?"

승관이를 옆에 삐딱히 세워두고 싸움이 붙었다.

"하하. 누나, 정말 그렇게 돌아설 거예요? 한 번도 안 쳐다봐 줄래요?!"

"아, 저 새끼 주정하는 거 봐. 윽!"

퍽!

둔탁한 소리에 나자빠지는 승관이 친구들과 정말 사이 안 좋은 현다고 몇몇 놈들.

"……."

승관이가 주먹을 꾹 쥐고 눈을 뜬다.

"…오늘밤에… 파티한다."

승관이가 한마디를 내뱉자 친구들이 벌떡벌떡 일어나기 시작한다. 승관이 뒤로 쭈욱 서는 친구들.

"저 새끼들 뭐 하냐? 킥킥. 뭣도 아닌 것들이 폼재긴~ 저것들한테 죽어라 터지고 왔냐? 허억!!"

승관이의 선방에 나자빠지는 현다고 짱.

"함부로 나불대면 그 이쁜 입이 얼마나 불쌍하니. >_<"

승관이가 하나하나씩 쓰러뜨리자 뒤에 친구들도 모두 우르르 몰려서 맞부딪치기 시작한다.

"오늘 현다고 바베큐 파티! >○<!!"

30분 정도 지나자 현다고 애들은 모두 나자빠졌고, 승관이의 얼굴은 피범벅이 됐다. 승관이 피가 아니라 다른 놈들의 피. 숨을 몰아쉬는 승관이.

"개자식들."

쓰러진 현다고 중 한 명이 승관이를 보며 침을 뱉자, 승관이가 그 자식의 얼굴을 발로 짓누르기 시작한다.

"아직도 입만 살아서 나불대긴. 파티의 묘미를 모르는구나."

승관이의 변해 버린 눈빛.

"야, 저 자식 또 저러는 거 아냐?!"

사정없이 밟아대는 승관이. 승관이가 발로 찍어내릴 때마다 피로 바닥을 적시는 현다고 중 한 명.

"최승관, 허억! 그, 그만! 으악!"

"내 예쁜 이름 그 드러운 입으로 불리기 싫거든?"

"으아악!!"

주변에 있던 물건으로 얼굴을 내려쳐 버린 승관이. 정신을 잃은 사내.

"야야, 저 자식 죽은 거 아니야? 어떡해. 아씨, 최승관!!"

친구들은 승관이를 끌고 멀리 사라져 가기 시작했다.

쿠당탕!!

구석에 숨어서 떨고 있던 비리비리하게 생긴 사내 하나.

"혀, 형!!"

"하아… 세명고 1학년 최승관… 허억! 헉!"

픽 쓰러지는 사내.

"형—!!"

안절부절못하는 비리비리한 남자 아이. 이내 어느 곳으로 마구 내달리기 시작한다.

page 77 … 제발 날 좀 구해주세요.

공원.

"야, 여기에 앉혀. 얘 이대로 가면 엄마, 아빠 다 졸도하신다. 하여간 최승관… 일만 저질러 놓고. 휴우……."

"아씨, 나 안 울리고 했다구요. 누나가 나 한 번만 쳐다봐 줘도, 난 안 울 자신 있었다구요. 누나… 누나… 지원 누나."

친구들 모두 넋이 나가 버렸고,

"얘가 그렇게 좋아하던 사람이 래원이 누나? 지원이 누나?!"

"헤엑!! 진짜? 래원이가 알면 화낼 텐데. 래원이가 지원이 누나 눈독들이지 말랬잖아. -,.-"

"와~ 최승관! 말도 안 해주고."

저벅—

"어이~ 오랜만이다, 최승관. 그리고 그 외 똘마니들. ㅋㅋ"

"뭐야? 저 새끼 어디서 씨불대는 거냐? -0-"

"씨불? 니네가 우리 현다 애들 다 때려눕혔다며."

"ㅋㅋ 아, 어떤 비리한 새끼가 너한테 이른 거냐? 그래, 현다 새끼들 우리가 다 밟아놨는데??"

"징그러운 새끼들. 사람을 박살 내놓는 거 하난 끝내주게 잘하더라, 엉? 사람을 그 지경으로 걸레로 만들어놓는 거 정말 잘하더라? 아아, 맞다. 너넨 세명고 쓰레기 새끼들이지? 맞다맞다. ㅋㅋ"

퍼억—!!

넘버 쓰리가 주절대던 현다고 사내에게 급소를 맞고 쓰러졌다.

"어어? 쓰리!! ㅠ0ㅠ!"

떡판의 눈에 눈물이 그렁그렁 맺히고,

"덤벼. 세명고 쓰레기님들, 오늘 내가 쓰레기통에 넣어줄게."

"우아아아악!! -0-!!"

억척스럽게 얽히고설키는 두 무리들. 적군인지 아군인지 구별도 잘 되지 않는다.

"…그만 좀 해라."

승관이의 음성이 울려 퍼짐과 동시에, 싸움은 잠시 휴전.

"너네수보다 우리수가 더 적다. 그러니까 나중에 정식으로 싸우자. 오늘은 주먹 쓰지 말자."

승관이가 쓰러져 나뒹구는 친구들을 하나하나 일으키며 말한다.

"수가 모자라? 그럼 대표로 니가 맞으면 되겠네. 저기 누워 있는 꼴통만큼만 맞으면 돼. ^-^"

어느새 상대방 손에 쇠파이프가 들려 있다. 비리비리한 사내가 승관이에게 맞아 정신을 잃은 사내를 받치고 덜덜덜 떨고 있다.

"그래, 그럼 우리 다시는 부딪치는 일 따위 없다."

승관이가 말하자, 고개를 까딱이더니 승관이의 옆구리를 쇠파이프로 내려치기 시작한다.

"저 새끼들이 뭐 하는 거야!!"

달려들려는 친구들. 쓰리가 가늘게 눈을 뜨며 말한다.

"승관이한텐 저게 최선의 방법이야."

"쓰리. ㅠ_ㅠ"

퍼억—!! 퍽—!!

쇠파이프가 승관이의 몸에 부딪치는 소리로 가득 찬 공원.

"허억. 헉! 윽!"

승관이는 마침내 만신창이가 되어 쓰러졌다.

"사람은 망가지면 흉하다더니… 최승관, 니 꼴이 딱 그 꼴이다. ㅋㅋㅋ"

"헉! 으윽."

둔탁하게 내려치는 쇠파이프. 쇠파이프는 시뻘건 핏물로 물들여져 가고, 승관이는 자꾸만 피를 토해낸다.

"쓰리, 승관이 다 죽어. ㅠ_ㅠ"
"쿨럭! 헉!"
"사람을 걸레로 만든 쓰레기. 최승관, 넌 정말 쓰레기로 유명하지?"
퍼억!
"사람을 죽일 뻔한 적도 있다지?"
퍽!
"넌 열받으면 아무것도 안 보이는 게……."
빠악!
"큰 단점이야. 그것만 고치면 정말 넌 멋진 놈이 될 텐데."
퍼억!
"최승관, 난 똑똑히 기억하고 있다. 2년 전, 너 때문에 우리 집안에 찾아온 슬픔을……."
퍼억!!
"으악!!"
비틀대던 승관이도 바닥에 내동댕이쳐지고,
"가자."
현다고 무리들은 순식간에 공원을 빠져나갔다.
"으악, 승관아—!!"
"쿨럭! 쿨럭!"
피를 토해내는 승관이.
"하아, 하아. 추워. 으윽! 추워."
승관이가 몸을 부들부들 떨며 말한다.
"승관아, 승관아! 정신 차려!!"

"누나, 미안해요. 쿨럭!! 이젠 누나 곁에 머물 수가 없나 봐요. 쿨럭! 이젠 나… 누나 귀찮게 안 할 거니까……."
하며 정신을 잃었다.
"승관아―!!"

이젠 나… 귀찮게 안 할 테니까 이제는 꼭 웃어야 돼요. 이젠 나… 당신 곁을 지키지 못하니까 이제는 행복해야 돼요. 이젠 나… 뭐든 견뎌낼 자신이 있으니까 이제는 슬퍼하지 마세요. 공주가 사과를 먹고 쓰러졌을 때, 왕자가 키스해 줘서 살아나잖아요. 그래서 항상 왕자는 멋진 존재로 기억되잖아요. 그런데… 내 기억엔 왕자를 찾으려 헤매던 막내 난쟁이밖에 생각나질 않아요. 난… 그 막내 난쟁이가 되어볼 테니까, 누나는 왕자만 기다리면 돼요.

그날 새벽녘에 비가 심하게 내렸다.

담날 아침, 우주 병실.
"우주야, 힘내! 마지막이야!!"
우주 병실에 은혁이, 재규, 강우, 재영 모두 모였다.
"뭐야? 뭐 좋은 거 한다고 다들 찾아오구 그래? -_-"
우주가 저리 가라며 손을 내젓는다.
"이 자식아, 너 수술 성공해서 나오면 형아가 한턱 쏜다이! >_<"
재영이가 우주 머리를 부비며 말한다.
"앗싸! 형 홀라당 벗겨먹어야지!"
똑똑!

"신우주 군, 수술실로 이동해야 합니다."

우주를 수술실 침대로 옮기는 간호원들과 의사.

덜커덩— 덜커덩— 덜커덩— 덜커덩—

"아, 왜 다들 쫓아오고 그래?! 쪽팔리게. ㅋㅋ"

"수술 잘하고 나와."

"재규야."

우주가 재규에게 오라고 손짓한다.

"응??"

"지원이랑 행복해라. 지원이 울리면 안 되는 거 알지?"

"우주……."

"쉿! 나 멋지게 들어가고 싶다. -0-v"

"지원이 안 불러도 돼??"

은혁이가 묻자 가만히 고개를 끄덕이는 우주.

"내가 저 수술실 문 밖으로 못 나온다면… 못 나오게 된다면, 우주는 저 멀리서 행복하게 살러 갔다고 말해 줘. 그리고 우주가 지원이를 많이 사랑했다고 전해줘."

수술실 안으로 사라져 가는 우주.

"우주야—!!"

'천사'는 사랑을 했습니다. 마음씨도 곱고, 언제나 순박한 그녀를 사랑했습니다. 땅위에 있는 그녀이기에 '천사'는 사랑을 표현할 수 없었습니다. 하느님께서 지계를 보살피라고 내려주신 '천사'이기에 그녀를 사랑하면서도 그녀 곁에서 웃어줄 수밖에 없었습니다. 너무 힘들게, 너무 어렵게, 너무 오래 지계에 머문 것 같습니다. 이젠 천계로 가야 할 듯 합니다. 그녀에게 더 빠져들기 전에… 잊을 수 없게 되기 전에…….

수술실 안.
"맥박."
"낮아지고 있습니다."
"혈압."
"낮아지고 있습니다."
"신우주 군, 제발 희망을 가져주세요. 이대로 가기엔 아직 너무 이릅니다. 우주 군, 아직 세상에 두고 갈 수 없는 것들이 많지 않습니까? 제발 우리에게 희망을 주길 바랍니다."
은혁이, 재규, 강우, 아빠, 할머니, 상원이, 재영이 형… 그리고 내가 사랑하는 지원이… 내겐 모두 두고 갈 수 없는 사람들이죠.

수술실 밖.
"우주야!! 아이고, 우주야."
뒤늦게 도착한 우주 할머니와 우주 아빠. 벌써 얼굴이 새파랗게 질려 죽을 날만 기다리고 있는 우주 아빠. 우주 아빠 간암이지만 고치지 않는다. 그것이 우주와 우주 엄마에게 용서를 받을 수 있는 길이라 생각하고 있다.
"쿨럭! 우리 우주 어떤가, 학생?"
우주 아빠가 힘겹게 목소리를 내자 은혁이가 울먹거리며,
"우주… 아주 건강해요."
"…우주 녀석, 아직도 많이 이쁘지?"

"그럼요."

"나 그 녀석에게 할 말이 있다우. 우주 녀석에게 꼭 해줘야 할 말이 있다구. 아직은 우주 녀석, 하늘로 가기엔 이른 나이인데… 휴우… 당신이 우주를 부르는 거요? 대체 왜 우리 우주를 부르는 게요? 여보, 내가 대신 가겠소. 외로워도 조금만… 참구려. 쿨럭! 쿨럭!"

"우주야, 아이고~ 우리 우주가 와 저기 가 있노. 아범아, 우리 우주 와 저 안에 누워 있노—!!"

울부짖는 할머니와 연신 눈물을 감추는 우주 아빠.

* * *

지원이네.

쨍그랑—!!

"아야. ㅠ_ㅠ"

피, 피 나온다. 왜 갑자기 깨진 거지? 제대로 받치고 있었는데…….

* * *

수술실 안.

"하아… 하."

산소 호흡기에 숨을 유지하고 얌전히 눈을 감고 있는 우주.

"이식자를 빨리 찾아야 할 텐데요. 약물 치료도 견뎌내야 할 텐데… 이식할 때까지 우주 군이 견뎌낼 수 있을까요?"

"몸 상태는 충분히 건강해. 그렇지만 심리 상태가 너무 불안정해. 이식자를 찾을 때까지, 자기 자신의 불안정한 정신을 이기지 못한다면 지난번 그 부인처럼 자살을 할지도 몰라."

"그 부인이라면, 몇 년 전에 우주 군과 같은 심장병으로 자살했던······."

"집중하게나."

"ㅎㅏ··· 하아."

page 78 ···제발 좀 살려주세요······.

몇 년 전, 어느 날.

똑똑!

"네."

"주사 맞을 시간이에요. 어디 불편하신 덴 없죠??"

"^-^ 다행히도 없네요."

예쁘게 웃는 여자. 예쁘게 생긴 남자 아이의 엄마.

"엄마! 이것 봐. 엄마 좋아하는 딸기 되게되게 많이 사 왔어."

새하얀 봉투에 새빨간 딸기를 가득 들고, 방긋 웃으면서 병원을 돌아다니던 남자 아이. 지금은 커서 뭐가 됐을지······. 새하얀 얼굴에, 똘망똘망한 눈. 단 한 가지 눈을 찌푸리게 만드는 게 있다면 온몸이 상처투성이. 아빠가 학대를 하는 듯싶었다. 간호사들이 항상 치료를 해줬지만 치료한 다음날에도 피범벅이 되어서 밝게 웃으며 엄마를 찾아오던 그 아이. 그 아이의 엄마는 유전성 심장 질환이었다. 엄마와 아들의 웃는 모습이 너무 같아서, 병동에서 그 남자 아이를 모르는 사람이 없다고 해도 과언이 아닐 정도였다.

"감사합니다! ^0^"

항상 여기저기 방방 뛰어다니며 밝게 웃던 그 아이. 그리고 그 엄마는 지금의 우주 군처럼 3차 수술까지 끝낸 채, 이식자를 기다리고 있었다.

"o_o 엄마아~ 무슨 생각해?"

"우리 우주 생각!"

얼마만큼 그 남자 아이의 엄마에 대한 사랑이 컸냐고 물으면, 우리는 이 우주만큼이라고 말할 자신이 있다. 참 예쁜 모자였는데······. 어느 날, 엄마의 심리가 불안정한 이유로 자살을 해버렸다. 이식자를 찾는 동안 그 남자 아이의 엄마는 죽을지도 모른다는 불안감과 이식자를 찾지 못할지도 모른다는 불안감에 휩싸여 그만 자살하고 말았던 것이다. 영안실에서 눈이 빠져라 울던 그 아이.

"엄마—!! 엄마! 나 두고 어디 간 거야!! 엄마!! 엄마!!"

조그만 아이가 삼베옷을 입고 아무도 찾아오지 않는데 멍하니 앉아 엄마엄마를 외치던 불쌍한 모습. 아빠라는 작자는 끝내 오지 않았다. 그렇게 그 아이의 엄마가 묻히는 날까지 아이와 엄마, 둘뿐이었다.

"선생님! 상황이 더 악화되어가고 있는 것 같아요! 출혈도 더 심해진 것 같고."

"우주 군이 B형이니까 수혈시키고 신속하게 움직여!!"

"예!"

우주 군, 꼭 살아주길 바란다. 우주 군만은 그 아이 엄마처럼 허무하게 죽지 않았으면 한다. 필사적으로 살리고 싶다. 하지만 지금의 심리 상태로는 힘들 것 같다는 예감도 든다.

수술실 밖.

"재규야, 지원이 어떡할까?"

침묵을 깨버린 건 강우.

"뭘 어떡해?"

"솔직히 그렇잖아. 그래도 우주랑 지원이 사이가 좀 좋았냐? 뭐, 우주는 좋아하는 감정인지 몰라도 지원인 우주 친구로서 되게 좋아했잖아."

"……."

"지원이 부르면 안 될까?"

은혁이가 주머니에서 핸드폰을 꺼내 든다. 그리고 재규에게 건넨다.

"니가 해. 니 마음대로. 부르든지 말든지. 지원이한테 연락도 없이 친구 하나 잃게 하고 싶진 않지?"

핸드폰을 받아 드는 재규, 지원이의 번호를 눌러간다.

[여보세요?? 우물우물~]

"나야, 재규."

모두 다 재규를 바라보고,

"여기… 우주 병원이거든?"

* * *

지원이네.

딸칵!

"우주… 우주야… 우주야……."

나는 서둘러 점퍼를 걸쳐입고 택시를 잡아탔다.

"응, 근데 왜??"
[저기… 우주… 수술실 들어갔어.]
"뭐?"
[와보면 알 거야.]

우주 웃는 모습은 내게 힘을 주었다. 언제나 내게 쉴 곳을 주고, 날 위해 웃어주는 우주가 참 좋았다. 그런 우주가… 뭐?
끼익!
나는 돈을 던져 버리고 빠르게 택시에서 뛰어내렸다.
타닥타닥타닥!!
지금 내 발걸음이 왜 이렇게 빨라지는지 이유를 알 수 없다. 왜 이렇게 심장이 뛰는 건지… 왜 그런 건지…….
"하아……."
수술실 앞에 도착했을 때 은혁이, 재규, 강우, 재영 오빠가 수술실 앞에 앉아 있는 모습이 보였다.
"재규야, 뭐? 누가 수술실에 들어갔다구?"
"우주."
"내가 아는 신우주?"
"어."
"왜? 우주가 왜? 잠깐 사고당한 거야? 그치, 그런 거지? 아니면 그때 위 나쁜 거, 그거 때문에 그런 거지?"
"우주 위 아픈 거 아냐. 유전병인데 심장 질환이래."

강우의 입에서 나오는 말이 내 마음을 덜컥 내려앉게 만든다. 나는 다리에 힘이 풀려 주저앉아 버렸다. 재규가 재빨리 나를 받쳐 주었지만 이미 난… 우주의 공간을 느껴 버리고 말았다.

page 79 마음까지 느낄 수 있어.

"지금이 3차 수술이야. 이번 수술 잘되고 이식자 찾아서 이식 수술하면 나을 거래. 걱정 마."

"3차? 왜 그동안 나한테 말 안 했어? 그동안 병원 못 오게 한 것도 다 이거 때문이야? 그래? 왜 나한테 말 안 했어? 왜 3차까지 가도록 나한테 말 안 했어? 나는 그런 것도 모르고… 그런 것두……."

다시 주저앉으려 하는 나를 꽈악 안아주는 재규.

"재규야, 우주 죽으면 어떡해? 우주… 착한 앤데, 그치? 재규야, 우주… 죽으면 안 되는데… 우주… 웃는 거 봐야 되는데."

"그래그래, 우주 안 죽어. 왜 죽어."

우주는 그만큼 내게 소중한 친구였다. 우주같이 새까만 눈을 가진 우주와 바다같이 깊은 눈을 가진 재규. 둘의 차이는 뭘까?

3시간째. 벌써 여러 환자들이 들어갔다 나오고 했는데, 우주는 나올 기미가 없다. 나는 재규 곁에 기대 거의 정신 나간 듯 앉아 있었다.

끼이—

"후우……."

마스크를 벗으며 나오는 의사. 모두 일어나는 걸 보니 담당 의사인가

보다.

"어떻게 됐나요!"

"중간에 출혈이 심해서 고생 좀 했어요. 3차 수술은 성공적이지만 이제부터 시작입니다."

"감사합니다."

하아… 다행이다. 성공이래.

병실 밖.

"야, 지원이… 저러다 실신하진 않을까?"

"글쎄……."

우주 병실.

곱게 감은 두 눈. 여자보다 예쁜 우주.

"으……."

"우주야!!"

힘겹게 눈을 뜨는 우주. 날 보더니 눈을 동그랗게 뜬다.

"왜 여기 있어!"

"바보… 너 아프다면서 왜 말 안 했어? 3차 수술까지 왜 한 번도 말 안 했어? ㅠㅇㅠ"

"…지원아."

"너 죽으면 이제 누가 나랑 놀아줘!! 안 죽을 거지! 약속해!!"

"^-^ 그래, 약속."

"너 죽으면 죽어. ㅠㅇㅠ"

"헤엑! 두 번이나 죽겠다."

"너 죽으면… 너 예쁘게 웃는 거 못 보잖아. 입꼬리가 여기까지 쫙 올라가고, 눈꼬리가 여기까지 확 처져야 돼. ㅠ_ㅠ"

나는 우주 얼굴을 주물럭거렸다. 정말 우주 맞구나아. ㅠOㅠ

"아! 우리 방학 때 놀러갈 거야! 그러니까 그때 우주도 가는 거다!"

"으응, 저기 지원아."

"으응?? ㅠ_ㅠ"

"있지, 사실 나……."

벌컥!

"우주야!! 일어났어?"

다급하게 들어오는 재규.

"어? 으응."

"우주도 일어났으니까 이제 집에 가봐야지."

"그래. 우주야, 나 내일 또 올 거야. 잘 자고~ 심심하면 전화해. ^-^"

"응."

은혁이가 병실로 들어온다. 우주가 화난 표정으로 은혁이를 쳐다본다.

"지원이 왜 불렀어?"

"재규가 부른 거야."

"괜히 미친 짓 할 뻔했어."

"재규… 점점 추해져."

"응, 그래. 그렇게 필사적인 건 처음인걸."

"인정하지 않으니까 그렇게 되는 거야."

"뭘 인정 안 해?"

"그런게 있소, 도련님. 너 나올 때까지 지원이가 얼마나 걱정했는 줄 아냐?"

"ㅋㅋ 그래?"

"아무것도 모르는 지원이도 참… 미래가 깜깜해."

집으로 가는 길.

"재규야, 어디 안 좋아? 왜 그렇게 손을 떨어?"

"어? 아냐, 아무것도."

손을 잡고 걸어가는데 재규가 자꾸만 떤다.

"강지원."

"응??"

"만약에… 우주가 너 좋아한다고 하면 뭐라 할 거야?"

"뭐?? 아! 맞아, 전에 우주가 한 번 좋아한다고 한 적 있어. 킥! 나도 깜짝 놀랐다니까?? 나도 우주 좋아. 웃는 것도 이쁘고, 착하고, 화도 안 내고, 짜증도 안 부리고."

내 손을 꽉 쥐는 재규.

"나도 이쁘게 웃을게. 나도 착해질게. 나도 화 안 낼게. 나도 짜증 안 부릴게. 그러니까 나 버리면 안 돼."

"재규… 야??"

"미안, 집까지 못 데려다 주겠다. 조심히 들어가."

무슨 말을 하기 전에 재규가 먼저 달려가 버렸다. 흐응… 이상하다?

투박투박―

조금 으슥한 우리 골목. 깜빡이는 가로등 밑에 앉아 있는 한 사람.

"ㅇ_ㅇ 누구세요!!"

"……."

슬금— 슬금—

화악!

내 손을 잡아끄는 정체 모를 사람.

"…하아, 누나."

향기… 승관이 향기?

"스, 승관입니까? ㅠ_ㅠ"

"…네, 승관이네요."

"밤중에 여긴 웬일이야?"

"…누나 생각나서요."

내 손에 묻은 건… 피?

"승관아, 너 피 흘리니?"

끄덕끄덕—

"헥!! 치료해야지! 들어가자! 들어가자!"

일어서는 나를 다시 잡아당기는 승관이.

"나 현이라고 새끼들한테 무진장 맞았어요. 죽어라 맞았어요. 처음 한 대 딱 맞는 순간, 무지 아프다는 생각이 들더라구요. 무지 아프다. 무지 아픈데… 누나가 보고 싶다. 웃기게도… 누나 생각이 나더라구요. 난요, 병신같이 누나한테 왕자님을 선물하겠다고 한 주제에 누나 생각을 해버렸어요. 그래서 또 울었네요. 안 운다고 했으면서 또 울었네요. 결국 발걸음이 나도 모르게 여기까지 닿았어요. 참 신기하게 누나 생각으로 여기까지 왔어요. 누나 생각 하나로 여기까지 왔어요."

"승관아, 누나가 지금 많이 힘들어. 니가 하는 말, 무슨 말인지 잘 모르겠어. 우리 내일 얘기하면……."

"무슨 얘긴지 모르겠다구요? 하하, 나 누나 좋아해요. 미치도록… 내 자신도 주체하지 못할 만큼 누나가 좋다구요. 다 나 혼자 한 짓이에요. 누나를 아침마다 데리러 온 것도, 스티커 사진을 찍은 것도, 밥 사준 것도, 목걸이를 사준 것도, 모두 나 혼자 쇼한 거예요. 근데 다 누나가 좋아서 한 짓이에요."

"승관아, 미안. 우리 나중에 얘기하자. 정말 미안하다."

스륵—

"미안하다… 미안하다… 미안하다… 미안… 괜찮아요. 어차피 난 왕자이길 포기했으니까."

"승관아!!"

비틀대며 걸어가는 승관이.

"승관아!!"

"하아, 걱정하지 말라니까요. 난 왕자이길 기대조차 하지 않았으니까요. 미안하지만, 조금만 더 기다려줘요. 누나의 왕자를 내가 찾아줄게요."

     *   *   *

몇 시간 전.

"최승관?! 그 몸으로 어딜 가!"

"내가 곧 갈게요."

"최승관—!! 야, 임마!!"

잠깐 동안 정신을 잃었을 때, 꿈속에서 울고 있는 누나가 보였다. 이유를 알 수 없었지만 펑펑 울고 있는 누나를 봤다. 눈을 뜨는 순간, 난 내가 가서 그 눈물을 닦아줘야겠다고 생각했다. 힘든 몸으로 비틀거리며 제정신이 아닌 상태로 누나 집 앞에 다다랐다. 누나 방에 불이 꺼져 있다. 무슨 생각이었는지 몰라도 전봇대 앞에 앉았다. 누나가 집에 있는지, 밖에 있는지도 모르면서 무작정 전봇대에 기대앉았다. 2시간이 지났을 무렵 내 몸이 갈기갈기 찢어질 듯한 아픔이 뼛속 깊숙이 느껴져 온다.

저쪽에서 들리는 익숙한 발자국 소리… 익숙한 냄새… 익숙한 느낌.

"스. 승관입니까? ㅠ_ㅠ"

너무 듣고 싶던… 너무 보고 싶던… 강지원.

page 80 네 소원은 뭐니? "…왕자가 되고 싶어요."

그때 승관이를 그렇게 보내야 하지 말았어야 했는데… 내 마음이 복잡하더라도 대화했어야 하는 건데……. 승관이를 못 본 지 며칠이 지났다.

"오늘이 방학식이지??"

오늘도 재규와 같이 등교 중이다.

"응, 너네두네. ^O^"

"놀러가는 거, 정말 갈 거야??"

"그러엄. 오늘 출발인데 그런 소리 하면 재미없지! 아! 다 왔다. 재규야, 이따 봐!!"

"응. ^-^"

씨익 웃으며 얼굴을 까딱이는 재규. 하하, 누구 애인인지… 잘생겼구

만! -,.-

세현고.
드륵─
"어이, 아줌마!!"
며칠 새 다시 원래대로 돌아온 은혜. 래원이의 전화 덕이겠지? 래원인 그 뒤로 연락 한 번 없구나. 끄윽~ 미운 자식. ㅠ_ㅠ
"너네 오늘 여행 간다며? 해민경인가 뭐시기 그거 조심해라~ 지현이 말 들으니까 한번 이뻐해 줘야겠어. 하여간 너 재규 뺏기면 알아서 해. -_-^"
"^-^; 알았어."
요즘 지현이와 은혜가 짝짜꿍이다. 것두 해민경 욕으로. 허허허.
학교가 끝났다.
"앗싸! +_+ 지원아, 이번에 재규를 확 잡으렴!!"
은혜는 아까부터 저 소리다.
"근데 해민경 믿구 놀러가두 되는 걸까? ㅇ_ㅇ"
은지가 조심스레 묻는다.
"내 말이. 솔직히 쪼끔은 두렵지만 그래도 오랜만에 노는 거니까. 재밌게 놀다오자!"
"응!!"

지원이네.
"지원아, 이것두 가져가야지. 아니다, 이게 더 나을라나?! 아유~ 비상

약두 챙겨야지!! 얘! 그건 짐이 너무 커지니까 넣지 말구. 아, 근데 정말 잘 놀다올 수 있겠니? 사고는 안 나겠어??"

나보다 더 방방 뛰는 우리 엄마. 저러다 실신하진 않을까 염려된다. 집을 나서는데도,

"지원아! 정말 이거 안 챙겨두 돼??"

"아, 괜찮아요!!"

나는 서둘러 집을 뛰쳐나왔다. 약속 장소는 엔젤로스.

* * *

우주 병실.

"우주야, 정말 안 가?"

"응, 안 갈래."

"너 혼자 놔두고 가기 불안한데… 나도 안 갈래."

"강은혁 또 땡깡부리는 거 봐. 나 간호사들한테 인기 무지 많아. 너 안 오는 날에는 얼마나 왕자 대접받는데! 너 없는 게 더 좋아. 얼른 가! 늦겠어!!"

* * *

엔젤로스.

딸랑~

"어이, 꼴등!!"

이미 모두 도착해 있었다.

"아싸, 지원이 왔다. 얼른 가자! >_<"

카페 밖으로 나가니 차 두 대가 있다. 재규가 운전석에 앉으니 해민경

이 조수석으로 폴짝 뛰어든다. 헉!! 재규가 나를 쳐다본다. 흥! 될 대로 되라지. 나는 뒷좌석에 앉았다. 다른 차 한 대에는 지현, 은혁, 강우, 은지. 그리고 내 옆엔 재영 오빠가 탔다. 하아… 피곤해. 승관이는 뭘 하나? 그때 일 때문에 화난 거 아닌가? 내 안에 승관인 몇 퍼센트? 우읙! 머리가 아프다. 저것들 때문에도 그렇고(민경, 재규). 나는 살짝 눈을 감았다. 잠깐 자야지. -,.-

음냐음냐~

"헉!! ㅇ_ㅇ"

내가 눈떴을 때, 재규 어깨에 기대고 있는 나. ㅇㅇㅇ

"너, 너 운전은 어떡하고!"

고갯짓으로 운전석을 가리키는 재규. 재영 오빠가 빵빵거리며 쌩쌩 달리고 있다.

"잘 거면 좀 편하게 자지, 목이 꺾이고 있더라."

"아하하하."

해민경은 뽀로통 입을 삐쭉삐쭉거린다.

"아싸! 고지가 바로 눈앞이다!!"

재영 오빠가 눈을 반짝이며 속력을 낸다. 아아아악! 멀미할 것 같아! 그때 나를 꼭 안아주는 재규.

"대신 내 옷에 토하지 마."

"아, 알았어. -_-;"

끼익—!!

하마터면 정말 올라올 뻔했다.

"우와아아아—!!"

차에서 내리자 궁궐 같은 별장이 떠억~하니 자리 잡고 있었다.

"흥! 우리 집 욕실만하네."

지현이가 말한다.

"지현아, 너네집 욕실보다는 확실히 더 큰데??"

나는 정말 아무런 악의 없이 말했을 뿐. 지현이의 따가운 눈총을 받았다.

벌써 저녁 6시.

"저녁 먹자아!! >_<"

우리는 허겁지겁 저녁을 먹기 시작했다. 은지와 난 경계중이다. 아무래도 해민경의 속마음이 두렵다! πOπ

탕!!

재영이 오빠가 식탁 위에 내려놓은 것은 술병?

"이걸로 게임하자! +_+"

"무슨 게임요??"

"은재!! 또 뭔 속셈이야?"

"키스 게임!! 강우야, 가져와라!!"

재영 오빠가 소리치자 강우가 펄쩍펄쩍 뛰어가더니 묵직한 가방을 가져온다.

"이게 다 술이다!! 이 병을 돌려서 멈추는 사람한테 뽀뽀가 아닌 키스하기! 정 하기 싫으면 묻는 질문에 답하거나 술을 마시기. 푸하하하!!"

강우와 재영 오빠가 소리친다. 키, 키스라! 거실에 빙~ 둘러앉은 우리.

"나부터. -_-^"

재규가 병에 손을 가져간다.

"오오!! 그래, 돌려라!!"

강우랑 재영 오빠가 짝짜꿍이다. -_-;

빙글빙글빙글—

오!! 맙소사아. 재규가 돌린 병은 해민경을 가르키고 있었다. 나를 쳐다보는 재규의 눈. ㅠ_ㅠ

"니, 니 맘대로 해. ^-^;"

라고 말은 하고 있지만, 타 들어가는 내 마음. 헉! 점점 해민경 쪽으로 다가가는 재규. 맙소사아, 하느님! ㅠ_ㅠ!!

벌컥벌컥!!

해민경 쪽으로 다가가다 술을 마시는 재규. 당황한 표정의 해민경. 아하하하! 아무래도 나 정말 이상해지나 봐! 점점 분위기가 무르익어 갈 때쯤, 내 옆 자리인 은혁이가 병을 돌렸다. 은혁이는 아까부터 계속 술만 마셨다. 그런지라 술에 취한 듯싶었다.

멈칫!

내 앞에 멈춰선 병. 은혁이가 나를 쳐다본다.

"^-^; 아하하."

내 의사와는 관계없이 결국 내 입술에 맞부딪치는 은혁이의 입술. 매섭게 째려보는 지현이. 고개를 설레설레 흔들더니 뚝 떨군다.

"강은혁!!"

소리치는 재규.

"왜? 게임이라며?"

은혁이가 능청스레 재규 말을 받아침과 동시에, 지현이과 화가 난 듯

홱 술병을 돌렸다. 은혁이 앞에 서는 병.

"하나만 묻자 강은혁. 대답해. 오케이??"

지현이가 진지한 표정으로 은혁이를 쳐다본다.

"까짓 거."

머리를 툭툭 털며 말하는 은혁이.

"너 아직도 강지원 좋아하지?"

"지현아, 아깐 은혁이가 술에 취해서 그런 거고~"

"말해."

지현이가 나를 한 번 쳐다보고, 은혁이에게 시선을 꽂았다. 조용해진 분위기.

"말하기 싫으면??"

"말해."

"그냥 혀 깨물고 죽을까?"

"말해!!"

"이지현, 너 추해."

"강은혁, 지금 말해 봐. 지금 니 마음 말해."

"이지현, 너 내가 말하면 계속 여기 있을 자신 있어?? 없으면서 괜한 걸 물어. -_-"

은혁이가 지현이의 이마를 톡톡 건들며 말한다.

"말해. 그 딴 건 아무래도 좋으니까 말해 달란 말야!!"

은혁이의 멱살을 꽉 잡는 지현이. 그리고 지현이에게 시선을 고정한 채 대답하는 은혁이.

"강지원 좋아하지?"

"응."

"…하하, 거짓말. 강은혁, 거짓말이지? 너 나 좋아한다고 했잖아, 그치? 거짓말이지?"

"거짓말… 아닌데."

"너 정말……."

은혁이를 확 내팽개치고 방으로 들어가 버리는 지현이.

"지현아!!"

내가 일어서려 하자 나를 다시 앉히는 은혁이. 그리고 은혁이는 별장 밖으로 나가 버린다.

"아~ 슬슬 올라가서 잘까??"

재영 오빠가 2층으로 올라간다.

"은지야, 우리 나가서 산책하고 올까?"

"으응."

해민경과 재규, 나. 셋만 남은 거실.

"강지원."

나를 부르는 해민경.

"왜??"

"넌 뭔 복을 타고나서 남자들이 널 못 가져 안달이라니?? 난 전생에 뭔 죄를 졌길래 사랑하는 사람마다 다 퇴짜맞냐??"

아무렇지 않다는 듯 나를 쳐다보며 술을 마시는 재규.

"……."

"삼류 드라마도 아니고 진짜 웃긴다. 강지원, 너 진짜 웃겨. ㅋㅋㅋ"

"그만 해."

재규에 입에서 나온 소리. 나는 벌떡 일어나 별장을 나왔다. 아, 답답해. 별장 밖으로 나오니 은혁이가 담배 한 개비를 물고 서 있다.

"왜 나왔어?"

"아, 조금 답답해서. 여기서 뭐 해?"

"그냥."

은혁이와는 순조로워진 줄 알았는데… 이제 은혁이랑은 얽힐 일 없다고 생각했는데…….

"은혁아, 너 왜 그랬어? 아무리 장난이라두 지현이 많이 속상할 텐데."

은혁이가 담배를 튕겨 버린다. 그리고 나를 쳐다보며 담배 연기를 내뿜는다.

"후우……. 말해 줘? 내가 왜 그랬을까??"

"은혁아, 너 취했……."

내 어깨를 꽉 부여잡는 은혁이.

"왜 그랬냐고? 왜 그랬냐 물었어?! 몰라? 니 귀로 똑똑히 듣고도 몰라?? 나 너 좋아한다. 강은혁, 이 미친 자식이 강지원 아직도 좋아한다고!!"

내 입 안에 퍼지는 담배 연기. 은혁이의 입술이 내 입술에 포개졌다.

쾅―!!

"지현아―!!"

짐을 들고 나온 지현이.

"지현아!! 너 왜 이래!!"

"똑바로 들어, 강은혁. 그냥 동정이었어, 아님 조금이라도 좋아하는 감정 있었어??"

"아니, 그냥 동정이었어."

"끝까지 사람 바닥으로 끌어내려야지. ㅋㅋ 그래야 강은혁이지… 그렇지."

"지현아!!"

"택시!!"

택시를 타고 되돌아가는 지현이.

"은혁아!! 지현이 저렇게 가게 놔둘 거야?"

"넌 신경 쓰지 마. 내 감정일 뿐이니까."

별장으로 들어가 버리는 은혁이. 하아… 우주야, 난 어떡하면 좋을까? 내가 멀리멀리 사라질까?? 정말정말… 너무… 힘들어…….

page 81 …행복해지고 싶다.

쨍그랑—!!!

별장 안에서 들리는 소리.

"까악!!"

민경이 목소린데? 나는 서둘러 별장으로 뛰어들어 갔다. 모두 놀라 거실에 뛰어왔는데 한가운데 서 있는 재규의 손에서 뚝뚝 떨어지는 피. 우리가 가지고 놀던 술병이 깨져 있었다.

"재규야!!"

나를 천천히 돌아보는 재규.

"너 그냥… 내가 놔줄까? 내가 너 놔줘 버릴까??"

재규가 힘없는 목소리로 내게 말한다. 아픈 손을 가지고 방 안으로 들어가는 재규.

"야! 손부터 치료해야지!!"

끼익— 탕!

닫혀 버린 방문.

끼이—

"얘들아, 우리 왔다!! 헉! 뭐야?!"

강우와 은지가 뒤늦게 들어와 바닥에 남은 혈흔을 보고 놀란다.

밤늦게까지 재규는 방 밖으로 나오지 않았다. 나는 은지와 같은 방을 쓰기로 했다.

"지원아, 자?"

"아니, 안 자."

"많이 힘들지?"

"응, 뭐 때문인진 모르겠지만 너무 힘들어."

"역시 니 마음엔 재규뿐인 거야?"

"당연한 거잖아."

"정말?"

"무슨 말이 하고 싶어?"

"아냐. 지원아, 자자. 늦었다. ^^"

"잘 자."

재규 방.

"…하."

힘없이 침대 위에 널브러져 있는 재규.

"으아아… 물이 어디 있지?"

거실에서 들리는 지원이의 목소리. 재규는 벌떡 일어났다가 다시 침대 위에 걸터앉는다.

거실.
재규… 자고 있을까?
똑똑!
"재규야, 자??"
"어, 자."
"나 들어갈게."
"들어오지 마."
"들어간다."
"들어오지 마!!"
찰칵!
잠겨 버린 재규 방문.
"문 열어줄 때까지 여기 있을 거야."
나는 재규 방문 앞에 기대앉았다.

재규 방.
재규는 방문에 기대앉았다. 30분쯤 흘렀을까?
"강지원… 거기 있어?"
"응, 나 여기 있어."
"강지원……."

"응??"

"그냥 니 마음에 있는 사람 찾아가."

"그래서 너한테 왔잖아."

"장난치지 말고, 내가 놔줄 때 맘에 있는 놈 찾아가라구. 내가 멋있게 보내줄 때 암 말하지 말구 가."

"무슨 소리 하는 건데?"

"니 맘속에 있는 사람 찾아가라구."

"내 맘속에 있는 사람이 누군데?"

"니가 더 잘 알 거 아냐. 슬플 때 보고 싶고, 우울할 때 보고 싶고, 기쁠 때 제일 먼저 달려가고 싶고, 아플 때 제일 먼저 생각나고, 힘들 때 제일 위로받고 싶고, 눈앞에 없으면 걱정되고… 그런 놈 찾아가."

"넌… 나 잡을 생각 안 해?? 만약 내가 떠난대도 잡을 생각 같은 건 안 해??"

"비참해지기 싫으니까."

"다들 왜 그러는 거야? 내 맘에 누가 있다구!! 도대체 왜 다들 하나같이 내 마음에 누가 있냐고 하는 거야?? 내 맘속에 재규, 은재규! 너 하나뿐인데! 은재규 씨, 당신 잘 들어요. 당신은 날 안 좋아하는지 어떨는지 몰라. 그렇지만 내가 은재규 니 옆에 있는 건 내 마음이니까, 어디까지나 내가 선택한 거니까 누굴 찾아가라, 널 놓아준다, 그 딴 소리 하지 마."

자신없어하는 재규에게 화가 나고, 나 때문에 힘들어하는 재규에게 미안하고, 내 멋대로 재규 곁에 있는 것 같아서, 재규를 내 마음에 꽁꽁 묶어두는 것 같아서, 내 멋대로 재규를 사랑해서, 그래서……. 나는 방으로 발걸음을 옮겼다.

"그 딴 말 하면 내가 더 꼴불견 같아 보이잖아. 지키지 못한다면 보내주는 게 더 나을 거라 생각했거든."

담날 아침.
탕탕탕!!
"둥근 해가 떴습니다아!! 자리에서 일어나서!! 야들아!! 일어나라!! 아침이다—!!"
강우와 재영 오빠가 후라이 팬을 탕탕탕 때리며 고래고래 고함친다.
"으… 졸려워."
눈을 비비며 힘겹게 눈을 떴다. 은지는 벌써 옷을 갈아입고 꽃단장을 했다. -_-
"지원아, 좋은 아침이네!"
"으응."
"바다 나간대! 얼른 준비해!"
"아, 난 됐어."
"정말 안 가?"
"으응. 난 좀 피곤해."
"알았어."
끼익— 탕!
하아… 나는 다시 침대 위로 벌러덩 누웠다. 하긴… 나도 가끔 내 마음에 다른 누가 있는 건 아닌지 하는 의문을 갖긴 하지만……. 그래도 그 다른 누군가를 알게 되기 전까진 재규 곁에 있고 싶은걸.

거실.

나는 힘없이 거실로 내려왔다.

"에휴휴휴휴."

아무래도 신.경. 쓰.인.다. 재규 방. 나는 재규 방문을 살짝 열었다.

"내 멋대로 널 좀 좋아하면 안 되냐?"

"니 멋대로 날 좋아하건 상관 안 해. 잘 거야, 나가. 다른 애들 다 나가는데 왜 너만 안 나가냐?"

"바보 자식. 그러게 그때 나한테 고백했으면 우리 4년 동안 안 떨어져 있었을 거 아냐. 너 못 자지도 않았을 거고 이렇게 힘들어할 일도 없었을 텐데."

"그래, 나 바보다. 이게 내 운명인가 보지. 아악! 내가 뭔 소릴 하는 거야. 나가, 빨리!! 아침부터 이상한 소리나 나불거리고."

"바보야, 니가 너무 힘들어하니까 그러는 거 아니냐. 너 원래 이런 놈 아니었잖아. 다른 여자랑은 잘 놀지도 않던 새끼가 고새 나 없었다고 다른 여자 사랑하면서 질질 짜는데, 어떻게 보고만 있냐?!"

"마음만이라도 고맙수. 그럼 제발 시비 걸지 말고 일본으로 돌아가."

"가고 싶어도 너 때문에 안 가."

"왜애!! 난 너 없으면 얼마나 편할지 상상만 해도 행복해."

"웃기는 자식. 4년 동안 나 그리워했던 주제에! 불면증까지 걸린 주제에! 허허허!"

"그랬던 적 없어. 아아, 기억이……."

"이 자식아, 기억나게 해주랴!!"

"윽! 얼른 나가!! 일본으로 가!! 일본으로 제발 돌아가라!! 부탁할게, 민경 누님!!"

"아하하하! 이제야 은재규 같네. 너 폼재는 거 코미디 같아. ㅋㅋㅋ 중학교 땐 강우보다 더 활발하던 자식이… 이 누님이 그리워서?? 너 원래 우주보다 더 잘 웃던 자식이잖냐. 왜 그래? 너 정말 은재규 안 같아. 재영 오빠보다 오락하는 거 더 좋아하고, 은혁이한테 맨날 꾸지람만 듣던 주제에. 흥!"

"아아아아악!! 요괴 할멈, 나가!"

"흥! 나쁜 놈!"

한 번도 보지 못했던 재규 모습. 아무리 그래도 저 둘은 친구니까… 하나밖에 없는 친구이자 재규에겐 첫사랑이었으니까… 그랬으니까… 처음부터 내가 있을 자리는 없었던 거 아닐까?

"어? 넌 안 나갔어??"

나보다 훨씬 큰 민경이가 나를 내려다보며 말한다.

"어? 으응, 좀 피곤해서."

"야, 은재규! 나 나간다. 밥 챙겨 먹어."

"오케이."

나는 재규 방으로 들어갔다. 정말 처음부터 내 자리 따윈…….

저벅저벅—

뒤에서 나를 안아주는 재규.

"하아, 피곤해."

재규가 내 어깨에 얼굴을 묻는다.

"좀 더 자. 내가 밥 차려놓을게."

"아, 같이 잘까??"

"뭐?? ㅇ_ㅇ!!"

"어머, 무슨 생각을 하는 거니?"

재규가 날 자신 쪽으로 돌리며 말한다. 그리고 나를 한 번 보더니 품에 넣는다.

"아무 짓도 안 할 테니까 같이 자자."

침대에 누워 자신의 옆 자리를 탕탕 치는 재규.

"재, 재규야."

"아아~ 피곤하다."

나는 재규 옆에 쭈뼛쭈뼛 누웠고, 재규가 나를 꽈악 껴안았다.

"아, 행복하다. *-_-*"

재규가 얼굴이 상기되어 말한다.

"우리 몇 년 후에도 이러고 있을 수 있을까??"

"당연하지. 내 색시 할 건데."

"^_^"

"하아, 피곤하다. 새벽에 누구누구가 와서 행패 부리는 바람에."

하더니 재규는 곧 잠이 들었다. 나는 재규 품에 더 파고들었고, 재규의 은빛 머리칼이 내 얼굴을 덮었다. 지금만큼만 행복했음 좋겠다. ^-^*

      *   *   *

우주 병실.

"으흑!! 윽! 으아악―!!"

"진정해요!! 우주 군, 힘 푸세요."

"으흑! 허업!! 으읍. 흐윽. 윽."

"숨 크게 쉬시구요. 휴우……."

나는 행복합니다.

 page 82 '현실'과 '꿈'은 다르다.

"=_= 우음."

눈을 떠보니 아직도 재규는 자고 있다. 나는 재규에게 이불을 덮어주고 거실로 나왔다.

찰칵—

"야, 못난이 커플! 우리 왔다!!"

들어오기 시작하는 애들.

"그나저나 둘이 뭐 했니!"

강우와 재영 오빠가 두 손을 마주 잡더니 번쩍번쩍 빛나는 눈으로 내게 묻는다.

끼익—

"잤다. 뭐, 떫냐?"

재규가 기지개를 켜며 걸어나오자 거품 물고 쓰러지는 둘.

"자자~ 밥 먹어라!"

민경이가 소리치자 식탁으로 우르르 모여드는 우리들. 허겁지겁 우적우적 먹어대는 강우와 재영 오빠.

"키위주스만 제대로 만들면 진짜 일등 신부감인데."

재영 오빠와 강우가 입을 모아 말한다.

"뭐어?"

그날 저녁.
"은지야, 나 먼저 샤워할게."
"응, 그래~"
나는 욕조에 몸을 담갔다. 아, 정말이지 신경 쓰이는 일이 한두 가지가 아닌걸. 혹시 승관이한테 연락올까, 목욕 가운 주머니에 핸드폰을 꽂아두었다. 으아! @_@ 너무 오래 있었나? 핑핑 머리가 돈다. 나는 가운을 걸쳐 입고 욕실을 나왔다. 다들 거실에 나와 있는데 유독 보이지 않는 재규와 민경. 수.상.해. -_-+
"재규랑 민경인 어디 있어??"
"글쎄. 방에 있는 것 같던데. -,.-"
"방?"
나는 뚜벅뚜벅 재규 방문을 열었다,
벌컥!!
"재규야!!"
상의를 풀어헤친 채, 재규 품에 안겨 있는 민경이.
"아, 미안."
나는 서둘러 방문을 닫았다.
"강지원!! 강지원!! 지원아!!"
벌떡 일어나는 재규의 옷자락을 붙잡는 민경.
"가지 마. 강지원은 너 아니어도 다른 남자 많잖아?? 안 그래?"
"해민경―!!"

"한 번만, 딱 한 번만 내 옆에 있어줘."
"…제발 이러지 마."
"재규야."
울먹이는 해민경 옆에 풀썩 앉는 재규.
"딱 한 번이야."

거실.
"지원아? 왜 그래??"
"어?? 어, 아냐."
"……."
멍하니 있던 나를 보며 묻는 강우. 옆에 앉아 있는 은혁이는 아무 말 없이 나를 바라본다. 저 둘… 무슨 사정이 있는 거겠지. 어떤 일이 있었던 거겠지. 방으로 올라가 방문을 닫으려는데 내 방문을 잡는 은혁이.
"강지원, 뭐야?"
"아무것도."
나를 휙 잡아당기는 은혁이. 그리고 내 어깨를 잡는다.
"…울어?"
"아냐, 그냥 하품을 좀 해서."
"왜?"
"아무것도 아니라니까."
"왜 울어?"
"흑! 안 운… 흑!"
나를 끌어 안아주는 은혁이.

"은혁아, 이러지 말자."

"위로도 안 돼?"

띠리리리리리~ 띠리리리리리~

그때 요란하게 울려대는 은혁이의 핸드폰.

"여보세요? …예? 예, 곧 가겠습니다. 예."

딸깍!

"왜?? 서울 가야 돼??"

"우주… 우주 녀석, 사라졌대."

"사라지다니? 왜? 어디루?!"

"당장 올라가야 돼."

"은혁아! 같이 가."

"……."

나를 빤히 바라보다가 고개를 끄덕이는 은혁이. 나는 서둘러 짐을 챙겼다. 거실로 내려가니 소파에 앉아 있는 재규.

"어디 가??"

"…은혁아, 얼른 가자."

"강지원!"

"그러는 넌 방에서 뭐 했니??"

"아, 그건 오해……."

"얼른 가자."

은혁이가 내 손을 잡고 별장을 나섰다.

"강지원!! 그대로 가면 나 너 안 봐!"

멈칫!

"마음대로 결정해."

은혁이가 내 손을 놓아준다.

"아냐, 서둘러 가자."

나는 별장 밖으로 서서히 빠져나왔고, 재규의 고함소리는 파도 소리에 묻혀 버렸다.

부르릉―

"우주 어디로 간 거래?? 왜? 왜 없어진 거래?? 응??"

"너무 걱정하지 마. 아무 일 없을 거야."

"혹시 무슨……."

"우주 녀석, 버텨내 주길 바랬어. 우주는 심리가 너무 불안정해서 자살을 하거나, 자폐증 같은 정신병으로 옮겨갈 수 있다고 했거든. 그런데 이 자식 없어졌다면… 어디 가서 죽어버릴지도 몰라."

"뭐?"

"제길!! 혼자 두고 오는 게 아니었는데."

핸들을 내려치는 은혁이. 우주야, 내가 가면… 병실에 앉아서 꼭 웃으면서 반겨줘야 돼. 꼭! 나는 두 손을 모아 간절히 기도했다.

끼익―

차에서 튕기듯 내려 은혁이와 우주 병실 문을 열었지만 깨끗이 접혀 있는 환자복.

"은혁아."

"우주 언제 없어진 건가요?"

간호사에게 묻자,

"한 2시간 전에요. 도대체 그 몸으로 어딜 간 건지… 이쪽 주변은 다 찾아봤는데……."

"왜 환자가 없어질 때까지 무신경했던 건가요!! 하아……."

힘없는 한숨을 쉬는 은혁이.

"은혁아, 그럼 어떡해?"

은혁이는 우주의 핸드폰으로 전화를 걸었고,

[…여보세요?]

"신우주! 너 거기 어디야!! 이 자식아, 너 안정을 취해야 한다잖아! 너 어디 있어!!"

[어이, 강은혁 동지. 나? 지금 어디 좀 왔지. 잘 놀고 있냐??]

"신우주!!"

[아, 거참. 소리 꽥꽥 지르지 마. 나 안 죽었어. 걱정 마셔. 죽고 싶어질까 봐 걱정이지.]

"우주야!!"

[아, 끊는다, 동지.]

"지원이도 같이 있다."

[…….]

"서울이야. 니 병실이야."

[미친 자식, 놀다오라니까……. 하여간 똥고집 강은혁, 알아줘야 돼. ㅋㅋㅋ 서울에는 왜 오고 지랄이냐. 지원이까지 끌고.]

"너 어디야? 내가 갈게. 어디야?"

[우주다. 푸하하! 우주가 우주에 와 있음. ㅋㅋ]

"미친 자식아!! 어디냐고!!"

[…지원이 괜한 고생 시키지 말고 집에 데려다 줘. 너네 헛수고한 거야. 온 세상을 뒤져 봐. 이젠 여기 없을 거야. 여기… 지겨워.]

"우주야!!"

[끊는다. ㅋㅋㅋ 뚜—]

"신우주!! 우주야!! 이 개자식아!!"

"왜 그래, 은혁아? 응??"

"신우주, 이 미친놈. 빨리 안 찾으면 죽어! 죽어버린다구!!"

내 어깨를 꽉 잡고 있다가 힘없이 바닥에 주저앉는 은혁이.

"하아… 혼자 두는 게 아니었는데……."

콰앙!!

바닥을 세게 내려치는 은혁이.

* * *

"엄마, 이제… 우리 만나겠네. 아, 아쉽다. 아직 지원이한테 못해준 게 너무 많은데……. 엄마, 엄마 못난 자식… 끝까지 못난 짓 하네. 엄마처럼은 안 죽으려고 했는데. 엄마, 나 두려워. 안 될 일에 희망 가졌다가… 결국 안 된다면 정말 많이 힘들 텐데……. 엄마, 나 너무 두려워. 이젠… 조금 편해지고 싶고… 자유로워지고 싶어."

달빛에… 별빛에… 반사되는 우주의 하얀 얼굴. 그리고… 우주의 눈물.

page 83 우리들의 시작과 끝은……

골목.

"은혁아, 정말 나 없어도 돼??"

"응, 걱정 마."

"휴… 그래. 은혁아, 잘 가."

"응, 편히 쉬어."

부릉—

하아… 축 처진 어깨를 흔들며 으슥한 골목길을 걸어가는데, 우리 집 앞에 앉아 있는 승관이.

"승관아!!"

"어? 아, 누나!! ^O^"

승관이가 밝게 웃고 있다.

"아, 승관아. 저번……."

"아아아!! 그 일 없었던 걸로 해요. 그 얘기 하려구 온 건데."

"승관아."

"래원이가 누나랑 연락 안 된다고 길길이 날뛰던데. 이거 래원이 연락처예요. 연락해 주세요. 래원이 놈, 누나 사랑이 정말 대단하던데요?? 그럼 이만 갈게요. ^-^"

"승관아, 저기… 누나랑 얘기 좀 할까?"

"아니요. 또 무슨 말을 할지 몰라요. 나 누나한테 이상한 말… 누나 힘들게 하는 말… 할지도 몰라서 그냥 갈게요. 안녕히 계세요."

"승관아."

"아… 자꾸 부르지 말아요, 뒤돌아보게 되니까. 그래도 나 잊지 말아주세요. 최승관이 누나 좋아하는 거… 누나 정말 좋아하는 거 잊어버리지 말아주세요. 만약… 그럴 일 없겠지만, 언젠가 내가 그리워질 때… 내가 보고 싶어질 때… 내가 없어 허전할 때… 최승관을 보지 못해 걱정될 때… 나한테 전화해 줄래요?"

뒤를 돌아보며 씨익 웃는 승관이의 모습에 순간 가슴이 두근거렸다. 그리고 가슴이 따끔거렸다.

뚜벅뚜벅—

"바이바이, 누나."

나는 핸드폰을 열어 래원이가 0번에 승관이의 번호를 입력해 둔 걸 기억하고 0번을 눌렀다.

[뚜르르르르— 뚜르르르르— 흑! 하아… 네, 여보세요?]

"승관아, 너 우니?"

[아, 이러면 안 되는데. ㅋㅋ 벌써 전화해 버리면 나 진짜 바보 되는데요.]

"미안해, 승관아. 있지……."

그때 내가 왜 전활 한 건지… 어떤 말을 하고 싶었던 건지 알 수 없었다.

[누나 마음… 모르겠죠, 그 마음. 누나, 나 부탁 하나 해도 돼요?]

"무슨 부탁??"

[나 한 번만 누나 이름 부르면 안 돼요?]

"그래."

[하아… 지원아, 사랑해. 뚜우— 뚜우— 뚜—]

그때 눈물이 왜 그렇게 흐르던지. 가슴이 아프던 이유는 뭘까?

*　　*　　*

별장.
"너 그렇게 뒤돌아서면 나 너무 비참하잖냐."
들리지 않던 재규의 외침. 아파하려고 시작한 사랑은 아니었다. 슬퍼하려고 시작한 사랑은 아니었다. 나도 사랑한답시고 행복하게 웃는 다른 놈들처럼 행복해지고 싶어 사랑을 했다. 4년 전에 민경이한테 고백을 했더라면 지금 어떻게 변했을지… 강지원을 만나지도 않았겠지? 슬플 이유도 없었을 테고, 아플 이유도 없었을 텐데……. 그래도 만족해. 사랑한 기억은 남아 있으니까.

담날 아침.
밤을 꼴딱 새운 은혁이. 아침이 되어서야 침대에 몸을 뉘인다.
"하……."

4년 전, 우주를 만난 어느 겨울. 재규와 카페로 향하다가 얇은 셔츠만 하나 입고, 온몸이 멍투성이가 되어 사시나무 떨듯 덜덜 떨고 있던 놈 하나를 발견한 재규. 지나칠 수가 없어서… 덜덜 떠는 모습을 그냥 놔두고 지나칠 수가 없어서… 우린 점퍼를 그 녀석에게 던져 주었다. 눈이 우주처럼 유난히 깊고, 검고, 반짝거리던 녀석. 신우주. 그렇게 돌아서려는데 재규와 날 붙잡아 세우던 녀석. 그리고 우리와 함께 가는 길을 택한 녀석. 그 녀석에겐 우리뿐이었는데… 해준 게 너무나도 없어서…….

page 84 …기쁜 듯 떨쳐 버려요.

"아이고~ 학생! 밥 먹어-0-!"
"^_^"

따스한 햇살 아래 앉아 싱긋 웃는 우주.

"하이고~ 머슴아가 왜 이리도 고와? 우리 딸년보다 더 곱구만. -,.-
누가 훔쳐 갈까 봐 걱정스리네~"

밥상을 우주 앞에 내려놓으며 말하는 아주머니.

"그려, 그럼 언제까지 여 있을 꺼?"
"길어봤자 일주일 정도요."
"그려그려~ 밥 마이 먹고 천천히 놀다 가~"

밥 한 술을 뜨다가 다시 내려놓는 우주. 지독히 따스한 햇살에 눈을 깜빡이는 우주.

"하아……"

하루하루가 고통이고, 요즘 들어 호흡 곤란이 더 자주 오고, 어지럼증에 하루를 몽땅 누워 보낸 적도 있다. 힘들어.

엔젤로스.

"후아암~ 피곤하다~ 나 은지 데려다 주고 곧바로 집으로 갈게. 가게 알아서 정리하구 들어가시오~"

은지와 강우가 카페를 나가고,

"짜식! 애인 있어 좋겠다. -,.-"

재영은 씁쓸한 마음을 표현한 뒤, 짐을 주섬주섬 들기 시작한다.
"집에 안 가냐?? 제길, 말도 드럽게 안 듣지."
아랑곳하지 않고 가만히 앉아 있는 재규. 재규를 무자비하게 마구마구 흔드는 재영.
"이 자식아, 집에 가자고! 피곤해 죽겠다고!!"
아무 말 없이 가방을 주섬주섬 들더니 카페를 휑하니 나가 버리는 재규.
"야, 너 또 재규랑 지원이 사이에서 뭔 짓 했어?"
"무슨 짓이라니? 사람한테 말해도 꼬옥!"
"꼬옥! 니가 하는 짓은 다 나쁜 짓이니까 그러지!"
"쳇! 아무 짓도 안 했어!!"
"아씨, 너네 할머니한테 전화드렸어. 빠른 시일 내에 일본으로 돌아가는 비행기표 구해달라고 부탁드렸어. 그러니까 너 빠른 시일 내에 돌아가. 학교 휴학한 것도 아니고 빠지고 온 거라며? 이제 너 감당할 힘 없다. 어서 느그 집으로 돌아가라! 훠이~ 훠이~"
손짓을 하며 카페를 나서는 재영.

재규네.
"으랏차! 야야, 빨랑 자기 짐 챙겨서 방으로 옮겨."
정말 냉랭한 분위기가 재규를 휘감고 있다. 말을 하지도 않으니……
*　　　*　　　*

지원이네.

뚜르르르르~ 뚜르르르르~

승관이가 가르쳐 준 래원이 연락처로 전화를 거는데… 어떻게 해야 하지, 래원이가 아닌 다른 사람이 받아서 갑자기 일본 말을 하면? 난 일본어 할 줄 모르는데 뭐라고 해야 하는 거지? ㅠㅇㅠ

[여보세요??]

헉! 내가 걱정했던 건 모두 물거품으로 돌아가고,

"저, 안녕하세요? 래원이 누나 지원이라고 합니다. 래원이 있나요??"

[지원… 요코?!]

헉! 무, 무슨?

"아니요, 강지원인데요."

[어? 그래그래, 자, 잠깐.]

뭐냐고. 다들 왜 요코쟁이로 변한 거냐고. ㅠㅠ

[하아, 여보세요?? 누나야?! >_<]

"어엉, 누나야. 래원아, 이 자식! 평생 연락 안 할 것처럼 굴더니!! 거긴 좋아??"

[응! >ㅁ< 너무너무 좋지!! 뭐야, 누나야말로 연락해도 안 되더니. 쳇!]

"잠깐 놀러갔다 왔지. 래원아, 근데 혹시 요코라는 사람 아니? 다들 나만 보면 요코라고 못 불러 안달이다?"

[뭐?? 아, 글쎄… 잘 모르겠네. 요코가 뭐 한둘인가??]

"그렇구나. 래원아, 한국에 와야지!"

[안 가. ^-^]

"뭐어~?!"

[안 간다고 했잖아. 우리 집 두고 왜 한국을 가.]

"래원아! 널 기다……"

[이제 나 기다리는 사람들 생각 안 해. 나 못 잊은 사람들 생각 안 해. 대체 바보같이 왜 날 기다리고 못 잊는데? 왜?? 왜?? 나 따윈 어떻게 되든 상관없는 건데.]

"래원아, 그런 말이 어디 있어?"

[날 기다리는 사람들한테 기대 같은 거 갖지 말라고 전해줘, 누나. 난 안 돌아간다구……]

"래원아."

[캬아! 누나네 방학했지? 우리도 방학했는데. 킥킥! 여자 친구도 생겨 버렸지 뭐야. 전학 오자마자 고백을 받았어. 누나 동생, 능력 죽이지!!]

"뭐?! 여자 친구?! 래원아!!"

[은혜는 누나 친구잖아. ^-^]

"아, 그래."

[되게 귀여워, 내 애인. ㅋㅋㅋ 누나 친구 중에 꽤 귀여운 누나 있잖아, 은지였나? 그 누나보다 백 배 천 배 귀엽다. 킥킥!! 100년 후에 만나면 보여줄게.]

"그래, 나중에 꼭 보여줘."

[푸흐푸흐푸흐. 누나, 난 세상에서……]

"응."

[끝이라는 말 싫어. 앤드란 말이 싫어. 끝은… 너무 슬퍼.]

"무슨 소리야??"

[누나는 해피엔딩으로 살았으면 좋겠다. 나같이 세드엔딩 말구 해피엔딩으로 살았음 좋겠어. ^o^]

"래워……."

[끊는다!! 뚜— 뚜— 뚜—]

 어쩌면 래원이가 하고 싶었던 말은 은혜가 많이 보고 싶어라는 말이었는지도 모른다. 아직도 은혜를 잊지 못해 슬프다는 말을 하는 거였을지도 모른다. 지금쯤 수화기 저 너머로 들리지 않는 울음을 토해내고 있을지도 모른다.

*   *   *

 은혁, 우주네.
 끼익—
 대문을 열고 나오는 은혁이. 많이 지친 듯한 표정. 다시 까만 차에 몸을 싣고 핸들을 잡는다.
 "…후우……."
 은혁이는 담배 한 개비를 입에 물고 고속도로를 타기 시작한다. 우주와 자주 가던 곳. 혹시나 하는 생각과 머리 속에 쌓여 있는 수많은 생각을 털어내기 위해 영덕으로 향하고 있다.

 쏴아— 쏴아—
 상쾌한 바다 냄새와 새하얗게 부서지는 파도. 우주는 담 위에 앉아서 한없이 넓고 푸른 바다를 내려다보며 해맑고 천진한 미소를 짓는다. 그러다가 담에서 폴짝 뛰어내려 어시장으로 향한다. 팔딱팔딱 튀어오르는 생선들을 신기한 듯 쳐다보다가 오징어가 쏜 물줄기에 맞는다. 오징어에게 화를 버럭! 내며 삐친 듯 걷기 시작하는 우주. 그 모습이 순수한 어린아이 같은 모습이다.

머물고 있는 집으로 돌아오는 길. 눈이 조금 쌓여 미끄럽다.

미끄덩— 쿠당!

"꺄아!! ㅠ.ㅠ"

"-_-^"

반 대편에서 걸어오던 한 여자 아이가 미끄러져 우주를 덮쳐 버렸다.

"아, 죄송합니다. 정말 죄송합니다. ㅠ0ㅠ"

"아, 무거워. 빨랑 일어나기나 해."

우주는 짜증이 섞인 목소리로 부풀어오르는 화를 가라앉히며 일어난다.

"-_- 젠장, 다 젖었잖아."

"아, 죄송해요. 제가 빨아드릴까요? 아, 정말 죄송합니다. ㅠ_ㅠ"

우주를 올려다보는 여자 아이. 그제야 우주의 미모를 깨달았는지 얼굴이 발그레발그레. *-_-*

"정말 죄송해요."

"됐어. 가서 옷 갈아입게 비켜."

"정말 죄송해요. 저기… 근데 처음 보는 얼굴인데 어디 사세요?"

"서울."

"아! 서울에서 왔다던 사람이……."

"아악!! 엉덩이 시렵단 말야! 옷 갈아입으러 가야 되니까 얼른 비켜!"

"죄송해요."

"아씨, 괜찮다고."

스윽 비키는 여자 아이.

"제 이름은 한별이에요!! 한별! 그쪽은요?"

"나중에 만나면 가르쳐 줄게. 아씨, 추워!!"
돌담집으로 쏙 들어가는 우주.
"나중에 또 만나면 좋겠다. ^o^"
"아이구! 학생 옷이 와 그리 젖었어??"
"어떤 꼬마애가 미끄러지는 바람에 부딪쳐서."
"아아! 한별이 말하능가 봐. 우리 집에 심부름 왔던 별이 말하는구만! 별이가 학생보다 한 살 어린가? 하이구~ 감기 걸리갔구만~ 퍼뜩 옷 갈아입으!"
"얼굴에 안 맞게 이름은 또 왜 그래?"
우주는 젖은 옷을 휙 팽개치며 말한다.

"후우……."
차창 밖으로 시원한 바람을 만끽하며 영덕으로 내달리고 있는 은혁.
"신우주, 제발 거기에 있어라."

지현이네.
"지현아, 뭐라도 먹어야지 않겠어??"
"됐다고 했잖아!!"
"정말 갑자기 왜 저런담?!"
"……."
은혁이와 찍은 사진 한 장. 액자를 물끄러미 바라보다가 아무 말 없이 눈물을 뚝뚝 흘리는 지현이. 하지만 애써 참으려는지 아랫입술을 꼭 깨물고 있다.

"차라리 내 마음… 가져가지나 말지."

지현이는 혼잣말을 중얼거리며 계속 닭똥 같은 눈물을 뚝뚝 흘렸다.

쏴— 쏴아—

담에 걸터앉아 있는 우주. 시원한 바다. 상쾌한 바닷바람이 우주의 귀와 볼을 간지럽힌다.

"^-^ 키킥!"

page 85 …대체 내 마음속엔……?

끼이—

"할머니!! 할머니!! 헤엑. 헤엑."

"와 이랴? 누가 니 잡아먹냐?! 와 이케??"

"할머니! 할머니! 나 그 서울에서 올라온 사람 봤어!! 헥헥."

"아~ 그 기집애처럼 곱상~허니 훤칠히 잘생긴 놈? 그려~ 서울 사람 만나니 좋나? ^-^"

"할머니두!! 조, 좋긴!"

자전거로 다가서는 한별.

"별아, 갑자기 자전거는 왜 꺼낼라고?? 별이 니 자전거 못 타잖나?"

"자전거 연습하고 올게!!"

"별아!! 별아!! 조심해 타라!!"

담장 위에 따스하게 비치는 햇살이 우주의 얼굴을 감싸준다. 하늘로 얼굴을 치켜들고, 눈을 감고, 행복히 미소 짓는 우주.

"끙차~ 헥헥! 여기 맞나??"

"…아까 그 칠칠이?"

"어? 우리 또 만났네요? 또 만나면 이름 가르쳐 준댔죠??"

"싫어."

"에이~ 거짓말쟁인가 부다!"

"신우주."

"몇 살이에요?? 나는 17살이에요. ^o^"

"너보다 한 살 더 많아. 그러니까 니 친구랑 놀아."

"정말?? 오빠네. 헤헤, 오빠 서울에서 왔죠?? 나도 서울에서 이사 왔는데. 오빠는요? 오빤 놀러왔어요??"

담에 기대앉아 우주를 올려다보는 한별.

"어."

"그럼 곧 서울로 가겠네요??"

"안 가."

"그럼요??"

"……."

"아! 오빠, 내가 자전거 태워줄까요? 아까 옷 적신 거 보답하는 의미에서. 예??"

"됐어."

"아이! 내가 태워줄게요!!"

우주의 발을 잡아당기는 한별.

"으아악!! 떨어지잖아!!"

우주가 담에서 폴짝 뛰어내려 귀찮다는 듯이 대문에 기대섰다.

"어라? 으차차차!"

자꾸만 자전거에서 미끄러지는 한별. 한심하다는 듯이 바라보고 있는 우주.

"태워준다면서."

"아, 예. ^o^"

"그런데??"

"잠깐만요!! >_<"

벽돌을 밟고 자전거 위에 올라탄 한별.

"타요!!"

"나참, 여자가 태워주는 자전거를 타게 되다니… 참 많이 변했군."

"예? 뭐라구요?"

"됐어! 출발이나 해!"

"가요!!"

"넘어지기만 해… 으악!!"

"꺄아아아아악—!!"

출발하자마자 미끄럼 타듯 자전거는 골목 저편으로 주욱— 미끄러지기 시작하고,

"야!! 브레이크 잡아! 브레이크!!"

"아악! 브, 브레이크?? 아악!! 나 자전거 못 탄단 말예요! 꺄악!!"

"뭐어?! 야, 이 기집애야!! 니가 태워준담서!! 아씨!"

끼이이이이이익—!!

우주가 브레이크를 잡아줌으로서 멈춰 서는 자전거.

쿠당탕—!!

"꺄아!!"

"죽고 싶지, 응?? 윽!"

우주 위에 올라타 있는 한별.

"오빠, 괜찮아요? 어디 안 다쳤어요?? 미안해요. 정말 미안해요. ㅠ_ㅠ"

"아, 피난다."

손바닥에서 피가 나는 우주.

"피, 피, 피!! 꺄아—!! @_@"

쓰러지는 한별.

"아악!! 한별! 야, 야!! 한별, 일어나. 쇼하지 말구 눈떠, 빨랑."

우주 위에 널브러진 한별. 우주가 툭툭 건드려 보지만 눈을 뜨지 않는다.

"나참, 피에 기절까지. 누구를 빼다박았네, 정말."

우주는 투덜거리며 자전거를 세워두었다. 한별을 등에 업고 숙박집으로 향하기 시작했다.

"한별이 왜 이란데? 야 어데서 이랬소? 한별아~ 별아~ 한별아~"

"탈 줄도 모르는 자전거를 태워준다질 않나, 피 보구 기절을 하질 않나."

우주는 아주머니 방에다 한별을 눕혀두고 다시 담장에 걸터앉았다.

"으… 쓰라려."

미간을 좁히는 우주. 뻘겋게 피가 흐르는 손바닥을 소매로 꾹꾹 누른다. 웃기게도 생명선이 끝나는 부분부터 찢어졌어. 내 생명선… 더 길어졌네. ㅋㅋㅋ 그 딴 건 아무래도 소용없지만 말야.

끼익!!

은혁이 멈춰 선 해변가.

"후우……."

차에서 내려 담배 한 개비를 다시 입에 무는 은혁이.

"저기 혹시 이렇게 생긴 사람 봤습니까??"

"전혀 본 적 없는디. -,.-"

"저기요!! 혹시 이 사람 보셨어요?"

"글쎄… 저 윗동네에 놀러온 학생 같기두 허구~ 아닌 것 같기두 허구~ 아유, 근데 이 사람은 왜 찾는디?"

"윗동네요??"

"그른 것 같기두 허네."

"혹시 이 학생 보면 꼭 은혁이한테 연락해 달라고 해주시겠어요? 이 친구, 몸이 많이 안 좋아서 병원으로 돌아가야 하거든요. 꼭이요!! 부탁드려요!!"

"예에~"

은혁이는 다시 차를 타고 호텔로 향했다.

"야~ 은혁아, 오랜만이다!"

"삼촌!!"

"와, 너 본 게 요만했을 적인데 벌써 이래 컸나?? 이제 18살 된 건가?"

"예."

"짜식~ 혼자 여긴 왜 왔냐?? 여자 친구라도 데리고 와야지~ 그래, 싱글 룸으로 잡아놨으니까 일 생기면 호출해라."

"감사합니다."

"그래, 편히 쉬어라."

숙박집.

"으음… 어? 우주 오빠!!"

벌떡 일어나 집 밖으로 뛰어나오는 한별.

"이제 일어나냐?"

우주가 담장 위에서 한별을 쳐다본다.

"미안해요. 피에 민감해서… 정말 미안해요."

"됐어. 니 자전거 저 밑에 세워뒀는데 누가 훔쳐 가지는 않았을려나. -_-a"

"아! 괜찮아요!! 정말 미안해요."

"그러게, 타지도 못하는 자전거는 왜 태워준대? 휴우~"

"아유~ 정순이 엄마 있나?"

"순식 엄마가 웬일이랴?"

"아, 그게 말이… 어라? 아까 그 학생 아녀??"

우주에게 점점 다가오는 이상한 아줌마.

"맞구먼!! 그 학생이네에!! 학생! 학생이 서울에서 올라온 학생이지?"

"이 학생, 서울에서 온 학생 맞는데 순식 엄마가 우째 안데?"

"아, 아까 어떤 훤칠허니 요로코롬 빼입고 온 멋진 학생이 이 학생 보믄 은혁이?? 은행이?? 한테 연락하라구 하든디. 혹시 은혁이 학생 아는가? 학생 지금 몸이 안 좋다면서? 얼른 병원으로 돌아가~ 은행이? 한테 빨랑 전화해 봐~ 학상 무지허게 찾드만."

"하하, 강은혁. 잘났어. 여기까지 왔어?"

실없는 웃음소리가 픽 새어 나오고,

"순식 댁, 들어가~"

"저기… 우주 오빠, 몸이 안 좋아요?? 병원으로 돌아가다니, 병원에서 나온 거예요?"

"넌 집에나 가."

"오빠, 나랑 같이 병원 가볼래요??"

"닥치고 가!!"

"저, 그럼 가볼게요. 안녕히 계세요."

"허억!! 으윽!"

뒤돌아서던 한별이 우주 쪽으로 돌아선다.

"오빠?!"

왼쪽 가슴을 움켜쥐고 바닥에 나뒹구는 우주.

"오빠! 우주 오빠!! 아줌마!! 나와보세요―!!"

"아이구, 왜? 학생―!!"

"허억! 헉! 으윽!!"

"학생! 정신 차려어!! 학생!!"

"오빠!! 죽으면 안 돼요!! 오빠!!"

"허억!"

아줌마가 우주를 번쩍 안아 방으로 옮긴다.

"오빠!! 오빠!!"

"허억! 저 파란색… 윽! 가방… 하아… 에… 하얀 통… 가져… 하! 가져와."

"파, 파란 가방??"

파란 가방을 마구 헤집기 시작하는 한별.

"오빠, 이거요??"

우주가 한별에게서 약통을 휙 뺏어 든 뒤, 약을 입에 탈탈 털어 넣는다. 그리고 기진맥진한 듯 뒤로 힘없이 넘어지는 우주.

"하아……."

눈을 감는다.

"오빠, 괘, 괜찮아요?"

"괜찮으니까 가. 잘 거야."

"하아… 다행이다. 우리 엄마처럼 죽는 줄 알았어요. 다행이다."

우주는 아무 말 없이 한별을 바라본다.

"헤헤. 사실 우리 친엄마 죽었거든요. 가슴이 답답하다면서. 그때 난 아무것도 할 수 있는 게 없었는데 지금도 마찬가지네요. 그래서 오빠도 죽는 게 아닐까 걱정됐는데, 다행이에요. 나 아빠가 재혼하는 바람에 이곳으로 쫓겨온 거나 마찬가지예요. 히히."

우주는 아무 말 없이 한별을 바라보다가 안아준다.

"오빠!!"

"너네 엄마 천국 갔을 거야. 우리 엄마랑 너네 엄마랑 만났을 거야."

"그럼 오빠네 엄마두?"

"이제 나 잘 거니까 가든지 말든지 해."

우주는 휙 등을 돌렸다. 하얀 티셔츠가 우주 몸에 착 달라붙어 허리 라인이 드러났다.

'와, 허리 되게 가늘다.'

우주의 허리에 살짝 손을 대어 굵기를 재보고 자신의 허리에 끼워 맞추는 한별. -_-

'나보다 더 가늘잖아?'

10분 후.

"으음… 지원……."

"지원?"

"…하아……."

우주의 얼굴에서 흐르는 눈물이 촉촉히 베개를 적신다.

"오빠?! 울어요?"

"…나가. 나 너 보기 싫어."

"아, 미안해요. 저 가볼게요."

한별은 힘없이 우주 방을 나섰다. 우주는 이마 위에 팔을 얹고 흐르던 눈물을 멈추지 않는다. 황당스럽게 순수한 모습, 남을 위해 희생하는 모습, 지나치게 남 걱정하는 모습. 너무 닮아버렸다, 너무 보고 싶은 그녀와…….

page 86 계속 반복되는 시간들…….

[고객의 전화기가 꺼져 있으니…….]

쿠당!!

계속해서 수십 번 지원이 핸드폰으로 전화를 거는 재규. 그러더니 끝내는 핸드폰을 휙 집어 던졌다.

"……"

아무 말 없이 방문 앞에 서서 재규를 바라보는 민경이.

"괜한 전화기는 왜 던져?"

민경은 전화기를 주워 재규 곁으로 다가간다.

"제발 일본으로 가면 안 되겠냐?"

재규가 애처로운 눈으로 민경을 바라본다.

"너 없인 안 가."

"나도 지원이 없인 아무것도 안 해."

"은재규!!"

"말했잖아, 지난날 추억으로 묻자고. 제발, 해민경. 민경아, 제발 과거는 그냥 과거로 묻어두자. 제발 현실로 끌어들이지 말자. 민경아, 제발."

재규가 민경의 옷자락을 부여잡고 침대에 얼굴을 묻는다.

"과거가 아냐, 바보야. 난 지금도 너 좋아한다고. 현재도 진행형이야. 내 사랑 진행 중이라고."

"난 아니야!! 난 과거야. 이미 지나버린, 돌릴 수 없는 과거야. 내게 현재는 지원이야. 민경아, 너도 재영이 좋아했었잖아. 나랑 그거랑 같다구."

"싫어!! 그만! 알았어, 알고 싶지도 않은 니 맘 다 아니까 그만 지껄여."

민경은 소리없이 눈물을 흘렸다.

"악역 같은 건 애초부터 싫었어. 내가 돌아오면 너랑 행복해질 줄 알았어. 니 옆에서 외로움 같은 건 다 잊혀질 줄 알았어. 언제나 혼자였잖아. 난 엄마, 아빠 이혼하는 그날까지 혼자였어. 다정하게 웃어준 적 없는 엄마는 미련없다는 듯 집 나가는 그 순간까지 아무 말 없었어. 새로운 여자에 새로운 아들, 아빠마저 내 옆에 없었잖아. 너뿐이었잖아. 너도 알잖아. 나 혼자였을 때 너 하나였잖아. 흑! 4년 전일 줄만 알았어. 모든 게 4년 전, 그대로일… 흑! 줄 알았다구. 내 기억 속의 은재규일 줄 알았어."

어깨를 들썩이며 손으로 얼굴을 가리는 민경이.

말 그대로 혼자… 그보다 슬픈 건 없다.

"그래, 과거. 과거야. 모두 다 과거야. 서로 말 못하고, 혼자 사랑하던 그런 건 모두 과거야. 요 몇 주 동안 내가 했던 짓들도 모두 과거하자. 그래, 내가 떠나줄게. 내가 이젠……."

끼익— 쾅!!

문을 닫고 나가 버리는 민경이. 재규는 하늘을 쳐다보고 누워서 핸드폰을 매만진다.

[고객의 전화기가 꺼…….]

타악—

외투를 걸치고 집을 나서는 재규.

"야? 어디 가? 점심 먹어야지! 야야?!"

재영이가 앞치마에 국자를 들고 뛰쳐나온다. 재규는 아랑곳 않고 대문을 나선다.

"아씨, 왜 또 저래?! 진짜!! 아, 넘친다, 넘쳐! >_<!!"

민경이 방.

"응, 할머니. 응, 괜찮아. 할머니야말로, 응. 그래서 아빠 만났어? 내 얘기 안 했지? 그래, 응. 잘했어. 그래서 한국 갔다고 안 했지? 으응, 그래. 나? 내일 갈게. 아, 짐 보내지 마. 다시 일본으로 갈 건데 뭐. 내가 표 구할게. 걱정 마. 그럼 응. 끊어요. 잘 자."

딸칵—

무릎에 얼굴을 묻고 어깨를 들썩이며 울기 시작하는 민경이.

"정말 변하는 건 쉽구나. 내가 돌아오면 4년 전 그대로일 줄 알았는데……. 외모도 변했구, 목소리도 변했어. 마음도. 아, 그래. 내 모습도 변했지. 괜한 욕심이었나 봐. 재규를 빼앗겼다는 별 웃기지도 않는 욕심… 과시욕이랄까. ㅋㅋㅋ"

민경은 실없이 웃으며 짐을 챙기기 시작한다.
"아, 뜨뜨뜨! 해민겨엉!! 밥 먹어라아!!"
"응! 가!!"
눈물을 쓱쓱 닦고 거울을 보고 한 번 웃은 뒤 문고리를 당기는 민경.

지원이네 집 앞.
불이 켜져 있는 지원이 방. 지원이 방을 올려다보며 입김을 부는 재규.
"알았어요!! 진짜! 으아악!! 추워!! 아, 진짜!! 알았다구요!! 돈!!"
대문 안에서 들리는 지원이 목소리. 재규는 피식 웃음이 새어 나온다.
끼이—
"아흐으—!! 춥다."
재규가 대문 앞으로 다가선다.
"꺅—!!"
우렁차게 소리치는 지원.
"여전하네. ^^"
주머니에 손을 넣고 재규가 살짝 미소 짓는다.
"왜 왔어?"
"내 애인 집에 못 오냐?"
"…웃겨, 은재규 너."

지원이 비켜가려 하자 재규가 팔을 붙잡는다.
"놔."
"싫어."
"놔!! 이 바보야, 다른 여자랑 그렇게……."
재규가 아무 말 없이 지원이를 안아준다.
"오해라고 했잖아."
"언제."
"안 듣구 가버린 주제에 말도 많아, 아줌마."
"……."
"해민경이 미친 듯이 옷 벗고 달려들길래 밀쳐 냈더니 또 징징대고 울잖아. 그래서 옆에 앉힌 것뿐인데… 괜히 그것 때문에 다른 남자를 쫄쫄쫄 쫓아가?"
"……."
"나 봐."
"-_-;;"
"평생 못 보는 줄 알았어."
"바아보~ 왜 못 봐?"
"…그래, 나 바본가 부다. 너 없으면 안 되는 바보. 눈앞에 너 없으면 안절부절못하는 바보. 바보. 그래, 나 바보다."
힘없이 웃는 재규의 눈이 반짝거린다.
"바보. ㅠㅠ"

* * *

"헉! 으윽!! 흐읍. 하!"

두 손으로 입을 꽉 틀어막고 고통을 삼키는 우주. 터질 듯한 심장. 깨질 듯한 머리. 그렇게 우주는 하루하루 말라가고 있었다.

일주일이 흘렀다.
엔젤로스.
"난 아무리 생각해도 이해가 안 돼. 그렇게 헤어진다, 뭐다 하다가 다시 사랑한다, 미안하다 그러면 재밌니??"
재영이가 의아한 표정으로 재규와 지원이에게 묻는다.

승관이네.
"악—!! 싫어!! 싫다구, 이 미친 새끼들아!! 어딜 데려가는 거야!! 나 싫다구! 안 가!! 놔두라고! 아악!!"
승관이가 팔다리를 친구들에게 붙들린 채, 미친 듯이 몸부림치며 소리 지른다. 그러자 넘버 쓰리가 승관이 머리를 한 대 친다. 기가 막히다는 듯이 승관이가 비명을 멈추고 넘버 쓰리를 쳐다본다.
"자식아, 좀 조용히 해. 방구석에 처박혀 지원 누나~ 지원 누나~ 하면서 질질 짜는 게 하~도 불쌍해서 우리가 기분 업! 시켜주려는 거 아니냐!! 잔말 말고 조용히 해."
"킥!"
갑자기 또 미친 듯이 웃는 승관이. 놀라는 친구들.
"쓰리, 승관이 그냥 집에 냅둘까? 심각해. -,.-"

해변가.

"오빠오빠!! 추운데 바다 나오면 감기 걸려요!! 들어가요!!"

우주의 몸을 거세게 밀어내는 바람. 우주는 가던 길을 멈춰 넓고 깊은 바다를 향해 돌아선다. 세게 불어대는 바람을 맞으며 슬픈 미소를 짓는 우주. 그는 무슨 생각을 하는 걸까?

"오빠!! >_<!!"

투욱!

둔탁한 소리와 함께 우주가 한별을 바닷가 쪽으로 밀쳐 내자 넘어진 한별.

"꺄악! 오빠!! 차갑잖아요!! ㅠ_ㅠ"

"-_-"

우주는 아무 말 없이 물끄러미 한별을 내려보다가,

"오빠아, 화나는 거 있음 말로 하지 왜 밀구 그래요? 안 그래도 추……."

우주는 점퍼를 벗어 한별에게 걸쳐 준 뒤,

"징징 짜는 거 짜증나. 너 그거 좋은 거니까 세탁소에서 드라이해서 가져와라."

하더니 저 멀리 걸어간다.

"오빠! 같이 가요!!"

"하여간 다중인격자야."

우주는 고개를 도리도리하더니 다시 가던 길을 간다.

"헥헥!!"

숨을 몰아쉬는 한별.

"아이고~ 한별이 오늘도 출근하나? 방금 우주 학생 어데 갔다 오든데?"

"^-^ 안녕하세요!"

"너 집에 안 갔냐?"

우주는 담 위에 폴짝 뛰어오른다.

"이거! 드라이해서 가져다 드릴게요!"

"당연하지. 니가 입었던 걸 어떻게 또 입냐? 향균까지 해와!"

"너무 심했어요! ㅠ_ㅠ"

"또또! 짠다!"

"치! 아, 오빠! 내일 회 먹으러 갈래요? 내가 아는 아저씨네 되게 맛있어요!! 갈래요??"

"내일 나 여기 없어."

"서울 가요??"

"……"

"아, 그렇구나. 그럼 꼭 다시 놀러와요!!"

"그래, 올 수 있으면."

"그럼 오늘 이만 갈게요."

"그래, 잘 가라."

코를 훌쩍이며 집으로 가는 한별. 그런 한별의 뒷모습이 지원의 뒷모습과 겹쳐 버린다. 우주는 슬픈 미소를 또 한 번 지으며 눈물을 번쩍인다.

page 88 …보고 싶다, 미치도록……

드르륵— 탁!

"무슨 소리야?!"

크게 소리치는 강우 목소리에 모두 놀라 경직되어 버렸다.

"무슨 소리야? 말해 봐. 은혁아, 너 장난하는 거지? 우주가 왜 죽어? 푸하, 너 아직 잠이 덜 깼구나. 한 대 맞아볼래??"

강우가 은혁이 얼굴에 자신의 얼굴을 가져다 대고 장난스레 말하자 은혁의 눈에 그렁그렁 눈물이 맺힌다. 그 모습을 본 뒤 심각함을 느꼈는지 슬그머니 일어나 뒷문을 박차고 나간다. 다시 책상에 엎어지는 은혁이.

"뭐? 정말이야?"

재규가 은혁의 어깨를 잡고 묻자 은혁이가 손을 뿌리치고 벌떡 일어난다.

"왜? 좋냐? 우주 새끼 콱! 바다 빠져 죽었다니깐 좋아?? 좋아?? 무지 좋아?? 기분 좋아 죽겠냐?? 그럼 어서 지원이랑 룰루랄라 놀러가야지, 여기서 뭐 해? 경사났는데 빨리 데이트하러 가야지. ^-^"

"강은혁!!"

재규 특유의 화났을 때 퍼져 가는 눈망울.

"왜? 틀려?"

은혁이의 멱살을 잡아 올린 재규가 굳어버린 은혁이의 표정이 점점 깊어지는 우주의 눈인 듯해서 점점 힘이 풀린다.

"말이라고 해? 강지원을 억지로 내 옆에 놔뒀지만, 결국 지원이가 택한 거잖아. 인정할 건 인정하면 안 되겠냐??"

"너네 요즘 왜 그렇게 자꾸 어긋나는지 알아?"

"그만 하자, 은혁아. 우주 안 죽었을 거야. 그럴 거야. 이제 그만 해."

재규가 뒷문으로 발걸음을 옮길 때마다 들려오는 은혁의 목소리.

한 발.

"오빠, 동생 같아 보여."

부들부들 떨리는 발걸음으로 두 발.

"사실을 인정 못하는 억지쟁이."

세 발.

"…추접스러워."

네 발.

"정말이지, 보기 안쓰럽고 흉하다."

다섯 발.

"…우주 녀석, 너무 불쌍해."

퍼억—!

은혁이 뺨을 강타한 재규의 주먹.

"놔둬, 강은혁. 그냥 나 혼자 병신 짓 하게 놔둬. 괜히 우주 얘기 들먹이지 말라구!!"

"니가 생각해도 맞는 말이구나. 피식"

너무 무섭게 웃는 은혁이에게 낯설음을 느끼고 섬뜩해하는 재규. 은혁이의 멱살을 잡고 있던 재규는 은혁이를 의자로 밀어낸다.

쿠당탕!

쫄아버린 반 아이들은 첫시간이 음악이라 교실을 샤샤샥 나간다. 누가 피해볼지 모른다. 의자에 파묻혀 버린 은혁이.

"킥! 하하하하하—!!"

소름 끼칠 정도로 무서운 웃음소리. 그리고 아주 낮게, 아주 낮게 들리는 흐느낌.

옥상.

끼이—

"여, 왔냐? 너두 들었냐?"

"어, 은재가 그러더라."

은재… 재영이를 부르는 재규만의 애칭.

"ㅋㅋ 웃기지? 이제야 알겠더라. 사람 하루아침에 죽는 거구나. 나도 여기서 떨어지면 우주 녀석 있는 곳에 갈지도 모르고."

"너마저 가면 나 어쩌냐?"

"너도 같이 갈래? 킥!"

"-_- 사절."

"ㅋㅋㅋ 은혁인 요즘 어떠냐?"

"그저 그렇지. 아직 그대로지. 원래 누구 한 번 원망하면 죽을 때까지 그러는 놈이잖아. 예전에 우주 죽도록 팬 현다고 새끼 중에 한 놈, 그 새끼 죽도록 팼는데도 지금도 만나면 죽이려고 드는 거 봐. ㅋㅋ 하여간 끝내주게 멋진 놈이야. 우주라면 또 꿈뻑 죽지. 하하!"

"응. 이지현도 불쌍하고, 그동안 또 혼자 병신같이 아파했을 은혁이도 불쌍하고, 어쩐지 우리 다 슬프네. ^-^*"

"그러네, 어쩌면."

재규의 어깨에 팔을 두르며 멋지게 하늘을 향해 V를 그려대는 강우.

"보이냐, 신우주? 병신아—!! 어디 가서 고꾸라져 있다가 바다로 뛰어들어가 죽어버린 이 싱거운 놈아—!!"

"야, 살아 있을 거란 희망 0.1%라도 가져야 하지 않을까??"

재규가 강우에게 말하자,

"-_- 그, 그런 건가?"

딩— 동— 댕— 동—

"야, 종 쳤다. 내려가자. 이번엔 까치 독사야."

재규가 귀찮다는 듯한 표정을 지으며 강우를 끌구 내려간다.

재규네.

"아, 오후 2시요? 아, 정말 감사합니다. 네, 정말 감사합니다!"

딸각—

수화기를 내려놓고 슬픈 한숨을 쉬는 민경이. 그리고 재규의 방으로 올라간다.

끼이—

따뜻한 재규의 향기가 서려 있는 방. 재규의 방을 둘러보기 시작한다.

"하아……"

재규 책상 위에 있는 액자 끄트머리를 손으로 만지작거리다가 이내 액자를 품에 끌어안는다.

"자식, 넌 나 없이도 살 수 있냐? 난 너 없인 못 사는데……."

피식— 새어 나오는 웃음. 그리고 흐르는 눈물.

세현고.

"뭐어?!"

"뭐야! 강지원!!"

"사실이야?"

"야!!"

"알았어, 곧 갈게."

제일 무서운 영어 선생님. 양쪽으로 쫙 찢어진 안경을 쓰고 나를 노려본다. 하지만 상관없다! …우주가 죽다니.

"왜 그래, 지원아?"

내 짝지 은지가 날 놀라 쳐다보고, 내 앞자리 은혜가 날 미쳤다는 듯 쳐다본다. -0-

"은지야, 나 먼저 갈게."

나는 초스피드로 가방을 챙겼고,

"너! 강지원! 이번엔 못 나간다—!!"

다다다!!

쫓아오는 저 선생의 스피드도 만만치 않다. 헥헥!

[우주가… 죽었어…….]

그 소리 한마디에 나는 튕기듯 학교를 뛰쳐나왔다.

"택시이!!"

이 택시 타면 오늘 간식비는 없는데.

세명고.

세명고 앞에 선 지원. 저 운동장 한가운데 세 명이 나란히 걸어나오는 게 보인다.
"지원아―!!"
눈밝은 강우가 날 발견한다.
토다다닥!!
갑자기 부들부들 떨리는 내 몸. 소름이 돋기 시작한다.
"지원아, 괜찮아??"
걱정스레 날 쳐다보는 강우. 그리고 내 두 손을 꼭 잡아주는 재규.
"사실이야, 은혁아? 정말정말 사실이야?"
슬픈 미소로 고개를 끄덕이는 은혁이.
"^_^"
"언제? 언제?! 왜? 왜 죽었대? 어? 어디서? 응? 은혁아, 응?"
격분한 내 손을 더 세게 잡아주는 재규. 재규를 쳐다보니 진정하라는 표정이다.
"일단 카페로 가자."

엔젤로스.
"어떻게 죽은 거래?"
"자살."
"어디서?!"
"바다."
"언제?!"
"일주일 전에."
"지원아?"

…무지무지 떨리던 우주의 목소리. 저 너머로 미세하게 들리던 파도 소리.

"나 말야, 너한테 못한 말 있는데."

"무슨 말?"

"아니, 했던 말인데… 기억 못해?"

"무슨 말인데?"

"하하, 나 너……."

그리고 내게 어떤 말을 하려고 했는데…….

"너 좋아했어……."

나는 놀라서 은혁이를 쳐다보았고, 깊고 깊던 우주의 눈과 아주 많이 흡사한 은혁이의 눈.

"…무슨 소리야?"

"우주가 너한테 하고 싶었던 말일 거야. 우주가 꼭 너한테 하고 싶어했던 말이야. 아니, 한 번쯤은 너한테 말했을 거야. 넌 의식 못했겠지만. 우주 녀석 죽을 때도 네 생각 하면서 죽었을 거야. 널 많이 사랑했거든."

슬픈 미소의 의미를 알았다.

이제 알았습니다. 진정한 이별의 의미를. 눈물도 안 나올 정도로 슬픈 이별… 슬픈 혼잣말… 슬픈 미소… 모두 남겨놓고 가버린 우주입니다. 별들이 데려가 버린 우주. 한없이 고왔던 우주. 이젠 만질 수 없는 우주. 그리고… 내 가슴에 남은 별…신우주.

page 89 미안해, 널 사랑하게 되어버려서……

비틀—

몸의 중심을 잃고 의자에서 일어났다.

"왜 그래? 어디 가게?!"

"집에 갈게."

"데려다 줄게."

재규가 걱정스러운 표정으로 바라본다.

"아냐, 나 혼자 갈게. 미안, 오늘은 늦은 시간도 아니니까 나 혼자 가두 충분해."

데려다 주겠다는 재규를 뒤로한 채 카페를 나섰다.

"후우……"

입김이 호오 하고 나오는 추운 오후. 그 차가운 바닷물에 얼마나 가슴이 시렸을까? 그 거센 파도에 얼마나 마음이 아팠을까? 내겐 뒤늦은 후회뿐이다. 한참 그렇게 거리를 배회하는데,

"지원—!!"

익숙한 목소리에 뒤를 돌아보자, 우주의 행복한 얼굴이 사라져 간다. 우주는 이미 이곳에 없는데. 왜 이렇게 슬프지? 나 왜 이렇게 아프고, 왜 이렇게 미안한 거지?

"ㅇ_ㅇ 안녀엉~"

"아, 안녕?"

"왜 이렇게 우울한가요??"

한은수, 은수를 만났다.
하아…….
털썩!!
"요코!!"
희미한 은수의 얼굴을 마지막으로 나는 눈을 감았다.

"난 너 좋아했는데, 넌 나 같은 건 아무런 존재도 아니었지?"
"우주야! 그런 게……."
"뭐, 좋아. 어차피 이미 죽어버렸는 걸 이제 와서 뭘 어쩌겠어. 재규랑 영원히 사랑해."

…영원히 사랑해……. 눈물이 흘렀다. 축 처진 우주의 어깨를 보니 왠지 가슴이 아팠다.

벌떡!!
"지원! 일어났네요. ^-^"
"하아. 하아."
"땀 좀 봐. 악몽 꿨나 봐요??"
"아, 조금."
차가운 물수건을 내 이마에 올려주는 치아키.
"고마워요, 치아키."
"은수라고 불러도 좋아요~ 은수."
"아, 응. 은수."

"죽 좀 먹을래? 내가 죽 쒔어. 밥 만들려다가… 뭐, 그래도 맛나. ^o^"

"어딘가 편해. 은수는 세 번째 보는 거지?? 그런데도 익숙해."

"아아, 그런가요?"

"오늘 하늘로 가버린 친구가 있는데, 내가 많이 좋아하던 친구였어. 난 끝까지 그 친구한테 상처만 줬어. 나 때문에 많이 아팠을 텐데……."

"혹시 그런 말 알아?? 어떤 사람이 죽으면 그 사람을 가장 아끼던 사람에게는 눈을 닮게 하고, 그 사람을 많이 좋아하던 사람에게는 입을 닮게 하고, 서로 사랑하던 사이의 사람에게는 마음과 얼굴을 닮게 한대."

"그럼 난 입을 닮겠네."

"글쎄, 지원인 그 친구를 얼마만큼 좋아한 것 같아?"

"우움… 그래도 내 기억엔 최고로 좋은 친구니까."

"그래, 좋아서. 그럼 그 사람의 입술을 닮았겠네. 그 사람 입술 참 이뻤네. ^-^*"

나를 살짝 안아주는 은수.

"슬퍼 보이는 거 안 좋아요. 이미 떠난 사람은 가슴속에 별이 되어 맺히고, 이제 남은 사람은 그 사람을 편히 보내주는 것뿐. 아파하는 건 안 좋아요."

"응. ^-^"

"웃는 모습이 내가 아는 사람과 꼭 닮았네요."

닮아간다. 닮아간다. 너의 모습과 나의 모습이… 그리고 우리 영혼까지…….

지원이네 집 앞.

"안 데려다 줘도 되는데. -_-a"
"이런 시간에 누가 납치하면 어떡해."
"납치? 아아, 납치. ^^;"
"납치?? 납작한 물고기??"
"아냐아냐, 잘 가~"
"^-^* 바이바이."

밝게 웃으며 돌아서는 은수 뒷모습을 보고 깡충깡충 집으로 뛰어들어왔다.

3일 전.
삐리리리리~ 삐리리리리~
"누가 이 새벽녘에 전화질이야? 누구야!"
[은수 형! 나 래원이요.]
"웬일이야?? 넌 잠두 없냐? 거기가 미국도 아니고."
[형, 내 말 잘 들어요.]
"오냐~ …정말? 정말? 확실한 거지!!"
[잘 부탁해요.]
"알았어."
딸칵—
"앗싸아—!!"

지원이네.
"엄마아!! 딸 왔어! 바압!! 밥밥밥!!"

잠잠.

"이잉? 엄마, 뭐 해!"

살짝 열려진 안방 문.

"엄마! 바……."

"이제 와서 딴말하는 거야? 래원이로 우리 관계 끝내기로 했을 텐데?! 뭘 더 바래, 뭘!! 18년이야. 미운 정, 고운 정 다 들었어. 래원이 떠나 보낼 때도 얼마나 슬펐는데 근데, 뭐? 안 돼! 그렇겐 못해! 지원이마저 보낼 순 없어!!"

"엄마! 무슨 소리야!!"

격분한 나머지 크게 소리쳐 버렸고 엄마는 나를 보더니 새파랗게 질려 수화기를 놓쳤다.

"지, 지원아……."

"무슨 소리예요? 관계? 래원이? 누구야?"

"아무도 아냐."

나는 다가가 수화기를 잡았고,

"아냐! 지원아!! 아무도 아냐!!"

눈물 범벅이 되어서 미친 듯이 내게 매달리는 엄마. 나는 수화기를 내려놓았다. 몸을 덜덜덜 떨기 시작하는 엄마.

"엄마."

"하아… 지원아."

"엄마, 괜찮아? 왜 그래, 엄마?"

"…하아… 하."

"엄마!!"

나는 아무 말 없이 안방을 나왔다. 거실에 새하얗게 질린 아빠가 서 계셨다.
"오셨어요?"
"너희 엄마 왜 저러냐?"
"모르겠어요. 전화하더니."
"그래, 올라가 봐라."
"여, 여보!!"
아빠가 방에 들어서자마자 아빠에게 안기는 엄마.
"여보, 우리… 우리 이사 가요!! 전화번호도 바꾸고, 여보."
"그만, 진정해."
"하아… 하, 밤마다 가슴이 콱콱 메어. 무서워, 여보."
"진정해, 진정해. 괜찮을 거야."
알아듣지 못할 말들.

담날 아침, 세명고.
"안녕?"
평소와 같은 하루.
"지원아, 어제 얘기 들었어? 어떡해, 우주?"
"은지야, 우주 좋은 데 갔겠지?"
"그렇겠지. 근데 지원아, 너 웃는 거 꼭 우주 닮았다."
"으응, 응?"
"우주 닮았어."
"누굴 닮아?"

"우주."

나는 가만히 내 얼굴을 매만지다 순간 가슴이 덜컥 내려앉았다.

풀썩!!

"지원아?!"

"하아… 어떡해. 나 어떡해."

page 90 내 자신과의 싸움, 갈등, 화해…….

"왜, 왜 그래? 지원아."

"은지야, 나 이대로 계속 재규 좋아하면 나… 나쁜 애 되는 거야?"

"무슨 소리야?"

"우주는… 나 때문에 아파하다가 가버렸는데 나 계속 재규 옆에 있으면… 그러면 안 되는 거 아냐??"

"지원아, 그런 말이 어디 있어? 우주는 니가 재규 곁에 있어서 행복하다면… 그걸로 더 행복해할 거야."

…미안해, 우주야.

"그럼 집으로 갈 거야?"

"으응. 아무래도 좀 피곤해."

하아… 한 것두 없는데 드럽게 피곤하다. 끈적끈적한 무언가가 내 팔다리를 잡아두는 것만 같아서 힘겨운 발걸음을 옮겼다.

"지원!! ^-^"

교문 앞에 키가 큰 막대기 같은 사람이 손을 휘휘 휘두른다.
"에??"
"^ㅇ^ 지금 끝났구나!! 나랑 갈 데가 있어!"
나를 잡고 냅다 달리는 은수.
"어딜 가는데? 나 힘들어."
"택시이!!"
나를 택시로 구겨 넣는 은수.
"왜 이러는 거야! 어딜 가는 건데?! 나 정말 피곤하단 말야. ㅠ_ㅠ"
"좋은 데~ 좋은 데~ ^ㅇ^"
"=_="
이미 도망치기를 단념한 나는 그냥 택시에 몸을 싣고,
끼익—!!
"여기가 어디야?"
"들어가자."
어느 한적한 곳의 레스토랑. 와아~ 고급스러워 보이는데?
지잉—
자동문이 양쪽으로 쟈르르 갈라지면서 은수와 함께 들어선 레스토랑.
"아, 치아키!"
은수를 부르는 목소리. 돌아본 곳엔 여자 한 사람이 앉아 있었다.
"안녕하세요?"
"치아키. 그럼 이 아이가······."
"ㅇ_ㅇ"
갑자기 나를 보며 돌변한 표정의 치아키.

"인사드려, 너희 어머니."

"에에?? 장난하지 마, 은수야. 우리 엄마는 지금 분명 코를 골며 낮잠을 자고 있을 테야."

상황 파악 못하고 머리를 긁적이는 나를 와락 안아버리는 젊어 보이는 여자. 나와 비슷한 딸을 잃어버렸나?

"요코, 미안해! 엄마가… 엄마가… 지켜주지… 못해서."

목이 메인 듯 중간중간 말이 끊기는 여자.

"저기요, 전 요코가 아니라 강지원이거든요?"

"요코."

눈물이 그렁그렁 맺힌 눈으로 나를 올려다보며 손을 꼭 부여잡는 여자. 나는 은수를 쳐다보았고, 은수는 흐뭇한 표정으로 날 바라보고 있었다. 나는 억지로 그 여자를 떼어내며,

"도대체 누구세요! 전 강지원이라니까요? 요콘지, 요론지, 전 그 딴 이름 없어요! 다른 사람이랑 착각하셨나 봐요."

레스토랑을 되돌아 나가려 하자.

"요코, 앉아."

은수가 내 팔목을 잡아 의자에 강제로 앉혔다. 나를 따라 눈물을 훔치며 자리에 앉는 여자.

"요코, 이제부터 내가 하는 말 잘 들어."

나는 시큰둥한 표정으로 앉아 있었고, 여자는 말을 잇기 시작했다.

"오사카에서 태어난 요코와 히데, 즉 너와 래원이는 형편이 아주 어려웠어. 내가 너희들의 엄마야. 난 한국인이고 너희 아버지는 일본인이지. 주변 사람들이 너희의 입양을 권유했지만 너희 아버지와 난 너희를 지키

려고 안간힘을 썼어. 그렇지만 너희 할머니께서 너희를 한국으로 입양시키신 거야. 지킬 수 없었단다. 너희 둘을 난 지킬 수 없었어. 어쩌면 너희 둘이 한국에서 편안히 살 수 있을지도 모른다는 생각이 들었어. 정말 미안하구나. 너희 둘을 지킬 수 없었던 못난 우리를 용서하렴."

연신 손수건으로 눈물을 훔쳐 내는 여자. 믿을 수 없는 이야기들. 영화 같은 이야기. 입양아? 내겐 너무 먼 단어. 내겐 어울리지 않는 말. 래원이… 그리고 나… 도대체 무슨 소리를 하시는 건가요?

"무슨 소리 하시는 거예요. 입양? 무슨 말도 안 되는… 하하, 사람 잘못 보셨나 봐요."

나는 얼른 자리에서 일어나 레스토랑을 뛰쳐나왔다.

"요코!!"

이상한 이름을 불러대며 쫓아오는 은수를 따돌리기 위해 택시를 잡아 탔다. 창문을 두드리며,

"요코! 요코!!"

라고 불러대는 은수. 택시를 서둘러 출발시켰다.

끼이이익!!

돈을 휙 던지고 집 안으로 들어섰다.

끼익— 철커덩!

"엄마."

아직도 힘없는 표정으로 나를 반기는 엄마. 하하, 웃겨. 우리 엄마는 이렇게 지금 내 눈앞에 있는데 무슨 소리세요? 입양아라뇨.

"지원아, 지금 들어왔구나. 뭐 먹을래?"

주방으로 발걸음을 옮기는 엄마. 난 그런 엄마의 뒷모습을 바라보다가,

"요코……."

나지막이 요코라고 속삭였다. 그러자 휙 돌아서 얼굴이 새파랗게 질려 몸을 떨기 시작하는 엄마.

"무슨 소리야, 지원아?"

"입양아가… 래원이 말고 더 있어요?"

"무, 무슨……."

"엄마… 정말… 그래?"

"아, 아냐. 얼른 올라가!"

에이, 엄마 표정에 모두 다 써 있는걸요. 나는 방으로 올라와 버렸다.

그날 저녁.

배꼽 시계가 꼬르륵 울리는 바람에 거실로 내려왔다. 기진맥진한 표정으로 식탁에 밥을 나르는 엄마.

"아빠 저녁 드시라고 해."

"아빠!!"

안방에서 나오시는 아빠는 가만히 나를 바라보고 서 계신다.

달그락— 달그락—

아무런 대화 없이 나는 입에 밥을 꾸역꾸역 넣었고, 엄마는 한 수저도 뜨지 못하셨다.

"잘 먹었습니다."

2층으로 올라가려 하는데,

"지원아……."

아빠가 소파에 앉아 손짓을 하신다.

"왜요?"

"널… 믿어보겠다."

"무슨……."

"혼자 이겨낼 수 있을 거라 믿는다. 지원이 넌 래원이처럼 안 되길 빈다. 넌 누나니까 충분히 혼자 이겨낼 수 있을 거라고 믿는다. 너희 엄마는 내가 아이를 가질 수 없어 마음고생이 심했다. 결국 평소 동경하던 일본 아이를 입양하기로 마음먹었다. 그때 만나게 된 게 그러니까… 흐음, 너희 생모의 시어머니였다."

"여보—!!"

쨍그랑!

설거지를 하던 엄마는 놀라서 접시를 깨버렸다. 아빠는 아랑곳하지 않고 말을 이으셨다.

"…너희들의 부모님은 서로 반대하는 결혼을 해서 힘들게 살고 있었다. 너희 집은 정말 힘들고, 너희 건강도 무척 안 좋았다. 너희 집을 위해서도, 우리를 위해서도, 너희를 데려오는 것이 최선의 방법이었다. 그동안 괜한 죄책감 때문에 너희에게 정 못 준 거 정말 미안하구나. 이제 알겠니? 모든 실마리를… 네 자신이 풀어갈 수 있을 거라 믿는다. 잘못된 시작을 네 자신이 풀 수 있으리라 믿는다. 너의 판단과 결정을 믿는다."

담배를 재떨이에 버리고 부들부들 떠는 엄마를 부축하며 안방으로 들어가시는 아빠. 결국은… 나 또한 입양아군요.

*　　　*　　　*

일본, 오사카.

"치아키!!"

"어? 요코."

치아키와 요코. 같은 가문에서 같은 시각에 태어난 둘. 서로를 목숨만큼 아꼈다.

"완전히 분신이 따로 없다니까요?"

모두 요코와 치아키를 보며 분신이라고 했다.

"^O^ 나중에, 나중에 커서 요코는 뭐 할 거야아??"

"음, 타야루랑 결혼할 거야. 난 타야루가 세상에서 젤~루 좋아. 히히."

"그래!! 내가 타야루한테 잘 말해 줄게!! +_+"

"고마와~ 치아키~"

"와아, 할머니!! 정말 재밌는데 가는 거야??"

"그래."

눈물을 훔쳐 내는 요코의 엄마, 아빠.

"히데에!! 얼른 가자!!"

"난 안 가. 엄마 옆에 있을 거야!"

"엄만 같이 안 가?"

"히데, 누나랑 잘 놀다와. 그러면 엄마가 동물원 데려다 줄 거야!"

"치이, 난 한국 안 가!"

"히데!!"

무서운 할머니.

"치아키 오기 전에 얼른 보내라."

"예."

"엄마!! 다녀올게요!!"

마지막.

"요코!! 내가 타야루 델꼬 왔어!! 요코!!"

"요코 없다."

"어라?? 요코 어디 갔어요?? 에잉~ 타야루도 같이 왔는데."

"요코 한국에 갔다. 다시는 안 온다."

"하, 한국??"

"치아키, 그럼 여기에 요코 없어?"

"으응, 타야루. 미안."

"어쩜 좋아요. 둘이 얼마나 아꼈어요. 아휴~ 불쌍해라."

헤어짐을 알기엔 아직 어린 나이였다.

요코, 내가 꼭 구해줄게—!! 그래서 꼭 타야루랑 결혼하게 해줄게!! 요코, 그때까지 조금만 참아. 내가 대따 많이 커서 꼬옥 타야루랑 요코 구해주러 갈게!!

page 91 이대로 백 년 만 년 멈춰 버렸으면…….

지현이네 집 앞.

"야, 이지현."

"비켜."

"피하지 말고 나 봐."

"됐어!! 무슨 소리 지껄이려구!! 또 뭐라고 상처주고 싶은데!!"
"상처? 뭐가 너한테 그렇게 상처가 됐는데?"
"몰라서 물어? 너 지금 그거 몰라서 묻냐구."
"응, 모르겠어."
지현에게 야속하게만 느껴지는 은혁이.

"나도 처음부터 알고 있었어. 너 나한테 하는 거 진심 아닌 거 다 알고 있었어. 그러면서도 외면 못한 거, 지원이 앞에서 만이라도 웃는 니 모습이 훨 좋아 보였기 때문이야. 거짓이라도 내 상처 따윈 아무렇지 않다고 생각했어. 왜냐하면 널 웃게 해주고 싶었으니까. 나도 이렇게 널 미치도록 좋아하게 될 줄은 몰랐다구."

차가운 바람만 지현이의 얼굴을 쓰다듬는다.

"이제 됐어? 더 이상 뭘 바래? 이만큼 망가졌음 됐잖아."

스윽―

비켜가는 지현이의 귀를 간지럽히는 은혁이의 말.

"노력해 볼게. 너 좋아하도록 노력해 볼게."
"크크 나쁜 놈… 이제 와서… 흑! 이제 와서 뭘… 흐윽!"
"미안하다."

어쩔 수가 없었습니다. 지금 내 앞에서 울고 있는 이 사람의 마음이 나를 향한 진심인 걸 알면서도 사랑하는 척했습니다. 나 때문에 난처해할 그 사람이 홀가분하다면 그걸로 족했으니까요. 난 누구에게 행복을 주는 법을 모르니까요. 거짓으로도 그 사람이 편해진다면 그걸로 끝인 줄 알았습니다. 나 강은혁은 그렇게 그렇게 하나밖에 모르는 이기주의자거든요.

TV에 재미있는 방송이 나와도 흐르는 눈물을 멈출 수가 없었다. TV 앞에 쭈그려 앉아서 멍하니 내가 아끼던 모든 사람들을 그리면서 그렇게, 그렇게 나의 타고난 운명에 대해 원망하기 시작했다.

"흐윽. 흐읍."

아무리 틀어막아도 새어 나오는 아픔들. 어떡하면 난 조금이라도 행복해질 수 있는 걸까요? 왜 이렇게 자꾸 날 미쳐 가게 만드는 걸까.

담날 아침, 재규네.

"야아!! 밥 먹어라!!"

오늘도 시끄러운 재영의 목소리에 눈을 뜨는 재규와 민경.

"넌 왜 그렇게 눈이 부었냐? 붕어 같아, 붕어. 오보보보보~ 오보보보보~ 붕어~"

재영이가 입을 조그맣게 오므리고 수저를 양쪽으로 뒤흔들며 민경에게 장난을 건다.

"=_="

"우적우적! 키야~ 누가 만들었는지 밥맛 죽인다. 우와우와."

밥 먹을 때도 시끄러운 재영이. 어찌나 시끄러운지 귀가 멍멍할 정도다.

"간다."

가방을 둘러메고 일어선 재규. 뒤따라 일어나는 재영.

"저번처럼 설거지한다고 설치다 그릇 다 깨놓지 마라!! 이 오빠야가 갔다 와서 다 해주꾸마. 괜히 내 예쁜 그릇들한테 시비 걸지 마!!"

재영이가 크게 소리치며 집을 나선다.
"후우……."
힘없이 방으로 올라가 구석에 숨겨놓은 가방을 꺼내놓는다. 또 한 번 쓸쓸해진다.

"으응. 거기서 꼭 기다려. 어디로 도망가면 죽어. 애인이고 뭐고 없어."
지원과의 통화인가 보다. 한없이 어려지는 재규. 재규는 아직 이별의 슬픔을 가슴으로 느끼지 못했다.

세현고.
"지원아, 요즘 무슨 일 있어? 통~ 기운이 없어 보이네?"
은지의 걱정스러운 눈망울과 말 한마디에 왈칵 눈물을 쏟아낼 뻔했다. 요즘은 조그만 것에도 울고, 감동받는 나. 확실히 쇠약해져 있다고 느낀다.
"아니, 괜찮아. 그래, 괜찮은 거겠지."
"……?"

며칠 전.
"요코, 지금이라도 엄마랑 같이 살자, 응?? 지금부터라도 엄마 노릇 잘할게. 요코, 엄마랑 가자. 이제 엄마랑 래원이랑 너랑 아빠랑 오순도순 살자, 응?? 요코, 제발 엄마랑 같이 가주면 안 되겠니?"
"이곳에서 10몇 년 정붙인 건요? 정붙이고 사랑을 키운 건 어떡해요? 정 떼기가 제일 힘든 거 알잖아요. 잘 알면서 왜 이러세요?"

"요코!!"

내 손을 잡은 사람.

"제발—!! 후우… 알았어요. 날 좀 가만두세요. 지금 친엄마의 출현도 내겐 충분히 큰 충격인데 거기다가 정 떼고, 사랑 떼라고요? 그 부탁 너무 힘든 부탁 아녜요?"

뒤돌아서는 내게 비수를 꽂는 친엄마의 말.

"그게 사랑이라고 생각하는 거니……?"

사랑이 아니면 뭔데? 도대체 왜 이따위로 돌아가는 거야?

파란.

딸랑~

"벌써 와 있었네? 일찍 끝났어?"

"아, 끝나자마자 곧장 왔지."

"하아… 그 자식들이 붙잡고 늘어지는 바람에 떼어놓고 오느라 힘들었어."

식은땀을 흘리며 한숨을 돌리는 재규의 모습을 보면서 나는 희미한 미소를 띠었다.

"힘이 없네. 왜 그래?"

재규가 내 얼굴을 쓰다듬으며 말한다.

"그냥… 아무 일도 없어."

"우리 나갈까??"

"아니, 우리 그냥 붙어 있으면 안 돼?"

"뭐??"

"응?"

나는 내 옆 자리를 통통 때렸다. 눈썹을 꿈틀대며 내 옆으로 풀썩 앉는 재규. 나는 아무 말 없이 재규 어깨에 얼굴을 기대었다.

"왜 그래?"

"이러고 있으니까 좋지?"

"-_- 으응."

"에~ 표정은 아닌데?"

"^-^; 좋아."

"우리 제대로 된 데이트도 한 번 못해본 것 같다, 그치? 싸우기만 지겹도록 하고… 우리 너무 꼬였다, 그치?"

"무슨 말이 하고 싶은가, 아줌마?"

내 어깨에 팔을 두르며 나를 보는 재규.

"아무것도 없네요."

우리는 2시간가량을 그 자리에 앉아 아무 말 없이 제일 행복한 데이트를 했다.

page 92 내가 세상에서 제일 무서워하는 것은…….

돌아서는 그 뒷모습이 어찌나 커 보이던지. 매정한 그 뒷모습을 아무 말 없이 지켜보면서 아무것도 할 수 없는 난 왜 이렇게 한없이 작아만 지던지.

계속해서 아무 말 없이 카페에서 나왔다.

"으아악!! 이게 뭐 하는 거야! 도대체 뭐 침묵 데이트도 아니고! 입에서 냄새 나겠어!"

"그럼 말하지 그랬어."

"그냥 니가 왠지 심각해 보이길래, 말하면 안 되는 건 줄 알았지."

"킥!"

"웃지 마! 남은 답답해 죽을 뻔했는데."

"누가 이 사람이 은재규라고 할까? 다들 환상 속에 빠져 산다."

"야?!"

즐거워 너와 있으면 진심으로 즐거워. 너만 내 곁에 있다면 어떤 상처의 말도, 아픔의 말도 모두 이겨낼 수 있을 거 같아.

공원 벤치.

"후아~ 추워. 너 뭐 숨기는 거 있냐? 왜 이렇게 입을 꾹 다물고 있냐? 너 그러다 입에서 구린내 난다. 그럼 나 너랑 안 놀아."

재규가 나를 보면서 미간을 좁힌다.

"재규야."

"엉?? 우아, 춥다."

"재규야아."

"어엉."

"재규야."

"어—!!"

"너 나 사랑해?"

"하여간 애도 참 돌발적이야."

"응??"

"돌발적인 거 심하면, 아무리 대단한 은재규님이라도 감당하기 힘든데. 쯧쯧."

"나 사랑하냐구."

"엉. 뭐라고 할까… 징그럽도록 사랑한다고 하면 표현이 딱 맞을 거 같은데? 하여간 돌발적이야. 하나 더 말해줄까? 너 없으면 난 죽는 게 더 나을 거다."

하면서 내 머리를 부벼주는 재규. 씨익 웃는 그 모습이 어찌나 이쁘던지.

"에~ 말만 거창해. 죽을 만큼 사랑한다… 미치도록 사랑한다… 너 없으면 안 된다… 너 죽으면 나도 죽는다… 하여간 다들 말솜씨 하나는 끝내준다니까."

"진짜야?!"

"어디서 그런 대사는 배웠어? ㅋㅋ"

"너 무슨 말이 하고 싶어?"

"무슨 말은. 춥다, 들어가자."

내가 일어서자 내 팔목을 잡는 재규. 따뜻한 재규 손. 역시 추운 곳에 있어도 재규 손은 언제나 따뜻하다. 내 팔목을 꽉 움켜쥐는 재규.

"말해."

"할 말 없다니까? 들어가자, 추워."

"말해!"

"없어!! 없다구!! 없어!! 할 말 없어!!"

"정말?"

"그래, 정말 없어."

"하하, 너 나 울까 봐 그러지? 나 지금 행복해 보이니까, 또 병신같이 질질 짤까 봐 말 안 하는 거지? 니가 할 말 내가 맞춰볼까?"

"됐어! 정말 할 말 없어!"

"꼭 비참하게 내 입으로 말해야 해?"

"없어."

"강지원."

"…그래, 나 잊어."

"하하, 너 지금 무슨 소리 한 건지 알지?"

"백 번 천 번 생각해 봤어. 몇 만 번 죽도록 생각하고 또 했어. 정말 힘들게 결정했어. 내 결정 흔들리게 하지 마."

"이유가 뭐야?"

"그냥… 그냥 니가 싫어."

"강지원."

떨리는 낮은 음성. 애써 화를 삭히는 재규의 목소리.

"무르는 거 없어. 다시 돌아서면 안 돼. 돌아서지 마. 죽어도 돌아보지 마."

"재규야."

스륵―

내 손목을 놔주는 재규.

"…절대 돌아서지 마."

계속해서 눈물을 흘리는 재규. 눈물 범벅으로 뒤엉킨 재규의 얼굴. 입을 꽉 틀어막은 재규의 모습이 한없이 여리다. 그런 재규의 모습을 보지 못하고 앞만 보고 서 있는 나.

"재규야."

"돌아서지 마!!"

"…미안해."

공원을 막 벗어나려 할 찰나,

"너 지금 돌아서면 없던 일로 해줄게."

뚜벅뚜벅—

"아무 말도 안 할 테니까 돌아서."

뚜벅뚜벅뚜벅—

"부탁할게. 돌아서."

뚜벅뚜벅—

"지원아… 제발."

간절한 목소리. 떨려오는 목소리. 미안… 미안해, 재규야. 나는 달리기 시작했다. 공원을 빠르게 나와 택시를 잡았다.

"아악—!!"

얼굴을 두 손을 가리자 한없이 흐르는 눈물이 손목을 타고 흐른다.

"절실한 사랑은… 반드시… 다시 꼬옥 이뤄진대. 재규야, 미안해."

장난이라고 말할 줄 알았다. 놀랐지라고 웃으며 말할 줄 알았다. 다시 뒤돌아 뛰어와 내게 폭 안겨 방실방실 웃을 줄 알았다. 죽을 만큼 슬프다는 거… 이제야 알았다. 자신이 없다. 정말 말 그대로… 강지원 없으면 죽어버리는 게… 나을지도 모른다.

*　　　*　　　*

재규네.

끼이—

"야! 재규야. 너 민경이랑 같이 있던 거 아냐?"

다급히 나오는 재영이.

"무슨 소리야?"

"민경이 없어졌는데? 아까 와보니까 집에 없어."

"놀러 나갔나 보지."

"친구도 없잖아?!"

"걔가 친구가 왜 없어. 중학교 친구들."

"아! 어? 야, 너 왜……."

털썩—

재규가 눈을 감고 쓰러져 버렸다.

"은재규!!"

일본, 민경이네.

"할머니이!! ^^"

"아이구~ 잠깐 못 본 사이에 더 이뻐졌네. 밥은 잘 먹었나??"

"으응, 그럼~ 할머니는??"

"이 할미야 당연히 잘 먹지~"

"^_^"

"이제부터 학교 가는 게다."

"응."

"내가 잘할게. 우주 녀석처럼 이쁘게 웃을 수도 있어. 은혁이 녀석처럼 얌전해질 수도 있어. 강우 녀석처럼 활발해질 수도 있어. 상원이 녀석처럼 분위기있어질 수도 있어. 은재처럼 아양 떨 줄도 알아. 최승관처럼 음식 할 줄도 알아. 하라면, 원하면 다 할게. 원하는 대로 다 할게. 제발 돌아와. 한없이 커 보이는 니 뒷모습, 제발 내게 보이지 마. 돌아와. 제발 돌아서 줘."

"허억!!"
"야, 너 왜 그래? 무슨 일 있어?"
"ㅎㅏㅇㅏ."
식은땀으로 온몸이 젖어버린 재규.
"은재 너 가슴 찢어질 듯이 아파본 적 있냐?"
"…응."
"왜?"
"미치도록 사랑하던 사람이 날 떠나던 날, 날 보면서 미안하다고 하더라. 한없이 울면서 미안하다고 했을 때. 그건 왜?"
"나… 죽어버릴지도 몰라."
"너 혹시……."
"응."
"괜찮아. 여자는 많잖아. 내일 죽을 것도 아니잖아? 와, 내 동생 이렇게 약한 줄 몰랐네. ㅋㅋㅋ 그냥 이렇게 생각해. 수많은 사랑 중에 단순히 한 번의 사랑을 겪은 것뿐이라고. 우리는 이 세상에 존재하는 많고 많은 사랑 중 한 부분을 해봤을 뿐… 결코 운명은 아냐."

page 93 …습관처럼 쉬운 건 없어……

간절한 바램을 품고 그렇게 아침은 또 시작되었다.

"하아."

따스한 햇빛이 커튼 사이로 스며들어와 내 얼굴을 간지럽힌다.

짹짹―

참새 소리가 내 눈을 뜨게 만든다. 지옥 같아.

"지원아, 학교 가야지?"

"싫어."

"그래."

난 이겨낼 수 있을 거라 생각했는데… 래원이처럼 약해지지 않겠다고 다짐하고 또 했는데… 이렇게 되어버렸다. 나도 래원이마냥 방에 쿡 처박혀 있는 게 더 편해졌고, 창밖을 내다보면서 미친 듯 웃는 게 버릇이 되어버렸고, 학교도 안 가고 침대 위에 가만히 앉아 추억을 회상하는 게 유일하게 할 수 있는 일이다. 난… 사랑을 주는 사람이 되고 싶었다. 행복을 주는 사람이 되고 싶었고, 나로 인해 모든 사람이 즐거워질 수 있을 거라 자부했다. 그런데 이게 뭐야. 하나같이 나 하나 때문에 상처받고, 슬퍼하고, 울어야 하고……. 이게 뭐야. 도대체 어디까지 슬픔이고, 어디까지 기쁨인 걸까? 이대로 평생 길고 긴 아픔뿐인 걸까?

띠리리리리~

"네."

[기집애야, 너 안 와? 지금이 몇 신데요! 이 바른 생활 소녀님!]

"은혜야, 안녕?"

[뭐야.]

"지현인 왔어?"

[으응. 너 혹시 이지현 때문에 안 오는 거야??]

"그럴 리가요. 은혜야, 나 정말 나쁘지?"

[뭐?! 니가 왜!!]

"상처만 주는 거 잘 아는데, 나한텐 그런 일만 생겨 버리는 걸 어떡해? 아픔만 주게 되는 일만 생겨 버리는 걸 나도 어쩔 수 없잖아. 나 말야, 상처만 주는 그런 사람되는 거 너무 싫은데……."

* * *

세명고.

"저 자식 왜 그래? 뭔 일 있었냐??"

"아침마다 저런데 뭘."

"야, 재규야. 너 왜 그러냐?"

"뭐."

"니 주위에 으스스한 분위기가 연출되는 거 알고 있냐?"

"……"

"뭔 일이야? 이 형님한테 말해 봐."

"헤어지는 거… 쉽더라."

"에엥??"

"말 그대로 헤어졌다고."

"누구랑!"

"누구긴 누구겠어. 만인의 여자 강지원이지."

"아아?!"

"……."

"단념해, 깨끗이. 은재규 너잖아. 다른 놈도 아니고 은재규 너니까 잊을 수 있을 거야. 내가 너 잘 알아. 넌 누구보다 강해. 너 여리게 만든 거, 너 약한 놈으로 만든 거, 지원이니까 그냥 잊어버려."

은혁이의 따끔한 말.

"ㅋㅋ 그래."

"재규야, 너 정말 모두 잊는 거다?"

"ㅋㅋ 그래, 자식아."

잊어버린다의 의미를 누가 좀 가르쳐 줄래요?

사랑도 한순간이고, 이별도 한순간이다.

사랑의 후유증엔 이별이 남고, 이별의 후유증엔 눈물과 습관이 남는다.

"날 그대로 시간을 시간을 백 년 만 년 돌리고 싶어."

힘없는 재규는 물끄러미 앞을 응시하며 망부석처럼 앉아 있다가 이내 눈이 아려옴을 느끼고 눈물을 떨궈낸다. 강지원, 너 정말 사람 환장하게 하는데 뭐 있지. ㅋㅋ 사람 미치게 만드는데 뭐 있는 거지. ㅋㅋ …참 여러 가지로 사람 애먹인다. 우정이고 뭐고 다 때려친 나 같은 놈한테 벌 주는 거지? 그래, 뭐든지 받아주마. 세상에서 제일 무서운 네 뒷모습까지 봤는데 뭘 그래. 다 받아줄게. 니가 내 곁에 없는 것보다 더 가혹한 벌은 없을 테니까.

"은혜야, 지원이 많이 아프대? 우리 가봐야 되는 거 아니야??"
"걱정 마. 걔가 아플 애냐?! 분명히 거짓말일 거야. 너무 걱정하지 마, 은지 너 이마에 주름 생기면 강우가 싫어한다!!"
"은혜야!!"
"어이구! 무서우셔!"
"어?! 은혜야!! 저거저거! 지원이!!"
"어디?"
"번화가로 가는 버스에 탄 거 지원이잖아!"
"정말! 저 기집애가?!"
부릉! 부르릉—
"아저씨이!! 잠깐!! 기다려!!"
쿠당—
"아, 괜찮아요?"
"아이씨, 기사 새끼! 서라니까!! ㅠ.ㅠ 아아, 피난다."
"은혜야!! 괜찮아?!"
버스를 쫓아가다 넘어진 은혜.
"괜찮겠어요?"
"아아, 걱정 말아요. 난 무쇠로 만든 사람이에요. 갈 길 가셔도 돼요."
"……."
모자를 깊게 눌러쓴 사람이 피나는 은혜의 무릎에 밴드를 붙여준다.

"걸어도 좋아요."

하더니 멀리멀리 사라진다.

"어머! 저 사람 되게 자상하다!! 그치, 은혜야?"

"어엉. 나 괜찮은데."

"이게 뭐야?"

"o_o?"

래원이가 오래전에 준 열쇠 고리.

"아앗, 떨어뜨렸다."

주머니에 넣는 은혜.

"어? o_o"

양쪽 주머니에서 나오는 두 개의 열쇠 고리.

"은혜야, 이거… 아까 그 사람 꺼……."

"……!!"

     *   *   *

친엄마와의 약속. 이제 마무리지을 때도 됐다. 이제 내 자신을 추스를 때가 왔다.

파라스.

딸랑~

"요코… 아, 지원아."

"안녕하세요?"

"조금만 기다려. 만날 사람이 있어."

"……."

아직 젊은 엄마. 그에 비해 완전한 대한민국 아줌마 우리 엄마. 엄마가 둘이네. ㅋㅋ 나 부자구나.

딸랑~

"꺄악! 누나!!"

"ㅇ_ㅇ 래, 래원아?"

"^-^ 오랜만이네!"

검은 머리로 샤샥 변신한 래원이.

"래원아아!! πoπ"

"^ㅇ^ 와, 누나 금세 이뻐졌다? 킥!"

"잘 지냈어? 어디 몸 상한 곳은 없어? 일본 좋아? 어떡해. 얼굴이 반쪽이 되어버렸네."

"누나, 정말 내가 좋은가 보구나. 엄마도 먼저 와 있었네."

아무렇지 않게 엄마라는 말을 하며 친근해 보이는 둘.

"누나, 앉자."

나란히 앉은 래원이와 나.

"지원아, 엄마랑 일본으로 건너가자."

"…아직은……."

"그 정이랑 사랑이라는 게, 처음엔 힘들어도 익숙해지면 잊혀지는 게 사람이야. 지원아, 몇 년 만이라도 엄마 곁에 있어주면 안 되겠니?"

래원이를 한 번 쳐다봤다. 래원이는 마음대로 하라는 표정으로 내게 웃어준다. 금세 쑤욱 커버린 래원이. 조금은 낯설기도 하지만 역시 내 동생.

"그래요, 그렇게 해요."

"정말 엄마랑 같이 갈 거니?"
"응."
"지원아."
엄마, 아빠한텐 뭐라고 하지? 떠난다고 할까? 나마저 덥석 떠나 버리면 우리 불쌍한 엄마, 아빠는 어떡하지?

끼익—
우리 집 앞에 선 차.
"래원이는 엄마랑 호텔로 가자."
"나도 여기서 자면 안 돼?"
"래원아."
"피이~ 알았어요. 누나랑 얘기만 하고 갈게. 어디 호텔인지 아니까 엄마 먼저 가 있어요."
"그래. 지원아, 잘 자. 래원이도 일찍 오구."

놀이터.
"와아, 여기 오랜만이네. 푸히히. 누나, 많이 갑작스럽지?"
"응, 아주 많이."
"사실 나 다 알고 있었어. 떠나기 3일 전에 알아버렸어. 누나만큼은 내 친누난 거, 누나만큼은 나랑 안 떨어져도 되는 거. 그런데 그날 아빠가 우셨어. 그리고 애원하셨어. 아주 간절히 내게 비셨어."

"래원아, 누나에게는 알리지 말아다오."

"누나도!! 나처럼 똑같은 상처를 받게 하게요? 차라리, 차라리 내가 데려갈래요. 내가 데려가게 해주세요. 우리 누나… 우리 누나도 이곳에서 너무 힘들어할 테니까."

풀썩!!

래원이 앞에 무릎을 꿇는 아빠.

"한 번만 부탁한다, 아들아. 지원이가 알게 되기 전까지만 내 곁에 두고 싶구나. 래원아, 너희 엄마를 위해서라도 제발… 제발 부탁한다."

"……"

"미안, 누나. 나처럼 떠나고 싶다면 떠나. 누나도 여기서 너무 힘들잖아? 같이 가자. 나랑 거기 가서 살자, 응? 귀여운 동생도 있어."

"으응."

"앗참! 나 승관이 보고 가야 되니까 엄마한테 전화 오면 잠깐 친구 만나고 들어간다~라고 해줘. 누나, 잘 자~"

멀리멀리 껑충껑충 뛰어가는 래원이.

대문 앞에 섰는데… 엄마, 아빠 얼굴을 어떻게 봐야 할지 고민이다.

*   *   *

승관이네 집 앞.

쾅쾅쾅!!

"승팔아아, 노올자아~"

철커덩! 끼이—

"강래원?"

미간을 찌푸리며 대문에 기대는 승관이.

"와앗! 괴물이다!! 그새 좀 못 봤다구 이렇게 폐인이 될 줄은… 에휴, 그냥 가야겠다. 잘 있어."

"미친놈. ㅋㅋㅋ"

"승팔아아!! 보고 싶었어. 너두 이 형님이 보고 싶었니? 아아아, 어째서, 이렇게 많이 초췌해질 수 있는 거야? 많이 힘들었구나. 너도 점점 걸으면 안 될 길을……."

"아, 정말 변한 거 한 개 없다. 일본 갔다 오면 좀 괜찮아질 줄 알았는데."

"우리 누나 만났어."

"잘 있지?"

"어엉. 근데 우리 누나도 나랑 같이 일본으로 가."

"뭐어??"

"우리 누나니까 같이 간다구."

"안 데려가면 안 돼, 래원아? 지원이 누나한테 더 이상 안 집적댈 테니까 안 데려가면 안 되겠어?"

"으응, 너 슬퍼하는 꼴 보기 싫어서 데리구 가는 거야. 너 우리 누나 마주치기라도 하면 또 병신 될까 봐. 너 우리 누나 뒤에서 지켜보면서 계속 바보 같은 짓 할까 봐 특별히 데려가는 거야."

"바보 같은 짓 안 하면?"

"아니, 넌 꼭 해. ^o^"

"래원아!!"

"슬퍼하지 마, 하나밖에 없는 친구 놈이 슬퍼하는데, 좋아할 놈이 어디 있어? 승팔아, 부탁하는데 넌 정말 안 슬퍼했으면 좋겠어. 너만큼은 제발… 넌 정말 행복했음 해."

라는 말을 마치고 담배 한 개비를 태우며 골목을 벗어나는 래원이.

털썩!

"아직 왕자를 찾아주지 못했는데… 난 끝까지 해줄 수 있는 게 아무것도 없네요."

page 94 …뼈저리게 느껴버린 뒤엔…….

일주일 뒤.

"지원아."

"엄마, 너무 미안해. 정말 미안. 그렇지만 나 꼭 돌아올 거예요. 엄마도 나 기다려 줄 거지??"

"그럼그럼."

눈물을 훔쳐 내는 엄마를 토닥여 주는 것밖에 하지 못하는 나. 아빠는 아무 말 없이 날 바라보고만 계셨다. 이제 3일 뒤면 일본으로 떠난다. 내가 태어났던 그곳. 재규를 안 본 지도 일주일이 되어버렸다. 가슴은 재규뿐인데 몸은 멀리멀리 떠나야 하는… 모순.

띠리리리~ 띠리리리~

"여보세……."

[야, 이 나쁜 기집애야. ㅠㅠ 엉엉엉~ 일본 가는 거냐아!! 정말 가는 거냐구!! 나쁜 년. 내가 널 얼마나 아껴줬니. 내가 널 얼마나 사랑해 줬어.

그런 은혜도 모르고 니가 나를 떠나아―!!]

"으, 은혜야."

[은혜야, 그만 좀 마셔어!! 지원아아! 빨리 좀 와줘. 은혜, 너무 많이 마신다아!! 은혜야!! 병째로 들이키면… 꺄악!!]

"하아……."

지지배들 정말 궁상맞게시리. 구질구질한 이별은 싫은데……. 오후 6시 밖에 안 됐는데 술을 얼마나 마신 거야, 도대체!! 나는 투덜대며 우리가 자주 가던 포장마차를 찾았다(우리라기보다는 -_- 은혜의 권유로.).

"어서 옵쇼!!"

"끄아아아!! 강지원 오라 그래애!! 나쁜 기집애애!!"

"^-^; 은혜야, 나 왔어."

"어랄라? 이거 강지원 아니셔?! 친구 년들 다~ 버리고, 일본으로 떠난다는 그 싸가지없는 년?? 어이구~ 여긴 웬일이래요? 어엉? 친구고 뭐고 안중에도 없는 이 나쁜 년아아!! ㅠㅇㅠ!!"

"은혜야, 그만 마셔어~"

은지는 완전 울상이다. 지현이는 아무 말 없이 계속 잔만 비우고, 따르고, 비우고, 따르고를 반복한다.

"아무리 그래도!! 힘들어도 그렇지! 친구를 떠나는 건 배신이야!! 나쁜 기집애!! 이 지지배야!! 니가 날 떠나고 잘살 수 있어!!"

풀썩― 쿵!

결국 테이블로 쓰러진 은혜.

"은혜 데리고 일어나자."

지현이와 은혜를 부축해 포장마차를 나왔다.

"끄억! 읍!!"

"꺄아—!!"

"은지야, 지현아, 은혜 좀 잘 맡아줘! 내가 술 깨는 약 좀 사 올게!"

나는 황급히 약국을 찾았고 필사적인 내 발걸음에 약국이 드디어 모습을 드러냈다. 겨우 찾은 약국이라 급한 맘에 무작정 뛰다가 약국에서 나오는 새하얀 모자를 푹 눌러쓴 남자와 빨간 코트를 입은 여자와 부딪쳤다. 아고고.

"아, 죄송해요."

"괜찮아요."

어라?

"오빠, 오늘 우리 뭐 먹구 들어갈까?"

"됐어."

"저기요!!"

"네??"

"신우주—!!"

"누구세요? 오빠, 혹시 이 사람 알아?"

"아니, 모르겠는데?"

"저기 사람 잘못 보셨……."

"우주야! 너 우주지! 그치! 나야, 나! 지원이!!! 강지원!!"

"미안합니다. 전 모르겠네요. 다른 분으로 착각하신 건……."

"오빤 당신 모른다잖아요? 정말."

"죄, 죄송합니다."

뚜벅뚜벅―

너무 닮았는데… 머리 색깔만 변한 거지, 정말 우주 맞는데……. 나 뭘 하는 거람? 우주는 저 위에 있는데.

지잉―

자동문이 차르륵 열리는 2층 약국. 멋있다아~

"어서 오세요."

"저기, 술 깨는 약 좀……."

나를 이상하게 쳐다보는 언니. 이내 약을 꺼내준다.

"저기! 혹시 방금 나간 여자랑 남자요."

"아~ 예, 왜요?"

"혹시 누가 아파서?"

"남자 친구가 아픈가 봐요. 항상 이 시간쯤 처방전을 들고 약 사러 오거든요."

"처방전? 저기! 혹시… 그분 이름을 알 수 있을까요?"

"이름요?? 안 되는데……."

"한 번만요! 제발요."

내 간절한 부탁에 꺼림칙한 표정으로 내게 차트를 넘겨주는 착한 언니.

"선생님 내려오시기 전에 훌러덩 보세요!"

"감사합니다!!"

촤륵― 촤륵―

신우주… 내 머리에 맴도는 이름 신우주. 이런 이름은 흔치도 않은 데다가 생긴 것도 비슷하다면…….

18세, 유전성 심장 질환.

XX 오피스텔 506동 1005호.

"우주야—!!"

나는 다급히 약을 집어 들고 약국을 나왔지만 그 남자는 이미 그곳에 없었다. 똑똑히 내 머리에 새긴 주소. 나는 그 남자에게 0. 1%의 희망을 걸었다.

"하아. 은혜야!!"

"너 왜 이렇게 늦은 거야!"

지현이가 약 봉투를 휙 뺏어 들어 은혜에게 먹이기 시작한다.

"우에에~ 맛없다!!"

"그러게 술 좀 작작 먹지! 완전 하마처럼 들이부니까 그렇지!"

"으아악! 잔소리쟁이! 저리로 가버려!"

띠리리~

"여보세요?"

[나야, 재규.]

"아, 응."

[어디야?]

"번화가 2번지."

[그리로 갈게.]

"오지 마. 니가 왜 와?"

[갈게. 꼼짝 마.]

"왜? 누구야?"

"재규."

"재규? 왜?"

"몰라. 그냥 집에 갈래."

"지원아, 그래도 중요하게 할 말 있는 거 아닐까?"

"……."

"그럼 은혜는 걱정 말구 얘기 잘해봐!"

결국 기다리기로 마음먹은 나. 날씨가 조금씩 쌀쌀해져 오는데…….

"후우……."

내 앞에 선 남자. 어느새 또 키가 큰 재규. 새까만 코트에 변하지 않는 은색 머리.

"어디 가서 앉자."

어느 조그마한 카페에 앉은 우리 둘.

"왜?"

"일본 간다며……."

"응."

"그것 때문에 헤어진 거야?"

"아니, 그냥 내가 헤어진 거야."

"너 정말 납득 안 가는 거 알지?"

"그러면 납득하도록 노력하면 되잖아."

"강지원."

"난 맘 안 변해. 나 힘들어. 재규야, 우리 구질구질하게 이러지 말자. 나 먼저 일어날게."

미안해. 이렇게 차갑게 돌아서는 게 널 덜 힘들게 하는 방법이야.

"구질구질? 힘들어? 너 정말 변했다."

"미안, 그만 하자."

"힘들다구? 그러면 난? 니가 한 번이라도 돌아봐 주지 않을까 하는 웃긴 설레임으로 니 마지막 발자취까지 사라지도록 계속 그 자리에 서 있던 나는? 난 안 힘들었을 것 같아?"

"재규야!!"

"목이 메이고 가슴이 답답해서 붙잡고 싶은데도 붙잡지 못했어. 매섭게 돌아서는 널 보면서 너무 힘들었으니까… 그랬으니까!! 하하, 떠나던 뒷모습 보기가 얼마나 힘든지… 니가 알아?"

모두의 시선이 우리에게 꽂혔다.

"재규야, 그만 하자. 이런다구 내 맘 안 변해. 이제 곧 떠나. 참 행복했어. 잘 지내."

나가려는 순간,

"떠나던 니 뒷모습에… 정말 죽어버리고 싶었어."

"……."

딸랑~

난 끝내 카페 문을 열고 나와 버렸다. 이젠 뿌리치는 법도 배워야 하니까. 미안해. 흑! 너무 미안해, 재규야.

띠리리링~

딸칵—

[재규야! 너 어디야!]

"은재야, 이렇게 슬픈 게… 이따위로 슬픈 게 사랑이면… 난 두 번 다시 안 하련다."

page 95 저주스럽도록 사랑해 봤니?

재규네.
쿠당탕!
"야야야! 왜 그래?"
"나 바보 같은 놈이다? 거기서 가지 말라고 붙잡으면 될 걸. 병신같이 화만 내버렸네."
비틀비틀 2층으로 향하는 재규.
"재규야!!"
"불쌍한 듯 쳐다보지 마, 비참하잖아. ㅋㅋ"
부쩍 웃음이 늘고 장난도 하고, 잠도 잘 자던 이유는 모두 하나였는데. 녀석을 웃게 하던 그 이유로 녀석은 또 웃음을 잃고, 장난도 잃고, 밤을 잃을 것이다.

　　　　　*　　　　*　　　　*

담날 아침.
"엄마, 학교 다녀올게."
"엄마도 같이 갈까?"
"^-^ 괜찮아요! 걱정 말고 집에서 기다려요."
이틀 후면 떠난다. 왠지 어색한 말.

세현고, 교무실.

드르륵—

"선생님. ^^"

"너 이 자식, 어제도 학교 빠지더니!! 뭔 낯짝으로 교무실을 들어오냐?!"

"선물 드릴게요. ^-^"

"ㅇ_ㅇ 너 지금 나랑 장난하자는 거냐? 이놈!! 자퇴서가 무슨 장난인 줄 아냐?!"

"저도 장난할 기분 아니니까 선생님한테 줄게요. 도장 콱 찍어주세요. 이럴 줄 알았음 땡땡이도 덜 치는 건데. 그쵸?"

"강지원."

래원이랑 똑같은 일을 하고 있다. 이별해야 하는 친구들에게 래원인 어떻게 했을까? 난 래원이보다 더 자신있었는데 이 모양 이 꼴이 되어버렸다.

드르륵—

"끄응."

"나 왔다."

"우읍—!!"

내가 교실에 들어서자 입을 꽉 틀어막고 화장실로 뛰어가는 은혜.

"어제 너무 과음해서 저래. 어제도 은혜 집까지 가는데 계속 여기저기 웩웩 하는 바람에. ㅠ_ㅠ"

"^-^; 하아."

"너 가면 다신 안 와?"

"글쎄……."

"재규 많이 힘들 거야, 그치?"

"은혜야!!"

말을 돌려 버렸다. 이제는 잊어야 하는 사람이니까. 나랑 관련없는 사람이니까.

"나쁜 년, 학교는 왜 왔대?"

"에이, 그런 말이 어디 있냐!"

"몰라! 이 기집애야!"

"내가 가니까 슬퍼?"

"몰라아!!"

"쟤 앞에서 재규 얘기 하지 마. 지금 죄인 같을 테니까……."

"지현아."

"죄인 같아서 어디론가 피해 버리고 싶을 거야. 마음은 새까맣게 타 들어가구."

"으응."

분식집.

"뭐? 낼 모레?! 그렇게 일찍 간단 말은 없었잖아!!"

"그렇게 되어버린걸."

"비행기표 물러."

"은혜야."

"에이씨!"

"아! 맞다. 지원아, 은혜랑 나, 전에 래원이 닮은 사람 봤다? 머리 색깔이 달랐지만. 모자 써서 잘 못 봤는데 왠지 래원이 같았어. 그치, 은혜야~"

"어? 응."

"래원이?"

그렇다. 우리 래원이 아직 서울에 있다. 말하면 큰일나. 들키면 안 돼. >_<

"그, 그래애??"

"지원아, 혹시 래원이 한국 온 거 아냐?"

"걔가 여길 왜 와~"

"그럼. 래원이가 여길 왜 오냐. 은지야, 그만 해. 우리가 잘못 본 걸 거야. 야야, 먹어먹어! 이 언니가 쏘는 거야~"

지현이는 아직도 내게 냉랭하다. 가는 마당에 좋게 헤어지고 싶은데.

"저기, 지현아. ^-^;"

"됐어, 사과할 거면 하지 마. 사람 마음, 맘대로 못하는 거 알아."

"그래두."

"떡볶이나 먹어."

떡볶이를 포크로 콱 내려찍어 내게 건네주는 지현이.

드르륵—

"아줌마! 오랜… 어? 너네!!"

불행스럽게도 문을 열고 들어온 사람들은 엔젤로스. 나는 고개를 돌려 재규 쪽을 슬쩍 쳐다보았다. 새빨갛게 충혈된 두 눈. 새빨갛게 내 가슴도 쓰라렸다.

"앉아, 배고파."

의자에 철푸덕 앉는 재규. 저 사람이 나를 많이 사랑해 주던 사람야. 그렇지만 이젠 추억에 묻어야 할 사람. 도저히 목으로 넘어가지 않는 떡볶이. 아… 이렇게 신경 쓰이는 이유는 뭐야? 바보… 잊겠다며.

"그만 가자, 은혜야."

나는 벌떡 일어나 애들에게 구원의 눈빛을 보냈고, 은혜는 끄덕끄덕 하며 일어나 주었다. 휴우~

"어어?! 벌써 가?!"

"^-^ 강우야, 우리 먼저 갈게."

"으응. 이따 전화해!!"

드륵— 탕!!

"…괜찮냐?"

재규에게 묻는 재영.

"뭘? 맵다, 물 좀 줘라."

"헉! 재규야, 떡볶이도 안 나왔는데? 울어?!"

"안 울어. 매워서 그래."

정말이지 헤어진다는 건 처음으로 돌아가는 게 아니라 아주아주 멀어져 버리는 거구나. 전처럼 돌아가는 걸 원한다면 나 나쁜 애네.

지원이네 집 앞.

"야아!! 정말 안 마실 거야?!"

"은혜야, 미안. 난 짐을 싸야 해. 이제 떠날 채비를 해야 해."

"야!! 술 한번 마시는 게 그리 어렵냐!"

"은혜야, 그만 하자. 지원이도 준비해야지. 이제 이틀 남았는데."

"몰라. 하여튼에 너 거기서 안 오면 친구 안 해!"

사라져 가는 내 친구들. 세상에서 둘도 없는 내 친구들. 꼭 기억할게, 그 누구보다……. 앗참! 이럴 때가 아니지!! 우주의 주소를 적은 메모지를 꺼내 들었다. 가보자!! 일단 가보자.

"택시이―!!"

끼익!

내 두 눈앞에 펼쳐진 건 이름값을 하는 호화 오피스텔. 누군가의 흥겨운 멜로디가 들린다. 돌아보니 귀에 이어폰을 꽂고, 즐거운 듯 콧노래를 흘려내는 남자.

"저기……"

내 어깨를 톡톡 건드리는 그 사람.

"예에?"

"아, 아니에요."

하더니 자리로 돌아가 버린다. 이상하다.

엘리베이터 기다리는 중. 아까 그 사람도 나와 같이 기다리는 중. 나를 유심히 쳐다보는 그 남자. 신경 쓰인다. -_-;

"아하하~"

눈이 마주칠 때마다 나는 어색한 미소를 지어줬고 남자도 방긋방긋 웃어주었다.

띵~

엘리베이터에 올랐다. 남자도 같이 탔다. 우리는 같은 10층을 눌렀다.

506동 1005호. 10층.

띵~ 촤르륵!

"먼저 내리세요. ^-^"

"아, 감사합니다."

나는 서둘러 폴짝 내려 1005호 문 앞에 섰다.

"후웁!! +_+"

숨을 크게 들이쉬고!!

"어? 혹시 여기 오신 건가요?"

아까 그 남자는 1005호 문을 가리키면서 의아한 표정으로 내게 물었다.

"예에, 그렇습니다만."

"아, 별이 친구??"

"예예?? 여기 누가 사나요??"

"아, 별이랑 나랑. 아, 우주도 사는데요?"

"우주? 신우주요?"

"네, 우주야!!"

"어? 건아, 누구야?"

"어어? 별이 니 친구 아냐?"

"난 친구 없어. 서울엔 친구 없는 거 알면서. 어라?"

그때 만났던 여자와 남자, 그리고 내 옆에 서 있는 이 남자.

"우주야!!"

"아, 우주 친구구나!!"

"무슨 소리야? 나 이런 사람 몰라."

"우주야!! 나야, 나! 지원이. 아직 살아 있던 거구나!"

"이봐요!! 혹시 당신 스토커야?! 약국에서도 우리 오빠는 당신이 찾는 사람이 아니라고 했잖아!! 모른다잖아!!"

"혹시 우주야… 이 여자 니가 말……."

"들어가자, 건아. 저기 착각하신 것 같네요. 죄송합니다. 전 그쪽이 찾는 분이 아니네요. 별아, 들어가자."

"우주야!!"

"아, 정말! 당신이 찾는 우주가 아니라구요!! 도대체 몇 번을 말해야 알아들어요?!"

나는 이쁘장하게 생긴 그 여자의 두 손을 덥석 잡았다.

"제발… 우주가 필요해요. 우주를… 정말 많이 아끼는 친구들이 있어요. 우주 아버지도 이번에 몸이 안 좋아져서 언제 돌아가실지 몰라요. 할머니께서도 우주를 많이 찾으시구요. 제발요, 방금 저 남자… 우주 맞죠? 그쵸?"

나는 간절한 마음으로 그 여자에게 말했고, 당황한 얼굴을 감추지 못하는 여자.

"이거 제 전화번호예요. 나중에 꼭 한번 연락주실래요?"

나는 서둘러 내 전화번호를 적어주었고, 그 여자는 내키지 않는다는 듯이 종이를 받아 들었다.

"정말… 꼭 부탁드려요."

그리고 나는 터덜터덜 엘리베이터로 향했다. 일본 가기 전에 엔젤로스 애들한테 우주를 선물하고 싶어.

지원이네.

"후우… 다녀왔어요."

"어! 지원아, 짐 챙겨야지. 저녁은 먹었어? 안 먹었지? 엄마가 너 좋아하는 갈비찜 해놨다? 얼른 씻구 내려와!"

"예에."

진동으로 해놓은 핸드폰을 벨소리로 바꿔 소리를 제일 크게 해놓구, 혹시나 전화 올까 내 손에 꼭꼭 매달아두었다. 내게 소중한 사람들을 위해.

다음날 아침, 떠나는 날 D—1.

"엄마엄마!! 그건 아니야!"

"어머! 힘들게 포장한 건데? ㅠ_ㅠ"

아침부터 분주하게 짐 정리를 했다. 이사를 가는 것두 아니구 나 혼자 짐을 챙기니 조금 이상하다. 우리 엄마, 아빠 나까지 없으면 아주 많이 적적할 텐데.

띠리리리~ 띠리리리리~

전화다!! ㅇ_ㅇ

"여보세요!!"

[안녕하세요? 며칠 전에 봤던 사람인데요.]

"아! 예!!"

[혹시 세명고 쪽에 로망스라는 카페 아세요?]

"아, 알아요!!"

[그럼 거기서 오후 1시에 봐요.]

"예!!"

"누구 전환데 그렇게 활기 차?"

"아니야, 엄마!! ^O^"

거의 정오를 넘어설 쯤 짐 정리가 다 끝났다.

"후우… 힘들었다아."

소파에 추~욱 늘어진 엄마와 나. 째깍째깍 돌아가는 시계를 보다 약속이 생각났다. 후우… 하마터면 잊을 뻔했어. 어떤 약속인데!!

로망스.

정오라 그런지 번화가에 사람이 별로 없다. 이 시간이라면 애들과 마주치지도 않을 거야.

"어서 오세요~"

카페에 들어섰을 때 사람은 하나도 없었다. 나는 창가에 앉아 카푸치노를 시켰다. 와, 여기 분위기 죽이네. 으허허~ 2층인 카페. 나는 그 사람을 기다리며 1층을 내려다보고 있었다. 그러고 있은 지 10분쯤 지났을까? 하얀색 승용차에서 내리는 여자 하나와 검은 양복을 입은 남자 하나. 그리고 뒷좌석에서 창문을 열고 빠끔히 고개를 내밀며 투정 부리는 우주. 우주는 내리는 듯싶더니 운전석으로 자리를 바꿔 타고는 휑 가버렸다. 그리고 문을 바라봤을 땐 여자와 남자가 들어와 있었다.

"안녕하세요?"

"와, 또 만나니까 반가워요~"

밝게 웃는 남자와 상반되게 많이 굳어 있는 표정의 여자. 무지 어려 보이는데?

"우주 친구 맞죠? 우주가 많이 좋아한다던 그 친구. ^-^"

배시시 웃는 남자. 그런 남자의 옆구리를 쿠욱 찌르는 여자.

"음, 딸기주스 둘이요!"

밝게 소리치는 남자.

"당신이 강지원이라는 사람이군요."

"어, 어떻게 아세요?"

"그야, 우주가 많이… 윽!"

남자의 배를 확 내려치는 여자.

"우주 오빠가 가끔 말해 주던 친구들 이름 중 하나라서 알고 있었어요."

"-_- 아, 예."

가… 끔이라.

"이제 와 뭘 어쩌겠다는 거죠?"

"무슨 소리이신지?"

"죽어버린 우주 오빠를 왜 이제 와 찾는 거냐구요!!"

"야, 너 왜 그래?"

"저기요, 우주가 죽은 줄 알았어요. 하늘에서 웃고 있는 줄 알았어요. 그런데 그날 약국 앞에서 우연히 마주쳐 버린 거예요."

"웃으면서 착한 척, 동정하는 척, 그러면서 우주 오빠한테 상처를 준 거야. 이제 와 오빠를 찾아서 뭘 하겠다구? 오빠 마음을 갈기갈기 찢어놓은 주제에!!"

"한별!!"

벌떡 일어나는 여자를 꽉 앉히는 남자. 여자의 이름이 한별인가 보다.

"우주는 그동안 어디 있었던 건가요?"

"영덕에 있다가 이식자 구해서 서울로 올라왔어요. 그래서 지금은 수술도 하고 꾸준히 치료하구 있어요."

남자가 목소리를 가다듬더니 내게 말해 주었다. 다행이다. 이식자를 찾았구나.

"그동안 연락을 안 한 이유가."

"우주는 당신의 별이 되고 싶었으니까요."

그 남자의 입에서 나온 그 말은 내 눈시울을 아려오게 만들었다.

"더 이상 우주 오빠 앞에 나타나지 마. 당신 때문에 우리 우주 오빠가 얼마나 힘들었는데. 당신 때문에 우리 우주 오빠는 항상 울었어. 바다를 친구 삼아, 파도를 벗 삼아, 그렇게 당신에 대한 상처들을 씻어냈어. 지금은 이식자도 찾았고 수술도 성공적이야. 그런데 당신을 만난 요 며칠간 오빠 건강이 다시 악화되고 있대. 그거 알아? 이제 나타나 뭘 어쩌자는 거야!!"

"우주의 여자 친군가 봐요?"

"그래, 여자 친구야. 당신이 남긴 상처 내가 모두 치유해 줄 거야. 우주 오빤 죽었어. 그렇게 알고 살아. 이제 와서 달라지는 건 없잖아."

"몇 년이 지난 것두 아니잖아요. 고작 몇 주가 지난 것뿐인데 꼭 몇 년이 지난 후처럼 말하시네요. 당신이 모르는 우주의 가족들과 친구들이 있어요. 우주의 죽음을 애달파하는 친구들도 있고, 죽어가는 우주의 아버지도 계시고, 우주를 많이 찾는 할머니도 계셔요. 당신이 아는 우주는 우리가 아는 우주와 달라요."

"그래서? 그래서 뭘 어쩌자는 거야? 지금이라도 죽은 사람 눈앞에 보여주면서 살아 있었다, 살아 돌아왔다라고 말하면 누가 믿어줄 것 같아?

무덤에서 살아 돌아왔구나. 오호라~ 잘 돌아왔다. 이럴 것 같아? 드디어 저 여자가 미쳤구나. 우주는 죽었는데 무슨 소리를 하는 건지, 우주와 비슷한 사람을 데려다 뭐 하는 건지… 그럴걸?"

"아뇨, 그 친구들은 우주의 죽음을 인정하지 않으니까, 우주의 죽음은 누군가의 장난일 거라고 믿고 있으니까 그럴 리 없어요."

그 여자는 더 이상 입을 열지 않았다.

"더 이상 우주 오빠 앞에 나타나지 마. 우주 오빠가 건강하길 바란다면 말야."

끼익— 쾅!!

카페를 나서는 여자.

"별아! 한별!! 아, 죄송합니다."

내게 황급히 사과하는 그 남자.

"제 이름은 유건이에요. 우주가 영덕에 있을 때 유일하게 사귄 친구가 저랑 별이거든요. 나간 애 이름이 한별인데 우주랑 저보다 한 살 어려요. 우주를 많이 좋아하고 따르던 아이라서 저럴 거예요. 뭐, 우주는 몸서리치도록 싫어하는 모양이지만. 킥! 저 아이도 불쌍한 아이예요. 그냥 우주를… 죽은 우주로 놔두면 안 될까요?"

뭐야? 17살 주제에… 그것도 모르고 난 계속 존댓말을 썼잖아.

"저, 절 위해서 이러는 게 아니에요. 우주를 많이 사랑하고 아끼는 사람들 때문이에요. 우주는 모든 사람들의 활력소였어요. 저 우주에게 상처 안 줄게요. 내일이면 저 떠나요. 떠나기 전에 우주를 그 사람들에게 돌려주고 싶어요."

"아, 예. 우주한텐 잘 말해 볼게요."

고개를 숙이고 카페를 나가는 남자.

"우주는 당신의 별이 되고 싶었으니까요."

page 96 …가슴이 쓰라릴까 두렵다구.

카페를 나섰다. 한데, 이대로 집에 가기 뭔가 허전하다. 아무 생각 없이 거리를 배회하기 시작했다. 사람도 없으니 괜찮다. 엔젤로스 앞을 지나다가 발걸음을 멈췄다. 불 꺼진 엔젤로스 간판을 가만히 바라보고 있자니 모두가 생각난다. 나 하나로 너무 많은 걸 잃은 불쌍한 아이들. 나란 여자애 하나 때문에 눈물이란 걸 배운 아이들. 가슴이 메어지게 아프다는 걸 알아버린 아이들. 다 내가 준 최악의 선물들. 미안해. 그런 것만 주고 떠나네. 정말 미……

"뭐야?"

"아, 안녕?"

"……"

날 가만히 내려다보는 재규. 이 시간에 여기 있을 일이 없는데.

"들어오세요, 손님."

"아, 아니에요. 죄송합니다."

"이 시간엔 카페 문 안 열어요. 다음엔 오후 5시부터 와주세요."

"…네."

지하로 내려가는 재규. 얼굴도 제대로 쳐다보지 못했다. 이거구나. 이별한 다음에 느껴지는 씁쓸함이라는 게 이렇게 웃긴 거구나. 나는 변화가를 빠져나왔다. 왠지 힘이 쭉 빠져 버렸다.
쿵쾅쿵쾅!
"강지원—!!"
엔젤로스에서 급히 뛰어나온 재규. 크게 소리쳐 보지만, 이미 그녀는 그곳에 없었다.

지원이네.
철커덩! 끼이—
"다녀왔어요."
소파 위에 쪼그려 잠이 든 엄마. 나는 엄마에게 이불을 살포시 덮어주고 방으로 올라왔다.
"하ㅏㅇㅏ."
아까 재규의 말투는 내가 아는 재규의 목소리가 아니었다. 하긴 이젠 우린 아무 사이도 아닌걸.

* * *

"왜! 니가 왜 만나!! 지원일 니가 왜 만나!"
한별의 멱살을 잡는 우주.
"……."
"니가 왜!! 니가!!"
"그럼! 그 여자 계속 찾아오게 놔둘까?! 오빠한테 계속 껄떡대게 놔둬?!"
손을 들어 올리는 우주. 한 대 때릴 기세다.

"우주야, 하지 마."

"제길, 너 내 일에 끼어들지 말랬잖아. 병원도 나 혼자 다닌다고. 나 애 아니야."

"그러다가! 그러다가 길거리에 쓰러져 죽어버리면?!"

"니가 있어도 죽을 운명이면 죽게 되어 있어."

"오빠—!!"

끼익— 탕!!

병자 취급하는 것도 한계가 있지.

엔젤로스.

"재영이 형, 지원이 내일 간대요."

"정말? 내일이야? 벌써 그렇게 됐나? 아우, 섭섭하네~ 근데 대체 일본에는 왜 간내?"

"집안 사정으로 다신 안 올지도 모른다던대."

"헤엑? 진짜??"

재규의 눈치를 살피는 두 사내.

"강우야, 담임이 나 수업 빠졌다고 뭐라 안 하냐?"

"어엉. 근데 말이죠, 지원이 자퇴서까지 내고 그런 거 보니까 진짜로 갈 건가 봐요."

"몇 시 비행기래??"

"정오 비행기랬나??"

"은재야, 배 안 고프냐?"

정오를 강조하고 있는 이 둘. 재규는 아랑곳하지 않는다. 야속하게…

시간은… 야속하게도… 째깍째깍…….

지원이네, 새벽 6시.
"끄아아아!!"
어제 한숨도 못 잤다. 꼴~딱 샜어. 아직 시간도 많이 남았는데 동네 한 바퀴나 돌아볼까? 다시 못 보게 될지도 모르는 동네니까. 나는 점퍼를 두툼히 입고 대문을 열었다.
"으으으… 새벽이라 유난히 추운가 봐."
끼이—
"후읍!!"
나는 숨을 크게 들이쉬고 신문을 집어 들었다. 음음, 이런 일들이(읽을 줄도 모르는 신문을 계속 들여다보고 있다.)…….
"좀 뛰어볼… 꺄아—!!"
"……."
부들부들 떨면서 나를 올려다보는 재규. 전봇대에 기대앉아 몸을 떨고 있는 이 사람.
"재규야?"
"다신 안 오는 거야?"
"재규야? 몸이 얼었어. 들어가자. 들어가서 몸 좀……."
와락—
나를 당겨 끌어안는 재규. 몸이 얼음장같이 딱딱하고 차갑다.
"후우… 지원아, 꼭 가야 돼? 응? 나 구질구질하게 안 굴 테니까… 가지 말란 소리도 안 할게. 그럼 돌아만 와. 꼭 돌아와 줘."

"재규……."

"돌아와 주면 뭐든지 할게. 돌아만 와. 아무것도 안 바래. 제발."

조금씩 떨려오는 목소리에 뜨거운 눈물이 재규 볼을 타고 내려와 내 볼마저 적셔온다.

자박—

"후우……."

골목 귀퉁이에서 그들을 바라보고 있다가 이내 발걸음을 돌려 버리는 사람. 슬픈 눈으로 그 둘을 응시하다가 힘없이 돌아서는 발걸음. …신우주.

"재규야, 우리 집에 들렀다 가. 몸이 많이 얼었어. 녹이고……."

"구질구질 안 하기로 했으니까. 돌아오면 너한테 꼭 할 말 있으니까 돌아만 와줘. 가지 말란 소리까진 안 할 거야. 다른 남자 사랑하지 말란 소린 안 할 거야. 이미 너 내 옆에 없으니까. 그래도… 그래도 꼭 돌아와."

나를 세워두고 벌떡 일어서는 재규.

"잘 다녀와."

내 이마에 살짝 뽀뽀하고는 골목을 빠져나간다. 사랑하는 사람을 볼 수 없는 건 나 또한 큰 슬픔일 테니까.

나는 동네 한 바퀴를 다 돌고 집으로 폴짝 뛰어들어 왔다!

"어머, 지원아. 벌써 일어났구나. 우리 딸, 긴장해서 한숨도 못 잔 것 같네. 눈이 빨개."

눈물을 글썽이기 시작하는 엄마.

"엄마, 울지 마. 왜 울어?"

"지원아, 흑! 꼭 돌아와 줄 거지? 엄만 기다릴 거야. 지원아, 꼭 엄마한테 와줘."

"으응. 걱정 말아요. 난 엄마 딸이라니까."

"흑!"

누군가를 떠나 보내야 하는 아픔과 누군가를 떠나야 하는 아픔. 이렇게 아플 줄 몰랐다. 이렇게 애달플 줄 몰랐다. 누군가를 떠나야 한다는 이 마음이… 그리고 누군가를 등 뒤에 두고 멀리 떠나야 한다는 이 아픔이……. 돌아와. …죽어도 기다릴 테니…….

Never Ending Story …언제나 그랬듯이.

"나 먼저 탈게."

"왜? 누나랑 같이 들어가."

"아냐, 나 먼저 가 있을게."

하더니 서둘러 출국장으로 들어가 버린 래원. 왜 저런다니? 그래, 한번 떠나봐서 이젠 아쉽지 않다는 거지? 그나저나 우주… 정말 못 보고 가나? 끝까지 모른 체할 셈인가? ㅠ_ㅠ

"이 기집애야—!!"

멀리서 달려오는 내 친구들.

"은혜야! 지현아! 은지야!"

"으어엉! 아직 안 갔구나. 올 때 선물 사 와. 그리고 꼭 돌아온다구 해 줄 거지!!"

"으응, 그럼."

래원이의 행동을 이제 알겠다. 이렇게 눈에 띄는 은혜를 봐버렸다는 거군. 코를 훌쩍이는 은지와 날 얄밉게 쳐다보는 지현이. 모두 내가 사랑하고 아끼는 친구들.

"하아… 하! 아아, 지원아!!"

또 뭐지?

"재영 오빠!! 강우? 은혁이?? 다 왔네. ^-^*"

"정말 가는구나. ㅠ^ㅠ 우리 선물 사 와~ 그리고 재규는……."

"알아요. 나도 내 뒷모습 보여주고 싶지 않으니까. 마지막까지 아프게 하고 싶진 않아요."

"재규가 싫은 게 아니야?"

"나 떠나면… 나 그냥 떠나 버리면 재규 나 기다리면서 혼자 외로워할까 봐요. 외로운 게 슬프다는 거 나도 아니까."

">_< 아하! 역시 우리 제수씨!!"

"얼라? 근데 저거 우주 아냐? 와, 완전 빼다박았다!"

하얀색 모자를 푹 눌러쓰고 걸어오는 사람을 가리키는 강우. 아, 맞다. 우주가 살아 있다고 말해 줘야지. 내가 우주를 못 찾아주더라도 너희가 우주의 마음을 돌려줘.

"지원아ㅡ!!"

공항 안을 가득 메운 익숙한 음성의 메아리.

"우, 우주야ㅡ!!"

나는 감격감격 또 감격을 하고 우주 곁으로 마구 내달렸다. 와준 거야? 우주야, 와준 거니? 바보 같은 나 용서해 주는 거지?

"왔어! 왔어! 안 올 줄 알았어. 고마워, 우주야. 정말… 정말이지……."

나는 왈칵 눈물을 쏟아냈고, 우주는 가만히 웃으면서 날 안아주었다. 오랜만이야, 우주 이불(?).

"허허! 저, 저거… 신우주?!"

어리벙벙한 표정으로 우주와 나를 쳐다보는 여섯 사람.

"찾았어. 내가 우주를 찾고 말았어. 우주가… 살아 있었다구. ㅠ_ㅠ"

"오랜만이네."

"이이이—!! 넌 지금 그런 말이 나와?!"

하면서 우주에게 달려드는 은혁이와 강우. 다들 이렇게 행복해하는데……. 역시 우주는 '천사'였구나. 나중에 우주 사진을 콱 박은 이불 하나를 장만해야겠어. 그럼 우주의 이불 같은 폭신함을 느낄 수 있을 게야.

"지원아!! 비행기 놓치겠다."

연신 눈물을 훔쳐 내는 우리 한국 엄마. 그리고 눈시울이 울긋불긋한 한국 아빠. 그리고 이제부터 나의 떠나는 뒷모습을 지켜봐야 하는 내 소중한 사람들. 돌아서려는데 내 손목을 꽉 붙드는 우주.

"지원아."

"으응??"

"있지."

"우주야! 너 어디 있던 거냐? 이 바보 자식! 연락이라도 해줘야 하는 거 아냐?!"

"^-^; 아하하, 미안."

강우가 우주를 덮쳐 버린다. 난 우주의 손에서 미끄러져 풀려났다. 서둘러 짐을 들고 출국장으로 한 걸음 한 걸음 옮겼다.

"지원아! 잘 다녀와야 돼—!!"

모두들 크게 외친다. 등 뒤에 사랑하는 사람들을 두고 떠나야 하는 이 마음… 겪어본 사람만이 알 테지. 이렇게 떠나는 일이 힘들 줄 몰랐다. 사랑하는 사람들을 등 뒤에 세워둔 채 촤르륵 갈라지는 출국장 문으로 들어섰다.

"지원아!! 좋아해!! 꼭, 꼭 돌아와—!!"
"오오~ 신우주!! 러브러브 한데?!"
촤르륵—
"못 들은 것 같은데 어떡하냐?"

재영이 우주의 어깨를 토닥인다. 하하, 멋진 놈이 되긴 틀렸네. 그래도 내 마음… 언제나 이곳에 있으니까. 난 여기 이곳에 서 있을 테니까……. 강지원, 너 미치도록 사랑해 본 적 있어? 난 있어. 그래서 미쳐 본 적 있어. 저주스럽게 사랑해 본 적 있어? 난 있어. 그래서 누군가를 저주한 적도 있어. 슬프도록 사랑해 본 적 있어? 난 있어. 그래서 무진장 슬펐어. 이젠 돌아올 때까지 기다리는 사랑을 해야겠네. 꼭 기다릴게. 난… 니 마음의 별이니까.

"지원아, 왜 그러니?"

내 발걸음이 멈춰 섰다. 내 귓전을 탕탕 때리는 한마디… 좋아해! 내 몸은 파르르 떨리기 시작했다. 따뜻한 이불 같은 존재… 편안한 엄마 품 같은 존재… 우주는 이미 내게 별이 되어 맺혔다. 누군가 내게 별자리가 뭐냐? 라고 묻는다면… 난 분명히 우주 별자리예요라고 대답할 테지.

* * *

승관이 방.

친구들이 모인 시끌벅적한 방 안에서 혼자서 슬픔을 즐기는 승관이. 책상에 엎드려 창가로 고개를 돌린 승관이.

주룩주룩―

정말 주체 못하도록 흐르는 눈물. 눈앞을 까마득하게 흐리는 눈물.

쉬유웅―

창밖으로 지나가는 비행기. 그토록 사랑하던, 아니, 사랑하는 공주님이 타고 있을 비행기.

에이, 너무 멀리 떠 있잖아. 다가갈 수도 없게 말야. 역시 난 왕자가 될 순 없는 거겠죠.

털썩!

"야! 승관아?! 정신 차려! 승관아!!"

햇빛이 들어오는 따스한 거실 창가에 세워진 테이블에 앉아 따뜻한 커피와 펄럭이는 신문을 들고 여유를 만끽하는 재규.

"강지원, 믿을게, 돌아올 거지."

라고 작게 내뱉으며 목에 있는 목걸이를 매만져 본다.

일곱 번 째 난장이가 간절히 찾는 왕자님… 이젠 찾은 듯싶다.

외로움도 익숙해지고, 쓸쓸함도 익숙해지고, 그리움도 익숙해질 무렵…

"그래서? 그래서 공주님은 어떻게 됐대요?! >_<"

"별들에 파묻혀 행복하게 살았대."

"에이, 그게 뭐야!"
"하늘에 있는 별들이 공주님을 너무 많이 사랑해서… 그래서……."
"어, 아빠 울어요?"
"아니, 얼른 가서 공부해야지~"
"에잉, 공부하기 싫은데. 쳇! 우주 아빠 미워!"

많은 사람들에게 사랑을 받기란 결코 쉽지 않은 일. 그렇지만 그녀에겐 가능했다. 만인의 여인 강지원. 다섯 개의 별이 나뉘어 땅으로 흩어져 내렸다. 사람들은 그랬다, '천사의 눈물'일 거라고…….

—By 크리스탈.

그대 가슴속의 별 —크리스탈

page 1 새하얀 하늘도 감동했어.

그대 가슴속에 나는 별이 되어 맺혔습니다.

꿈꿔오던 파란 바다. 꿈꿔오던 새하얀 파도. 상상만 해도 아찔하던 바닷가.

"…좋아해."

바보라서, 울보라서 좋아한다는 말 따윈 하지도 못했어. 아니, 그런 말을 웃어넘길 정도로 하찮은 존재밖에 되지 않았어. 그래도 사랑했어. 난 항상 뒤에 있어도, 그래도, 그녀를 사랑했어.

차박— 차박—

바다 속으로 내 몸을 숨겨 버리고 싶었어. 발목까지 차 오른 바닷물 덕분에 뼛속까지 아려오는 차가움. 난 왜 이렇게 바보 같은 짓을 택한 걸까? 바다 속으로 들어가면서 수십 번을 되뇌고 되뇌었지만 소용없었어. 답은 없었거든. 난 그저… 그녀의 별이 되고 싶었을 뿐이니까.

"오빠!! 오빠—!!"

저 멀리서 칠칠이의 목소리가 들린다. 아련히 떠오르는 지원이 생각. 정말이지 미칠 노릇이군. 점점 머리까지 차 오른 차가운 바닷물. 벌써 내 몸은 동태마냥 얼어붙은 듯했다. 편안히 파도에 몸을 맡겼다. 엄마, 우리 이제 곧 보겠네. 어디 가지 말고 조금만 기다려 줘. 내가 하늘에 가면 맘 놓고 그녀를 지켜볼 수 있겠지? 부픈 꿈을 안고 그 방법을 택해야 했던 내 마음.

찌르릉— 찌르릉—

자전거를 타고 지나가던 훤칠한 외모의 사내.

"별아!! 왜 그래!!"

바닷가에서 오들오들 떨며 안절부절못하는 한별을 발견한 유건.

"하아… 하! 우주 오빠… 우주 오빠!!"

끊임없이 펼쳐진 바다를 가리키는 한별. 건이는 한별의 가리킴을 따라 무작정 바다 속으로 뛰어들어 갔다.

조금씩 보인다. 깜깜한 바다 가운데 반짝임이 보인다. 그 반짝임은 매우 고귀하고 밝아서 금방 다가갈 순 없었다. 이내 그 빛의 주인공이 사람인 것을 깨닫고 건이는 힘껏 헤엄쳐 우주를 안았다.

"이봐요!! 정신 차려요!!"

일단 백사장으로 우주를 데리고 나온 건이. 우주의 두 볼을 사정없이 내려치며 인공 호흡을 하는 건이. 그러자 물을 토해내는 우주.

"이봐요!! 정신이 들어요?!"

가늘게 눈을 뜨는 우주. 물 속에서 나옴을 알아차리고 다시 벌떡 일어난다.

"허억!"

숨통을 죄어오는 고통. 심장이 오그라드는 듯한 아픔. 우주는 숨을 헐떡이면서 왼쪽 가슴을 부여잡고 다시 바다로 뛰어들어 간다.

"오빠―!!"

"이봐요!! 당신 미쳤어요?! 지금 그 상태로 어딜 뛰어들어 가요―!!"

유건의 말림에 우주는 제자리걸음만 한다. 마음은 이미 바다 속… 저 깊고 깊은 곳에 있다.

"허억! 으윽… 놔!! 당신이 뭐야!! 뭘 알아!! 이 방법이… 이 방법만이 행복해지는 길인데 당신이 뭘 안다는… 으윽!"

퍼억!

유건이 우주의 얼굴을 내려치고,

"당신의 죽음을 앞에 두고 아무것도 하지 말아야 하는 우리는 생각 안 해?!"

쏴아― 쏴아―

파도 소리만 귓전을 탕탕 때린다. 넘어진 우주는 몸을 웅크린 채, 가슴을 부여잡고 숨을 몰아쉰다. 그리곤 힘없이 눈을 감아버린다.

철퍽!

삐― 뽀― 삐― 뽀―

"오빠!! 흑! 오빠!! 우주 오빠―!!"

빠르게 병원을 향해 달리는 엠뷸런스 안에서,

"쿨럭쿨럭! 으윽… 하악! 하… 아악—!!!"
엠뷸런스 안을 새빨간 피로 물들이기 시작하는 우주. 계속해서 피를 토해내며 심장의 고통을 호소한다. 그리고 간간이 지원을 부른다.
"오빠!! 죽으면 안 돼. 흐윽! 우주 오빠!! 죽지 말아요!!"
덜커덩— 덜커덩—

응급실.
진통제를 맞은 뒤, 잠이 들어버린 우주.
"이 사람, 별이 니가 아는 사람이야?"
"우주 오빠 서울에서 올라왔어. 근데 천사야. 킥!"
한별은 한없이 눈물을 흘리며 피식 웃음을 흘린다.
"무슨 소리야?"
"하아… 이 오빠 유전성 심장병이래. 이식자를 찾고 있는데 도중에 여기로 내려와 버린 거야."
"뭐?"
"이식자를 찾아야 해."

일주일 후.
빠른 회복을 하는 우주. 그새 건이도 우주와 친해졌다. 그동안의 우주는 참 많이 죽는 방법을 택했다. 날카로운 물건으로 손목을 긋거나, 밥을 안 먹어 영양 실조로 쓰러지거나, 수면제를 먹으려 한다거나, 창문 밖을 보다 뛰어내리려 한다거나… 죽는 방법이 수없이 많은 대신, 우주… 그가 모르는 행복해지는 방법도 수없이 많았다.

"오빠, 제발 그만 해요! 오빠가 좋아한다던 그 사람의 행복을 바란다면 제발 죽으려 하지 말아요! 오빠가 죽었다는 소식에 슬퍼할 그 언니를 생각해 봐요!"

"맞아, 우주야. 지금 이식자들 검사 중이라니까."

"그러게 왜!! 그때 나를 죽게 내버려 뒀음 나도 안 힘들고, 너네도 안 힘들잖아!! 여기까지 데려온 게 누군데!! 누군데!! 니들이 알아?! 밤마다 가슴을 죄어오는 뼈저린 고통을 알아?! 나 하나쯤 죽는다고 니들한테 해 되는 거 하나 없는데!! 그때 놔뒀더라면 이렇게 죽기 위해 발악도 안 했을 테고, 고통없이 편안해질 수도 있었어!!"

쨍그랑!

링거 바늘을 빼서 병실 구석으로 던져 버리는 우주. 외투를 입고 병실을 뛰쳐나간다.

"오빠!! 우주 오빠—!!"

지금… 지금 지원이는 어떨까? 내가 죽었다는 소식에 어떨까? 하아… 너무 보고 싶다. 나… 꼭 해줘야 하는 말도, 해주고 싶은 말도 너무 많은데……. 정말이지, 너무 보고 싶다.

page 2. 천사의 가슴 아픈 사랑에…….

너… 누구 사랑해 본 적 있어?

"우주 오빠!! 우주 오빠!!"

"우주야!! 신우주—!!"

이 골목 저 골목을 후비며 벌써 몇 시간째 우주를 찾아 헤매는 한별과 유건.

"난 다른 골목을 돌아볼 테니까 넌 이쪽 계속 돌아. 알았지?"

건은 그렇게 말하고 반 대편으로 바삐 뛰어갔다.

"후우……."

몸은 지칠 대로 지쳐 가고, 시간은 흘러갈 대로 흘러가고.

"흐읍……."

흐느낌. 익숙한 음성. 감싸주고 싶은 목소리.

"우주 오빠—!!"

왼쪽으로 돌아보니 골목 어귀에 주저앉아 가슴을 움켜쥔 채 눈물을 뚝뚝 흘리는 우주의 모습이 보였다. 한 손으로 입을 꽉 틀어막고 있었다.

"오빠!! 오빠, 어디 아파요?! 왜 그래요? 오빠!!"

"놔—!!"

"오빠!!"

"제발 날 좀 내버려 둬!! 귀찮게 하지 말란 말야—!! 뭘 원해, 뭘!! 내가 널 좋아해 줄까? 그러면 나 내버려 둘래? 내가 죽어버리든 뭘 하든……."

짜악!!

한별이 우주의 빰을 때렸다.

"바보!! 오빠, 오빠도 사람 마음 가지고 장난치는 사람이었어요?! 내 마음은 갈기갈기 찢어져도 좋다 이거예요?! 오빠 때문에 힘들어할 난 생각 안 해줘요?! 오빠 마음 나한테 안 돌아서도 좋아!! 오빠가 나한테 다정하게 안 웃어줘도 좋아!! 세상에 존재해 주는 것만으로도 얼마나 행복한지 알아?!"
놀란 우주는 한별에게 맞은 오른쪽 뺨을 어루만진다.

이 아이의 마음을 난 잘 알고 있다. 지금… 내가 겪고 있으니까. 내가… 내가 다 해본 일이니까. 나 같은 사람이 없길 바랬다. 나처럼 아픈 사랑하는 사람이 없기를 간절히 바라고… 또 바랬다. 그런데 여기… 나 같은 녀석이 또 있다. 안타깝게도, 슬프게도, 나와 같은 아이가… 내 옆에 또 있다. 정말 슬픈 일. 나와 같은 마음을 지니고 있는 아이. 정말 많이 가슴이 아픈 일. 난 나와 같은 사람이 생기지 않길 간절히 바랬는데.

손등으로 눈물을 훔쳐 내며 우주 앞에 꿋꿋하게 서 있는 한별. 우주는 아무 말 없이 일어나 한별은 살포시 안아준다.
"너 사랑해 봤어? 너 정말 미치도록 사랑하는 게 뭔 줄 알아? 내가 해 봐서 아는데… 그저 진짜 힘든 거야. 그러니까 그 딴 거 넌 하지 마. 넌 그런 슬픈 거 하지 마. 그 슬픈 거 안 해도 뭐라고 그럴 사람 없으니까."
하염없이 눈물을 글썽이는 우주. 지금 이 아이를 또 하나의 자신을 보는 듯 너무나 따스히 보듬어주고 있다. 더 이상 또 다른 희생자는 싫다.

다음 날.
"오빠오빠!! 이식자 찾았대요!! 와아, 다행이다!! 오늘 당장 입원해요!! 그리고 내일 수술하면 된대요. 금방 나을 수 있대요!"
"시끄러."
우주는 한별을 발로 차버렸다.

"오빠, 이것두 필요한가요??"

한별은 가방에 이것저것 주워담으며 즐거운 듯 콧노래를 부른다.

"니가 왜 신나? 수술은 내가 받고 입원도 내가 하는데. 그리고 이 짐은 또 뭐야? 난 짐 이렇게 안 많아. 설마……."

"헤헤~ 나도 가요."

"에엑!! 니가 왜 가! 니가 왜!!"

"천사를 지키라는 어명을 받았거든요."

"내가 천사인 건 어떻게 알았니!! 그래, 앞으로 날 도와줘!! 이럴 줄 알았냐?! 니가 왜 가!! 넌 여기 처박혀 살아! 제발~ 제발~ 내 눈에 보이지만 말아달라고!!"

"ㅠ.ㅠ 내가 그렇게 싫어요?"

"……."

서울로 가는 버스 안.

"오빠, 오징어 먹을래요? 우리 할머니가 싸줬는데."

"치워. 구린내 나. 근데 왜 네놈까지 따라붙었어ㅡ!!"

크게 고함치는 우주. 우주 바로 옆에 타고 있는 건이.

"야야, 이식자 찾아서 진짜 다행이다~ 오랜만에 서울 가니까 진짜 설렌다!!"

유건도 서울에서 내려온 아이.

"왜 니들 둘을 내가 떠맡아야 하는 거야!"

"무슨 소리예요! 오빠 병원 가면 우리가 뒤치다꺼리 해줘야 되는데ㅡ!!

고마운 줄 알라구요!! 유건, 너 쥐포 먹을래?"
"너 왜 재보고 오빠라며 나한텐 유건이래??"
그래도 쥐포는 받아 든다. -_-;
"정말… 유치한 뽕짝들이야."
피식피식 웃으면서도 조금은 편안해 보이는 웃음을 짓는 우주. 서울 가면… 녀석들이 걱정이다. 마주칠지도 모르는데……. 그래서 머리 색깔도 바꿨지만, 그렇다고 얼굴이 변하는 건 아니지.
"와우! 서울이다! 오랜만이야~"
짝짜꿍으로 즐거워하는 한별과 건.
"정말이지, 너네 둘 너무 싫다고. 휴…….."
우주는 엄마가 아빠 몰래 남겨놓은 오피스텔로 들어갔다.
"어머! 방이 세 개군요!! 역시 우리가 따라오길 잘했어!"
한별은 즐거운 듯 화장실 옆 방에 짐을 풀기 시작하고, 건은 소파 위에 몸을 던져 어느새 리모콘을 삐빅거린다.
"전세 냈냐, 임마들아!!"

병원.
"내일 오전 10시에 수술 들어갑니다. 그리고 이식 수술이 성공해도 앞으로 꾸준히 치료받으셔야 합니다."
"그럼요!! ^O^"
우주 대신 밝게 소리치는 한별.
"오빠, 얼른 가요. 건이가 밥 해놓는데요. 카레카레! 얼른 가요!!"
엔젤로스 카페 앞을 지나치는 우주. 아직 간판은 꺼져 있었다. 우주는 주머니에 있는 카페 열쇠를 만지작거리다가 카페 안으로 **빠르게 뛰어들어** 간다.

"오빠!!"

하나도 변한 게 없는 카페. 반가운 키보드. 마구잡이로 쌓여 있는 악보들.

"하하, 다들 아무것도 변한 게 없잖아."

"하아… 오빠!! 빨리 나와요! 남의 카페에 막 들어가면……."

우주는 무대 앞으로 걸어가 키보드를 섬세한 손길로 만져 본다. 그리고 어느새 눈물 한두 방울이 손등 위로 떨어진다.

"오빠."

"내가 말하지 않았나? 서울 있을 때, 우리 밴드 있었다고. 카페에서 노래도 했다고. 이래 봬도 세명고 베스트 킹카였는데. ㅋㅋㅋ"

서글픈 음악 소리. 우주는 들어보지 못한 멜로디를 치고 있었다.

"왠지 이상하다. 항상 녀석들이랑 연주했는데… 혼자란 기분. 맞아, 이런 거야. 이런 게… 혼자란 느낌이야."

"오빠."

"돌릴 수도 없잖아. 이제 와서 뭘 어떻게 해. 차라리… 그대들의 별이 되어줄게요. 잊혀지겠죠, 차츰… 추억 속에 묻어두세요. 난… 과거이니까."

"……."

한별은 가만히 우주의 감미로운 목소리를 감상했다. 우주는 대화하고 있었다, 보이지 않는 그녀와…….

오피스텔.

"야아, 왜 이렇게 늦었어!! 제길, 카레 다 식어버렸다구!!"

건은 우주에게 매달리며 눈물을 휘날린다. -_-;

"무거워. 근데 너 말이지, 이게… 음식이냐—!! 개밥이지!!"

냄새는 그럴 듯했으나 형태는 사람이 먹는 음식이라 할 수 없었다. =_=

"미, 미워!! 기껏 만들어놓고 기다리니까 안 오고… 음식도 다 식어버리고… 내 마음도 다 식어버리고. ㅠㅠ"

이 녀석을 보고 있으면 강우 생각이 난다. ㅋㅋㅋ 잘 삐치고, 잘 웃고, 땡깡도 피우고……. 가끔 지겹지만 그래도 날 많이 아껴주던 놈이니까. ㅋㅋㅋ

"오빠, 옷 몇 가지 챙겨 올게요."

병원에 입원하려고 옷가지들을 챙겨 또다시 집을 나선 우주.

"건뚱깨, 집 잘 지켜."

"왈왈!"

건을 집에 혼자 두고 한별과 다시 병원에 도착했다.

"무슨 일 있으면 저 초록 버튼을 누르세요. 편히 쉬시구요, 안정 취하셔야 해요. 내일 컨디션 좋아지면 수술도 성공할 테구, 회복도 빠를 테니까. ^^"

간호사가 이것저것을 일러주고 병실을 나갔다.

내 심장이 아닌 다른 사람의 심장으로 살 수 있을까? 다른 사람의 심장으로도 지원이를 사랑할 수 있을까? 지원이를 그리워할 수 있을까? 내 심장이 아닌 다른 사람의 심장으로 사는 난… 신우주가 죽은 거나 마찬가지 아닐까?

page 3 …모두 눈물을 지었다.

하하! 그래, 난 죽은 놈이지. 다른 사람의 심장으로 사는 건… 죽는 것보다 더 슬픈 게 아닐는지……. 지금이라도 당장 병원을 뛰쳐나가고만 싶다. 죽어도 좋으니까. 그녀를 사랑하는 마음만큼은 죽어도 간직하고 싶으니까…….

침대 옆 서랍에 챙겨온 옷가지들을 챙겨 넣는 한별.

"^0^ 오빠오빠! 있잖아요, 오빠 수술 잘되구 나면 우리 놀러가요!! 놀이동산도 가고, 여기저기~"

"성공한다면이지."

우주는 침대 난간을 톡톡 치며 간을 졸인다.

"성공할 수 있다잖아요."

"의사가 무슨 예언자냐?"

"왜 그렇게 토를 달아요!! 빨리 환자복으로 갈아입어요!"

환자복을 우주에게 냅다 던져 버리는 한별. 우주는 환자복을 두 손에 쥔 채 가만히 한별을 쳐다본다. 한별의 얼굴은 익은 문어처럼 빨개지고,

"왜, 왜 그래요! -////-"

"니가 나가야 갈아입지. -_-+"

"ㅇㅇㅇ"

다음 날.

"우주야!! 이겨낼 수 있을 거야!! 성공할 거야!! 걱정 말고 수술 잘하구 와—!! ㅠ.ㅠ"

"오빠아, 수술 꼭 잘하고 나와요~"

"……."

우주는 아무런 대꾸가 없다.

혹시 저 수술실에 들어갔다 나오면 나… 다른 사람이 되어 있진 않을까? 다른 사람의 심장으로 갈아끼웠으니까. 눈에 보이는 것까지… 생각하는 것까지… 느끼는 모든 게 다른 사람이 되어 있으면 어떡해. 미칠 듯이 아프더라도… 영원히 그녀를 내 마음에 담아두고 싶은걸.

수술실 안.

"마취 들어갑니다."

몸에 쏴한 기운이 퍼지고 점점 눈이 감겨온다.

한없이 곱고 고운 우주. 새하얀 얼굴이 더 창백해 보인다. 가만히 누워 꿈을 꾸고 있는 소년. 도대체 어떤 꿈을 꾸고 있나요? 그대는 누구를 그렇게도 그리워하나요?

덜컥—

몇 시간 만에야 수술실 문이 활짝 열렸다.

"선생님—!!"

다급히 의사에게 달려가는 한별과 유건.

"성공입니다. 앞으로 꾸준히 치료받으시면 완쾌될 겁니다."

의사조차 기뻐하는 수술. 어쩌면 우주의 이식자를 찾은 것도, 수술이 성공한 것도, 모두 '천사'이기에 누릴 수 있는 '특권'은 아닐는지.

한참 후, 회복실에서 나와 병실로 옮겨지는 우주. 우주의 손을 잡고 감격의 울음을 터뜨리는 한별.

"우앙~ 오빠!! 우주 오빠!! 정신 들어요?? 수술 성공했대요~ 이제부터 치료만 잘 받으면 깨끗이 낫는데요. 으엉—!!"

"헛!! 괴물딱지."

우주는 눈을 뜨고 한별이가 잡은 손을 휙 빼버린다.

"ㅠ.ㅠ 잘됐어, 우주야. 너 수술 잘되어서 정말 다행이야! 내가 카레 만들어줄 테니까 빨리 나아!!"

"날 다시 수술실로 들여보내 줘. 정말 시끄러워. 야, 유건."

"엉?"

"나 신우주 맞냐?"

"헉! 바보냐?? 니가 신우주지, 신지구냐!"

"그러게. 나도 지구로 변해 있을까 봐 두려웠다."

"무슨 소리야?"

우주는 고개를 돌려 말하기 시작한다.

"얼굴도 모르는 사람의 심장이잖아. 다른 사람의 심장으로도 열렬히 그녀를 사랑할 수 있을까? 내 심장은 정말 누구보다 더 뜨거웠거든. 킥! 정말이야. 수술실을 나설 때쯤 어처구니없게 다른 놈으로 변해 있을까 봐 두려웠다구."

"에엑? 바보! 그 딴 쓸데없는 고민을 했단 말야?!"

"쓸데없지 않아!!"

"에이! 그렇치만 내가 보기엔 전혀 쓸데없는걸? 넌 심장으로 사랑하냐? 마음으로 사랑하지. 난 사랑 따위 안 해봐서 모르지만, 심장 같은 건 없어도 마음으로 충분히 사랑할 수 있을 것 같아."

유건은 자신도 의문스러운 표정으로 머리를 긁적인다. 어.째.서—!! 와이? 이 자식은 언제나 생각없이 말을 하는 데도 멋지냐? ㅡ_ㅡ 이럴 땐 강우 녀석과 전혀 다르다고 느끼지만 어쨌든 강우 녀석과 매우 흡사한 이 녀석.

"오, 멋진데~ 웬일로 니가 그런 말을 하니? 어머~ 하루아침에 변하는 게 사람이라더니, 딱 맞네!!"

한별이 유건을 신기한 듯 쳐다보며 말하자 갑자기 울컥하는 표정의 유건이 한별을 죽일 듯이 노려본다. -0- 이렇게 해서~ 한숨 돌린 건가?

꿈에서 이상한 것을 봤다. 허리까지 오는 금발에 새하얀 날개를 등 뒤에 접어놓고 녹색 빛 눈동자, 새하얀 피부, 가녀린 몸매, 그리고 나를 보며 싱긋 웃으며 손을 내미는 여자.

'누구세요? 참 특이하시군요.'

'널 데리러 왔어.'

'날? 댁이 누군데?'

'천사를 보호하는 일종의 여신이라고나 할까? 넌 내가 꼭 지켜야 하는 유일한 마지막 천사니까.'

아하하… 아하하… 이젠 나까지 유치해진단 말이냐!! 요즘 들어 유치한 것들(별, 건)과 지내다 보니 나 또한 유치한 꿈을 꿔버린 걸까?

'에에? 천사? 너 장난하니?'

'뭐, 좋아. 지계에 더 있고 싶다면 인심 좋은 내가 허락하겠어. 단 너의 사랑하는 그녀가 행복해질 때까지야.'

'인심 쓰는 척하지 마!! 웬 개뼉다구 같은…….'

유치찬란하고 촌스러운 만화에나 나올 법한 말을 주절거리더니 샤르르 사라져 버린 이상한 여자. 하아… 정신 검사를 해볼까? 아님, 수술 후 유증인가?

퇴원하는 날.

"오빠, 이젠 안 아픈 거지?"

"엉."

"오빠! 이제 안 아픈 거지!!"

"죽일……."

"와아~ 오빠! 그럼 이제 치료만 잘 받으면 나랑 결혼할 수 있겠네?"

"나가!! 기집애가 못하는 말이 없어?! 아주그냥!!"

집으로 가는 길.

"하아암~ 어젯밤을 꼴딱 새웠어."

유건이가 기지개를 쭈욱 켜다가 한별의 뒤통수를 정통으로 가격한다. 헉!

"아악—!! 너 일부러 그랬지!!"

"아냐!! 실수야, 실수. 팔이 쭉 미끄러진 걸 어쩌냐?!"
퍼억! 읍스!
유건의 복부를 발로 걷어차는 한별.
"으악!! 기, 기집애가 힘만 드럽게… 허억!"
"시끄럽게 굴지 말고 빨랑 쫓아와. 안 그럼 밥 안 준다."
어쩐지 신경 쓰인다. 그 이상한 여자의 말. 그녀가 행복해질 때까지… 사랑하는 그녀… 그녀… 사랑하는… 그녀… 지원이?? 흐음, 이름을 말한 것도 아니니까 개꿈을 꾼 거겠지? 움허허! 그렇겠지. 무엇보다 정신적으로 이상한 놈 취급받기 싫어!!

오피스텔.
"꺄아! 얼마 만에 와보는 집이뇨!!"
한별은 들어서자마자 청소기를 윙윙 돌린다.
"야, 시끄러워! TV를 못 보잖아!!"
"그럼 청소나 도와!! 집에 오자마자 또 TV냐! 지겹다, 지겨워! 우주 오빠 반만 닮아봐라!!"
"내가 어디가 어떠냐?! 인물이 너처럼 못났길 하냐, 너처럼 성격이 드럽기를 하냐?"
"성격이 드럽잖아."
"야! 니가 반말하는데도 다 받아주잖냐! 그리고 뭐 내 몸매가 빠지냐?"
"하긴 넌 개밥도 잘 만들지."
"한별, 너 죽어!!"

하아… 저 녀석들 너무 피곤해. 날 챙겨주던 은혁이가… 보고 싶지 않다. 쳇! 하아… 무지무지 보고 싶어. 여기선 내가 밥 하고, 빨래하고, 주부습진까지 걸렸단 말야. 은혁이랑 살 땐, 살림 따윈 모두 은혁이 몫이었구먼. -,.-+ 어쩐지 평화로워졌다고 생각한 내가 얼간이처럼 느껴지는 순간이군. 흐음.

page 4 날아갈 수 있게, 천사에게 기회를.

후우… 내일부터 치료하러 다녀야 되는데 애들 만나면 어떡하지? 뭐, 최대한 수그리고 다녀야지. 그리고 그 애들(우주 추종자)이 날 보면 더 큰일이야. ㅜㅜ

"아니라니까! 아니야! 아니야! 아니야!!"

"맞아맞아맞아! 맞다고!! 야채부터 넣어야 돼! 안 그럼 안 된다니까?!"

"아냐아냐아냐!!"

"맞아맞아맞아!!"

벌컥!!

피곤한 몸을 쉬게 해주고 싶었는데 또 뭔 소란이냐구!! ㅠ^ㅠ 끄응~

"뭐야! 왜 그러는 건데!!"

"우주 오빠!! 여기서 이것부터 넣어야 되는데, 얘가 야채부터 넣는 거래!"

그렇다. 둘은 한창 요리 중이다. 나를 위해서라나? 흥, 웃기지 말아라. 지금 이게 나한테 밥 하란 소리밖에 더 되냐?! -0-^

"저리 비켜! 내가 할… 끄악—!!"

"^-^; 아하하하."

슬금슬금 피하기 시작하는 한별, 건.

"산 지 3일밖에 안 된 냄비를 태워먹으면 어떡하자는 거냐!! 너네 때문에 살림 다 거덜나잖아! 아아아아! 정말!! 너네가 돈을 벌어주냐, 뭐 하냐?! 얹혀 사는 주제에 기물 파손만 하냐?!"

"ㅠ_ㅠ 그렇지만 우리는 널 위해서."

순정만화 버전으로 애처롭게 용서를 구해보는 유건이지만 우리의 우주. -_-

"가녀린 척해도 소용없어!!"

"쳇! 치사해."

"뭐가 치사한데!!"

저녁 식사 中.

"잘 먹겠습니다!"

결국은 퇴원한 기념으로 밥 해준다. 그래서 얻어먹으려다 결국 오늘도 나다. -_-^ 뭐 하나 도움되는 게 있어야 데리고 사는 재미가 있지, 정말!!

"와, 이거 진짜 맛있다!!"

"-_- 그건 별로야. 맛없어. 이게 더 맛나."

"그게 더 요상한 맛이야!!"

"그게 더 괴상해!!"

모두 내가 한 반찬이다. 저거 칭찬이니, 욕이니? -_-+

"끄아! 맛있었다! 야, 오늘 설거지 당번 누구야!!"
"너잖아!"
"어라? 얘 보게? 난 어제까지 쭈욱~ 했다고!"
"그럼 방금 퇴원한 우주 오빠 시키리?"
"그럼 니가 해!"
"넌 남자잖아! 니가 해! 난 우주 오빠 간호했다구!"
"허? 그러는 난!! 너 우주 병원에 있을 때, 살림은 누가 했는데!!"
꽉 쥐어박고 싶어진다. -_-+
"그래, 내가 하마. -_-^"
결국은 설거지마저 내 몫이다. 아아, 은혁이한테 찾아가서 무덤에서 다시 살아났다고 할까? 아니면 장난이었다고 할까? 아아아……. ㅠ^ㅠ

다음날.
"오빠~ 일어나~"
"아아, 나 피곤하다고. ㅠoㅠ"
"오빠아~ 오늘 병원 가야 돼!!"
"아아악!! 제발 날 좀……."
결국 끌려나오는 우주.
"이거 놓으라구!! 이 요괴!! 힘만 드럽게 세!! 무슨 여자애가!"
"흥, 어서 옷이나 갈아입어."
"아… 쉬고 싶다구."
1층으로 내려가니,
빵빵!

"얼른 타! 꺄우!! 우주야, 이 차 진짜 좋다! ㅇ_ㅇ!!"

"ㅇㅇㅇ 자동차 키 어디서 났어!"

"어?? 으응, 니 츄리닝 바지 주머니에 버려져 있더라구. 그래서 내가 주웠어."

"ㅠ_ㅠ 그게 버려진 거냐구."

결국 나는 꼼짝없이 뒷자리에 한별과 붙어 앉아야만 했다. 이 기집애가 도통 놔주질 않는다. ㅠㅁㅠ

병원.

끼익!

"다 왔습니다요."

"오빠, 내려요!"

차를 타고 다닌다면야 뭐, 애들 만날 위험은 없군.

"하루밖에 안 지났는데 벌써 얼굴에 생기가 도는군요."

당신, 이게 생기가 넘쳐 보이냐? 주사를 세 대나 맞고 약간의 검사를 했다.

"어머~ 되게 말랐다~ >_<"

검사 때문에 상의를 벗어야 하는데 자꾸만 간호사들이 여기저기를 문질러 댄다. 나참. -_-^

"아하, 괜찮아지고 있어요. 으음, 장기도 우주 군 신체에 적응하고 있으니까 걱정하지 마시구요. 일주일만 더 다니시면 되겠네요. 접수처에서 처방전 받아가시구, 약 꼭 챙겨 드세요!"

"네에!"

오늘도 한별의 밝고 밝은 대답. 하아… 정말 어딜 가든 피곤하군.

엔젤로스 카페 쪽에 있는 약국에 갔다. 병원에서 가장 가까운 약국이다. 2층 약국이라 전망도 좋다.
"잠시만 기다리세요. ^^"
약국 창가 의자에 앉아 밖을 내다보는데 익숙한 모습이 보인다. 내가 아끼는 친구들. 이 시간이면 학교에 있어야… 아하! 일요일이구나. 마구 날뛰는 강우가 보인다. 그러더니 우르르르 약국으로 들어오는 게 아니냐!! 아아, 어떡하지? 화, 화장실! 나는 서둘러 화장실로 뛰어들어 갔다. 또 웅성거림이 화장실 쪽으로 다가온다. 다가오고 있다아. ㅠ^ㅠ 나는 세 번째 칸에 들어갔다.
"야, 너 그나저나 어쩔 거야? 지원이 놔둘 거야?"
"헤어지고 싶다는데 헤어져 줘야지."
어라? ㅇ_ㅇ
"야, 그렇게 해서 해결될 일이 아니잖아!"
"그럼 어떻게 해야 되는데?"
재영이 형과 재규의 목소리. 누구랑 누가… 헤어져?
"일본으로 간다잖아! 일본!! 바보니? 얼굴도 못 봐!!"
"뭐?!"
"일본 간대."
"왜?!"
"몰라! 모르지!! 어떻게 알아!!"
"미친놈아!! 빨리 말했어야지!! 그걸 왜 네놈이 알고 있는 거야!!"

타다닥—

재규의 외침이 화장실에 메아리치고,

"나도 어제 알았구만. 야, 은재규!! 같이 가!!"

그러나저러나 무슨 소리야? 헤어지다니? 일본으로 가다니? 누가? 지원이가??

"어이~ 어이~ 신우주, 너 어디 있어?!"

유건의 목소리.

스르륵— 탁!

나는 화장실 바닥에 주저앉아 버렸다.

"얼랄라? 우주야, 너 왜 그래? 어? 엉? 어디 아파?!"

"…아무것도 아냐."

집으로 가는 길.

"어우, 벌써 시간이 이렇게 됐네. 오빠, 집에 가서 약 먹구 푹 쉬어. 오늘 내가 요리를 배웠거든? 집에 가서 해줄게~"

"……"

무슨 얘길까? 헤어지다니… 누구랑 누가? 일본으로 간다니… 누가?

그날 밤.

'신우주, 너에겐 시간이 없다.'

'뭐야?' 어라? 당신은… 저번에 봤던 유치찬란한…….'

'그녀가 행복해질 시간은 긴 듯하지만 짧다. 그녀가 행복해지면 넌 나와 같이 돌아가야만 해.'

'아악! 이 아줌마가 진짜!! 무슨 소리를 하는 건데!!'

'시간의 흐름은 곧 너에게 달렸다.'

허억… 헉!

또 이상한 꿈… 아니, 유치한 꿈. =_=

"뭐야? 뭐냐구."

다음날.

"꺄아―!! ㅠㅇㅠ!!"

"하아, 또 뭐야?"

졸린 눈을 비비며 비명 소리가 나는 화장실로 갔을 때… 정말 베란다 밖으로 내던지고 싶었다.

"아하하."

"ㅠㅇㅠ"

변기통에 보이는 내 자동차 키.

"뭐야아―!!"

"ㅠㅇㅠ 미안해. 미안, 오빠. 있지, 유건이가 글쎄."

"내, 내가 그랬어?! 니, 니가 거기서 소리만 안 질렀음……."

"자자, 다들 설명해 보시지."

"ㅠ^ㅠ 얘랑 나랑 싸우다가 그만……."

"화장실에서 옷 갈아입다가 주머니에 차 키가 있길래 꺼내서 제자리에 두려고 하는데 한별이 갑자기 소리를 꽥 지르잖아!!"

"꺼내."

"ㅠ_ㅠ"

"벽장에 고무장갑 있다."

변기통 위 벽장으로 손을 뻗으며 버둥버둥거리다가 그만… 촤르르르륵! 시원스레 잘도 내려가는 변기.

"ㅇㅇㅇ—!!"

"으아아아—!!"

병원 가는 길.

터벅터벅—

결국은 걸어간다. 유건은 따라와 봤자 일만 생길 것 같아서 집에 두고.

병원.

"와아~ 빠른 속도로 회복되고 있네요. 요즘 활기 차게 지내시나 보네요."

하핫, 활기 차죠. 그럼요, 그렇구말구요.

약국.

"와아, 그럼 오빠 다 나은 거나 마찬가지네!! 우리 빨리 놀러갔음 좋겠다!"

"자동차 키도 없이 뭘 타구?"

"아! 약 나왔어!"

지이잉—

자동문이 갈라지고 한별이 내게 팔짱을 낀다.

"왜 이래? 놔."

"아이이, 추운데!!"

툭!

"아, 죄송해요!!"

"괜찮아요."

나와 부딪친 여자. 익숙한 교복을 입고 있는데?

"야, 정말로 부탁하는데 이 팔짱 빼면 안 되냐?"

"^ㅇ^ 아아~ 오늘 하루만. 오빠, 오늘 우리 뭐 먹구 들어갈까?"

"됐어."

그렇게 뒤를 돌아서는데,

"저기요!!"

"네??"

"신우주!!"

젠장, 안 마주칠 줄 알았는데. 이 시간에 여기 있을 리가 없는데… 휴일도 아니고. 지원이… 강지원… 보고 싶던… 그렇게도 그리던…….

"누구세요? 오빠, 혹시 이 사람 알아?"

"아니, 모르겠는데?"

모른 척했다. 지원이에겐 그게 더 나을 거다. 난 짐이 되고 싶지 않다.

"저기 사람 잘못 보셨……."

"우주야! 너 우주지! 그치! 나야, 나! 지원이!! 강지원!!"

하하, 나 흔들리게 하지 마. 지원아, 그냥 돌아서게 냅둬.

"미안합니다. 전 모르겠네요. 다른 분으로 착각하신 건……."

후훗, 나의 순발력이란. -_-v

"오빤 당신 모른다잖아요? 정말."

"죄, 죄송합니다."

뚜벅뚜벅—

미안, 지원아. 언젠가 우리 다시 만나게 되겠지.

"오빠? 오빠, 왜 그래? o_o"

"어? 어, 아무것도……."

"저 사람 맞지? 오빠가 사랑한다던 사람… 강지원."

"이쁘냐?"

"……."

 page 5...맹세코 그녀를 지켜줄 것입니다.

집으로 가는 길.

툭툭!

아까부터 아무 말 없는 한별의 옆구리를 팔꿈치로 툭툭 찔러보았지만 무슨 영문인지 도통 입을 열지 않는다.

"야, 너 왜 그래? 너 그렇게 주둥아리 꾹 다물고 있음 입에서 발냄새 나. 그럼 너 영덕으로 던져 버릴 거야!"

"……."

뭐냐고! 사람 무안하게. 왜 내가 이딴 것까지 신경 써야 하는 거지? 역시 이 약국으로 다니지 말아야 할까 봐. 그래, 오피스텔 앞 약국으로 옮기자. 그게 더 편할 테지.

일주일 후.

"하아······. -_-"

평화로운 아침. 오늘은 병원이 쉬는 날. 꺄아! 행복이야. 그럼 늦잠을 자볼까?.

"오빠아!! 우리 오늘 병원도 안 가니까 집에서 맛난 거 해먹자!! 마트 가자, 마트!! 이번에 세일한대! 대박 세일!!"

으윽! 아줌마 정신이 몸에 밴 애늙은이 같으니라구.

끼이—

"꺄아!! 날씨 좋다! 그치?!"

"-_- 추워."

"^o^ 세일~ 세일~ 즐거운 날의 세일~ 요후요후~ 세일~"

"내게 평화란 없는 것이뇨?"

오피스텔 앞 벤치에 앉아 이어폰을 척 꽂고 평화로운 표정의 유건. 젠장! 무진장 부럽다. 평화란 저 녀석보다 내게 더 필요한 것이란 말이다!! ㅠ^ㅠ

"어라?! 둘이 어디 가?!"

"어, 마트 가~ 오늘 대박 세일해! 일주일 동안 미뤄뒀던 쇼핑, 오늘 다 해야지! 꺄우!"

"야야, 우주야. 이 노래 진짜 좋다!"

"하아··· 또 뭔데."

"으응. 이거, 정품 CD 같진 않고 복사해 놓은 CD 같더라. 가수도, 노래도 처음 들어보는 거야. 이거, 누구야?? 응응?? 엔젤로스? 와··· 이놈들 노래는 잘하는데? 처음 들어봤어~"

"그거? 내 노래올시다."

건 이 녀석이 듣고 있던 노래는 내가 작사, 작곡한 노래. 날카로운 녀석, 구석에 처박아 뒀던 걸 또 언제 찾았지?!

"얼른 가~"

한별의 괴력에 마트까지 쫓아갔다. 사람들이 버글버글. 번화가에서 많이 떨어진 오피스텔이라 다행이지.

1시간 후.

"끄아!! 야!! 제정신이냐?! 차도 없는데 무슨 수로 이걸 다 들어!"

"남자는 짐 들라고 있는 거야!"

그렇지만 이건 해도해도 넘하다구. 수북이 쌓인 봉투들을 내게 넘기는 한별. 뭘 믿고 이리 많이 사냐구! 겨우겨우 끙끙대며 집 앞에 도달했을 때,

"어? 건아, 누구야?"

"어어? 별이 니 친구 아냐?"

"난 친구 없어. 서울엔 친구 없는 거 알면서. 어라?"

지원이가 건이 녀석 옆에 서 있다. 집을 용케도 알았네.

"우주야!!"

"아, 우주 친구구나!!"

"무슨 소리야? 나 이런 사람 몰라."

나의 순발력을 또 발휘했다. 이런 식으로 피해봤자 득되는 건 없지만… 그렇지만……,

"우주야!! 나야, 나! 지원이. 아직 살아 있던 거구나."

"이봐요!! 혹시 당신 스토커야?! 약국에서도 우리 오빠는 당신이 찾는

사람이 아니라고 하잖아!! 모른다잖아!!"

아직도 내가 살아 있을 거라 믿고 있는 건가? 내가 죽었다 생각되면 그저 비슷한 사람을 만났다고 생각할 텐데… 저렇게 필사적인 걸 보면 아직 내가 살아 있다고 믿고 있는 건가? 유건이 입을 연다. 안 돼! 내 정체(?)를 들킨다구!!

"혹시 우주야… 이 여자 니가 말……."

"들어가자, 건아. 저기 착각하신 것 같네요. 죄송합니다. 전 그쪽이 찾는 분이 아니네요. 별아, 들어가자."

끼익— 탁!

하아, 살았다.

"너 왜 그래? 우주야? 저 사람 니가 말한 강지원 아냐??"

"-_- 이거나 들어. 무거워 죽겠어."

잠시 후, 한별이가 들어온다.

"야, 저 사람 맞지? 강지원. 그치??"

"몰라!!"

휴지통으로 뭔가를 휙 던져 버리는 한별. 보나마나 영수증이지. 내가 모아두랬는데 하여간 말은 지지리도 안 듣지. 후우… 여기 어디 비상키가… 아, 있다!! 나는 자동차 비상 열쇠를 찾아내고 말았다. 인간 승리 신우주! 음하하하!!

"우주야, 뭐 해! 저녁 먹어."

"어, 응."

다음날.

"끄으아—!!"

오늘 역시 나도 모르게 눈이 떠져 버렸다. 제길. 이젠 버릇이 되어버렸다, 일찍 일어나는 것. 거실로 나갔을 때,

"끄아아—!! 뭐 하는 거야?!"

"들어가!!"

ㅇㅇㅇ 한별의 큰 소리에 어쩔 수 없이 방으로 들어와 버렸다. -ㅁ- 휴지통을 엎어놓고 쓰레기를 뒤적거리던 건이 녀석과 한별.

거실.

"아, 그러게 이렇게 찾을 거면 왜 버려!"

"아, 몰라! 그 여자가 너무 끈질긴 걸 어쩌냐구!"

"아니, 그럼 버리지 말든지!"

"잔말 말고 좀 찾아봐!"

"아씨, 새벽부터 자는 사람 깨워서 쓰레기통이나 뒤지게 하고 말이지. 아, 있다! 있다! ㅇ_ㅇ 이거!"

"줘봐."

"뭐 하게?"

어라? 나 잠들었었나 봐. 벌써 1시가 다 되어가네. 거실로 나갔다.

"야, 너네 뭐 하냐?"

정장 차림의 유건, 그리고 옆에 뾰루퉁 서 있는 한별.

"너네 어디 가냐? -_-"

"어엉. 너 갈 데가 있어."

"어딜?"

"어떤 바보 같은 사람 만나러."

"바보?"

"그래!!"

"나 귀 안 먹었어. 조용히 말해."

"나랑 같이 가."

"싫어~ 귀찮아."

"우주야, 그럼 나 키 빌려줘~"

"키? 키가 어딨어!"

"에이, 왜 그래. 차에 비상키 한 개씩 있는 것쯤은 나도 안다구~"

"제, 제길, 딱 걸렸다."

카페로 가는 길.

"어디라구?"

"로망스."

차가 망가질까 봐 나도 같이 가는 건 가는 건데… 유건이 하도 졸라서 뒷좌석에 한별과 같이 앉았다. ㅠㅇㅠ

"와아! 정말 비상키가 있었구나! 한번 있나~ 하고 떠본 건데. ㅋㅋㅋ"

"……"

하아… 키를 마구마구 복사해 둬야지.

로망스 앞.

"야, 우주야. 정말 같이 안 갈래?"

"안 가! 차 키나 내놔!! 집에 갈 거야. -_-^"

"오빠, 정말 혼자 갈 수 있어?"

"내가 애냐? 키나 빨랑 넘겨. -_-^"

"이 사랑스러운 차 키. 나중에 또 버려줘!!"

하고는 카페 안으로 들어가 버리는 유건, 한별. 아우~ 성가셔! >0<

부릉! 부르릉—

"허억……."

또 가슴이 조여온다. 심한 고통… 하아, 답답해.

page 6 …파란 하늘에 너의 자리가 있어.

가슴이 너무 조여와서 엔젤로스 옆 주차장에 보이지 않게 차를 세워뒀다.

"허억… 헉!"

숨이 차 오른다. 벅차오르는 호흡. 힘들게 조수석에 있는 수납장을 열었다. 진통제를 입 안에 털어 넣고 삼켰다.

"하아……."

조금씩 가라앉는 아픔. 이래서 살고 싶지 않았다. 죽을 만큼 아프느니… 차라리 죽어버리는 게 더 편했을 텐데… 그 바보 자식들 때문에……. 휴…….

그대로 30분쯤 흘렀을까? 조금 정신을 차리고 주차장을 빠져나오는데 카페 앞에 서 있는 재규와 지원이가 보였다. 여전히 잘 어울리는 둘. 어쩌면 내 죽음이 저 둘에겐 행복이 될지도 모른다는 생각을 하니… 하하, 어쩐지 처량한걸? 그저 그 둘을 못 본 척한 채 자동차를 빠르게 운전했다.

"제길."

내 볼을 타고 흐르는 따뜻한 액체. 마음에 안 든다. 보기만 해도 슬픈 사람. 그런 사람을 사랑하는 난… 불쌍한 놈.

집 안으로 들어서려 하는데 그 녀석들이 먼저 와 있는 것 같았다.

"강지원이란 여자… 너무 웃겨. 이제 와서 우주 오빠를 찾으면 뭘 해? 이미 죽은 사람……."

나는 현관문을 세게 열고 한별의 멱살을 부여잡았다.

"무슨 소리야?"

"…오늘 강지원이라는 여자 만났어."

"왜! 니가 왜 만나!! 지원일 니가 왜 만나!"

"오빠, 왜 이래! 하, 그래!! 그 여자… 강지원이라는 여자!! 죽어버렸으면 좋겠어!! 사라져 버렸으면 좋겠다구!! 됐어?! 그 여자가 일본 가는데 왜 우주 오빠를 보내줘야 되는 거야!! 그 여자가 사라져 버리는데 왜 오빠를 돌려달라는 거야?!"

"너나 죽어버려. 너 같은 건 죽든 살든 상관하고 싶지 않아. 너 함부로 지원이 욕하지 마. 내 손에 죽고 싶진 않을 테지."

"오빠―!!"

아무런 대답 없는 나를 원망하는 눈빛으로 보고 집을 뛰쳐나가는 한별.

"야, 강지원이라는 사람 내일 떠난대. 일본으로. 친구 녀석들이랑 가족한테 널 선물해 주고 싶대. 이제 너 그녀의 별이 되겠다느니… 죽은 우주로 남겠다드니… 말도 안 되는 소리 그만 집어치우는 게 어때?"

식탁 의자에 기대 앉아 태연한 척, 신문을 넘기며 아무렇지 않게 말하는 유건.

"뭐라고 했어, 방금?"

"허튼소리 집어치우라……."

퍼억!

나도 모르게 멱살을 낚아채 주먹을 휘둘렀다.

"그렇게 아무렇지 않다는 듯이 말하지 마. 니가 뭘 안다고? 달린 입이라고 막 떠벌리지 마. 그 입 닥쳐. 너한텐 허튼소리로 들릴지 모르겠지만 나한텐… 적어도 나한텐!!"

"너한텐 뭐? 니가 죽은 신우주로 남아봤자 그녀한테 별이 될 수 있어? 넌 사람이야. 죽으면 영혼이 되는 거지, 별이 되는 건 아냐. 알아? 제발 현실적으로 생각해. 바보가 아니라면 그녀 앞에서 웃어주는 게 옳은 건지, 싸늘하게 식은 시체가 되어주는 게 옳은 건지 이성적으로 판단하리라 믿어."

"하……."

"별이 되겠다느니 뭐가 되겠다느니 말도 안 되는 소리 지껄이는 놈이랑… 저 싫다는데 죽어라 쫓아다니는 기집애랑… 정말 다들 왜 그렇게 사는 거냐? 단순하게 살 수 없어? 왜 그렇게 세상 짐을 다 지고 가려고 하냐? 바보… 사소한 것쯤은 그냥 넘어가도 좋으련만."

유건은 신문을 착착 접어 식탁에 올려놓은 뒤 이해할 수 없다는 듯 고개를 좌우로 설레설레 흔든다. 그리고 우주의 손에 들려 있던 자동차 열쇠를 빼내 찡긋 윙크하더니 집을 나간다. 그 자리에 가만히 서 있는 우주.

정면을 응시하면서 여지껏 그녀에게 별이 되어줄 수 있다고 생각한 어리석음을 깨닫는다. 하하, 웃겨… 신우주, 넌 여지껏 환상 속에서 살았구나.

다음날.
지겹게 아침은 또 찾아왔다. 내게 휴식이란 없다. 행복이란 없다. 그저 이렇게 썩어문드러져 가는 것. 이른 새벽, 나도 모르게 눈이 떠져 버렸다. 답답한 마음에 옷을 챙겨 입고 집을 나섰다. 나도 모르게 움직여진 발걸음. 그리고 도착한 지원이네 골목길. 내 흐릿한 시야에 들어오는 두 사람. 재규와 지원이. 이젠 정말이지 지겹다. 정말 죽어버리고 싶다. 힘없이 돌아섰다. 내 사랑의 성공률은… 제로. 고요한 새벽길을 배회하다가 나도 모르게 눈물을 흘리거나, 피식피식 웃어버리거나, 하늘을 향해 욕도 지껄여 보고… 그러다가 해가 내 머리 위로 떠오른다.

푸하… 떠나는 날. 오늘이 유일한 마지막. 집 안으로 들어섰을 때, 건이 녀석이 놀란 눈으로 나를 쳐다본다.
"이 새벽에 어딜 갔었어? 걱정했잖아."
"걱정은 무슨."
"일본 간다는데 오늘……."
"야, 배고파. 개밥이라도 좋으니……."
"정말 안 가볼 거야?"
"응."
"너 두고두고 후회해도 정말 안 갈 거야?"
"그래!!"
"바란다. 우주야, 난 바래. 니가 사랑 고백쯤은 하길 바란다."

"……."
"도전부터 해봐야 후회를 해도 아쉬움이 없는 거야. 너도 알잖아?"
"……."
사랑 고백. 그 딴 건 아주 오래전에 했다구.

욕실에서 샤워를 즐기는 나. 요즘 들어 따뜻한 온기를 즐기는 취미가 생겼다. 한껏 젖은 머리를 툴툴 털며 거실로 나오자 황급히 전화기를 내려놓는 유건.

"야, 밥해 놓으라니까. 배고파."
"정오 비행기래."
"시켜먹자고? 니가 사는 거지? 나 돈 없어. 아침이니까 가벼운 걸로……."
"야."
나는 메뉴판을 유건의 머리 위로 던져 버리며,
"빨리 시켜! 배고파!"
시간은… 점점 흘러간다. 유일한 마지막이잖아. 우주야… 신우주…….

끼익—
"우주야! 어디 가?!"
"바란다며. 난 사랑 고백쯤은 할 수 있는 멋진 놈이야. ^-^"
달리고, 달리고, 또 달렸다.
"택시—!!"
정오가 다 되어간다. 젠장.
"아저씨, 여기서 세워주세요!"
공항은 저 앞에 있는데 차가 막힌다. 나는 돈을 집어 던지고 빠르게 택시에서 내려 공항으로 내달렸다. 수십 미터는 더 남아 보이는데? 하아…
오랜만에 달리는 거라 그런지 드럽게 힘드네. ㅠ.ㅠ

하아, 하아… 하, 하아…….

지잉—

자동문이 좌우로 차르륵 갈라지고 공항에 들어서자마자 출국장으로 뛰었다. 눈앞에 보이는 그녀.

하아. 하아.

놀란 가슴을 진정시키려고 기둥에 기대었다. 목소리가 나오질 않아. 하아.

"지원아—!!"

크게 소리 질렀다.

"우, 우주야—!!"

익숙한 저 표정과 목소리. 내게 마구 달려오는 그녀.

"왔어! 왔어! 안 올 줄 알았어. 고마워, 우주야. 정말… 정말이지…….
ㅠ_ㅠ"

갖가지 표정을 지으며 내 품으로 와락 뛰어드는 그녀. 그리고 내 품에서 가만히 눈물을 흘리는 그녀를 따스하게 안아주었다.

"허허! 저, 저거… 신우주?!"

한편 저쪽에서 넋을 잃어버린 내 친구 녀석들.

"찾았어. 내가 우주를 찾고 말았어. 우주가… 살아 있었다구. ㅠ_ㅠ"

"오랜만이네."

라는 태연한 인사를 건넸다. 아무리 내가 생각해도 나 너무 뻔뻔한 것 같아! -0-;

"이이이—!! 넌 지금 그런 말이 나와?!"

크게 소리치며 내게 달려드는 녀석들. 킥! 녀석들과 한참 재회를 하는데 지원이가 돌아선다. 지원이의 손목을 꽉 붙들었다.

"지원아."

"으응??"

"있지."

"우주야! 너 어디 있던 거냐? 이 바보 자식! 연락이라도 해줘야 하는 거 아냐?!"

"^-^; 아하하, 미안."

애들한테 치여 손이 미끄러지면서 내 손에서 지원이의 손목이 풀리자 지원이는 저만치 출국장으로 향하기 시작한다. 너무 익숙한 뒷모습. 저 작은 어깨에 슬픔을 한가득 지고 걸어가는 뒷모습. 달려가 꽉 안아주고 싶다. 곧이어 출국장의 문이 열리고 그녀가 들어선다. 뒤도 돌아보지 않는 지원이. 이번만큼은…….

"지원아!! 좋아해!! 꼭, 꼭 돌아와—!!"

촤르르륵—

매정하게 닫혀 버린 출입문. 하하, 마지막까지… 내겐 마지막이었는데… 하아…….

"야, 우리 술 한잔 걸치러 가자!!"

내 어깨를 와락 감싸 안으며 밝게 소리치는 강우. 아아~ 역시 내가 있을 곳은 여기였던 거야. 간만에 산만하고도 행복함을 느꼈다.

산 정상에 올라가 소리친 후에 가슴이 후련하다는 말.

후라보노를 씹은 후에 입 안이 쏴아하다는 말.
휘몰아치는 파도를 보며 머리가 시원하다는 말.
알겠어. 그런 상쾌함 말야.
이젠 또 다른 사람을 찾아 헤매겠지?
아니, 나는 어쩌면 그녀와 닮은 사람을 찾아 헤맬지도……

page 7… 마지막까지 천사는 사랑했습니다…….

3년 후.

3년 동안 학교도 다시 다니고, 밴드에서 다시 키보드도 연주했다. 3년이란 시간은 내게 많은 변화를 가져다 주었고, 수많은 시간이 지나간 듯했지만 3년은 어쩐지 짧았다. 일본에서 그녀가 돌아왔다는 소식을 들었다. 그래서 그녀를 보러 카페로 향했다.

"야야, 우주야! 빨리 와봐!!"

"왜?? 무슨 파티라도 하냐?"

카페 안으로 들어섰을 때, 케이크에 여러 가지 음식들. 어쩐지 이상한 분위기.

"우리 약혼하기로 했다. 대학 졸업하면 곧바로 결혼하려구."

내 앞에 선 둘, 재규 녀석과 지원이. 밝게 웃으며 말하는 그녀. 그리고 쑥스러운 듯 뒤통수를 긁적이는 재규.

"오오오~~"

내겐 축하해 줄 자신이 없어. 빙긋 웃으며 축하해라는 말 한마디를 해

줄 수가 없어.

"우주야, 어디 아파? O_O"

"으응, 아냐."

"^-^ 축하해 줘~"

"그래, 지원아…. 축하해."

해냈다. 가슴에도 없는 말… 내 마음 어디에도 찾아볼 수 없는 말……. 그리고 내 옆에서 밝게 웃는 그녀. 내 가슴을 찢어버린다, 무참히.

끼익—

카페를 나왔다. 저녁이라 그런지 조금 선선하다.

"축하해."

라는 말을 되뇌며 혼자서 아픔을 달랬다.

"O_O 뭐 하세요?"

문턱에 걸터앉아 있는 내 앞에 쪼그려 앉으며 둥그런 눈을 굴리는 여자. 추접스럽게 아이스크림을 입에 부볐는지 입 주위에 묻히고는 두 눈을 양쪽으로 굴린다.

"신경 *끄고* 가."

"어엇! 슬픈 사람을 보고 그냥 지나칠 순 없어요! 으음, 이거라도 먹을래요??"

먹던 아이스크림을 내 앞에 가져오는 그 여자. 그것도 입 주위에 부볐던 거다.

"먹어봐요. 맛있어요."

"끄아아아아—!!"

"먹어 보라니까요! 아이고~ 착하다!"

입 안 가득히 퍼지는 딸기향. 어쩐지 맛이 좋다. 잠깐, 이게 아니잖아. -_-;

"이름이 뭐예요?"

"신우주."

"와아, 이쁘다!! 근데요, 혹시 엔젤로스라는 카페가 어디 있는 줄 아세요?? 거기 베이스 맡기로 했는데 도저히 어디 있는 줄 모르겠어요. 아아, 그러고 보니… 거기서 키보드 맡았던 사람이랑 이름이 같네요? 와아~ 우연이다!! 그 키보드 하는 사람이요, 무덤에서 죽었다 깨어난 사람이라면서요?"

어쩐지 이 여자애… 누구와 무지 흡사한 듯.

또 누군가에게 익숙해져 버리겠죠. 사랑에 눈물을 흘리며, 웃음 짓고, 아파하고, 그렇게 반복하겠죠. 그러면서 난 점차 어른이 되어가는 거겠죠.

걱정말아요. 난 언제나 그대 가슴 속의 별이 되어드릴 테니.

신우주. 그는 정말 '천사'였을까? 아무래도 필자 생각엔 '별'이 아니었을는지. 아이스크림 그녀와 우주의 인연은 어떻게 될까? 그건 그들에게 맡겨보도록 할래요.

page 8 넘버 투의 첫사랑.

털썩!

"야! 승관아! 정신 차려! 승관아!!"
삐- 뽀-

"흐음, 빈혈과 과로가 문제인 듯합니다. 특별히 큰 문제는 없구요. 약간의 영양실조가 있네요. 환자 분 건강에 신경 좀 써주시기 바랍니다."
끼익 탁!!
병실 한가운데 침대를 빙그르르 둘러싼 아이들. 아직도 눈을 감고 있는 승관이 녀석. 얼굴엔 주룩 흘러버린 눈물 자국이 메말라 있다.
"너네 하얀 마차에 가 있어라. 난 이 자식 일어나는 거 보고 갈 테니까."
"그렇지만 승관이가 눈뜨는 거라도 봐야 할 거 아냐! ㅠ_ㅠ"
"일어나면 문자 보낼 테니까 거기 가 있어."
"승관아아……. ㅠ0ㅠ"
정 많고 눈물 많은 우리 친구 떡대. 죽어도 안 가겠다고 억지를 쓰는 떡대를 질질 끌고 병실을 나가는 친구들. 친구들이 모두 나가고 조용한 병실 안. 넘버 쓰리는 가만히 승관이를 지켜본다.
"하아……."
힘겹게 몸을 일으키는 승관이. 넘버 쓰리는 가만히 승관이를 도와 일으켜 세운다. 넘버 쓰리는 아무 말 하지 않고 승관이를 쳐다보다가 갑자기 윽박지르기 시작한다.
"도대체 정신이 있는 거야, 없는 거야! 밥도 안 처먹고 뭐 했어!"
"래원이 새끼 미워서… 누나를 데리고 간 래원이 자식이 미워서……."
"이 자식아, 너 이렇게 힘들어하니까 래원이가 지원이 누나를 데려간 거야! 너 누나보면 더 망가질게 뻔……."

쨍그랑!

링거 병을 병실 구석으로 던져 버리는 승관이.

"거짓말. 누나 없으면 나 미쳐 버릴 거 누구보다 더 잘 알면서… 누나를 보기만 해도 행복해하는 날 잘 알면서……."

힘없는 조소를 흘리는 승관이. 그리고 손바닥으로 눈을 꾹꾹 누른다. 아마도 흐르려는 눈물을 막기 위한 하나의 제스처. 그러나 이런 행동도 승관이의 눈물 앞에선 무용지물. 손바닥 밑으로 흘러내리는 눈물. 더 이상 이겨낼 자신이 없다는 듯 병실 바닥에 주저앉아 버리는 승관이.

"사내 새끼가 왜 그렇게 잘 우냐?"

"내 눈이 자꾸만 울어."

"니 눈이 왜 자꾸 우는데?"

"누나가 좋은데… 내 눈에 보여야만 하는데… 보이지 않으니까… 내가 찾아가도 볼 수 없으니까… 그래서 내 눈이 울어."

"웃어봐. 누나를 사랑하는 만큼 웃어봐."

얼굴 가득, 입 가득 행복하게 웃는 승관이. 생각만 해도 좋은지 금세 귀까지 걸려 있는 입.

"죽어도 못 잊어?"

"응, 죽어도 못 잊어. ^-^"

"지원이 누나가 다른 사람 사랑한대두?"

"응. 상관없어. 그저 바라만 봐도 좋은 걸 어떡해. ^^"

표정없는 승관이. 아무런 동요 없는 넘버 쓰리. 둘은 서로를 위해주고 있었다.

다음날, 세명고. 뒷문을 열고 아무렇지 않은 듯 사뿐사뿐 걸어오는 승관이. 넘버 쓰리의 짝에게 다가가 의자를 툭툭 친다. -_-;

"야, 비켜. 우리 어제부터 사귀기로 했거든?! 근데 네가 이렇게 버티고 앉아 있으니까 우리 사랑에 방해가 되는걸?"

"……"

하얗게 질린 넘버 쓰리 짝지는 얼른 자리를 피해 버렸고, 승관이는 싱글벙글 웃으며 자리에 앉는다.

"병원에 더 있지, 왜 벌써 퇴원했어?"

"야, 사내 새끼가 밥 안 먹어서 골병난 게 자랑이라고 병원에 누워 있냐? 그것도 천하의 최승관님이신데. ㅋㅋ"

"다음 달에 래원이 잠깐 들른대. 아버지 생신이랬나?"

"정말?!"

눈을 크게 뜨고 넘버 쓰리에게 바짝 다가서는 승관이.

"누난 안 온다는데?"

"에이씨, 뭐냐! 난 또 누나도 온다고. -_-^"

"누나가 그렇게 좋냐?"

"야! 좋지, 안 좋냐!?"

"그만 할 때도 됐잖아. 지원이 누나는 이미 다른 사람 사랑하고, 그 사람도 지원이 누나를 무지 사랑한다며. 지원이 누나가 무지 행복하다잖아!! 혼자서 이렇게 빌빌거리면 밥이 나오냐?! 그렇다고 돈이 생겨?!"

"넌 뭘 바라면서 사랑을 하냐?"

"적어도 너처럼 바보 같은 사랑은 안 해!"

"사랑하면 바보 같아진다잖아! 너도 사랑해 봤을 거 아냐!"
"너처럼 있지도 않은 왕자때기 같은 건 안 찾아!"
"……."
아랫입술을 꽉 깨무는 승관이. 그리고 두 주먹을 힘껏 쥔다.
"왕자 있다."
"없어!!"
"있다고!!"
"없다고!! 너 외국 놈이냐? 왜 한국 말을 못 알아처먹어!!"
"그만 해."
"없어! 왕자 같은 건 없어!! 아무리 바보라도 너보단 낫겠다!"
"조용히 해. 그 주둥아리 찢어놓는다."
"그냥 조용히 지켜보려고 했는데 안 되겠다! 나중에 혼자서 깨우치겠지, 얼마나 촌스럽고 유치한 짓을 하고 있었는지 혼자서 느끼고 철들겠지 했는데 도저히 보고 있을 수가 없어!"
자신이 앉아 있던 의자를 들어 올리는 승관이. 넘버 쓰리는 아무런 동요 없이 승관이를 계속 쳐다본다.
"그만 하자, 승관아. 강지원 위해서, 최승관 너 위해서."
쿠당탕!!
의자를 휙 던져 버리고 교실을 나가는 승관이.
"하아……."
깊은 한숨을 내쉬는 넘버 쓰리.
"누나, 제발 승관이 좀 구해줘요. 제발."
그 사람에게 미쳐 있는 녀석. 지겹도록 그 사람을 사랑하는 녀석. 슬프도록 그 사람을 맴도는 녀석. 이제 눈물은 그 녀석의 트레이드 마크가 되어버렸다. 구해줘요, 제발……. 내가 이렇게 빌게요. 제발.

끼이-

역시 예상대로 학교 옥상에 올라와 있는 승관이. 파란 하늘을 정면으로 마주하고 누워 있다.

"하늘에 지원이 누나라도 떴냐?"

"엉."

바보 같은 대답을 하는 승관이를 보며 살짝 놀라는 넘버 쓰리.

"이렇게 보고 있으면 금방이라도 내 앞에 나타나 줄 것 같은데."

"나도 이렇게 보고 있으니까 어제 헌팅한 기집애들이 생각나는데? 어제 정말 폭탄의 집합이었어. 으아악!! 일루 떨어질라 그래! >_<"

귀여운 표정을 짓는 넘버 쓰리. 승관이를 웃기기 위한 마지막 히든 카드.

"=_= 병신. 그렇게 해서 떨어지면 그게 사람이냐?!"

"야! 니가 그랬잖아, 나타나 줄 것 같다고!!"

"나타날 것 같댔지, 떨어질 것 같단 소린 안 했어. 누나가 무슨 나무 열매냐? -_-"

"그럼 웃는 척이라도 해줘야 되는 거 아니냐고."

"누가 나 웃겨달랬냐? 누가 너 그런 짓 하라고 시켰냐고. =_=+"

"야?!"

정말 처음부터 이렇게 그녀를 사랑하게 된 건 아니었다. 그리고 그녀를 만나기 전까지 난 연하를 좋아했다. 연상은 분위기만 있어가지고, 귀여운 구석이라곤 손톱만큼도 없었으니까. 중3 땐가? 늦은 밤까지 하얀 마차에 모두 모여서 놀던 내 생일.

"여보세요?! 뚱?! 뭐, 뭐? 안 들려. -0- 아아, 안 들리네~ 혹시 지하 동굴에 있어요?!"

전화를 다급히 닫아버리는 래원이 녀석.

"야, 무슨 전화를 그 따위로 받냐? -_-"

"아씨. πΟπ 승팔아! 우리 뚱 새끼가 나 찾으러 돌아다닌대!!"

"아~ 그 정의를 지킨다는 뚱?"

"응!! 나 어쩌냐~"

래원이 녀석의 말이 끝나자마자 문을 열고 들어오는 세 여자.

"어? 래원아!!"

래원이를 발견하고 뛰어오는 여자 하나.

"누구세요?"

"야, 래원아! >0< 누나야, 누나!!"

"누구시라구요? -.-?"

"너 왜 그래! π_π 도대체 술을 얼마나 마신 거야!!"

"어머, 누구신데 자꾸… ㅇㅇㅇ 으, 은혜 누나!!"

"래원이 너 이런 데도 오는구나."

래원이 녀석이 좋아한다던 그 누나? 민, 민은혜랬나?

"아, 누나. 그런 게 아니라… 아! 이 녀석 생일이라서 말이지~"

어느새 나란히 앉게 되어버린 여자 셋. 하나는 좀 어려 보이고 귀엽게 생겼는데 교과서를 들고 있는 게 왠지 맘에 안 들었다. 그리고 또 하나는 래원이 녀석이 좋아하는 누나. 래원이 옆에 착 붙어 앉아 래원이에게 목이 터져라 뭐라고 설교해 대는 어리숙한 여자.

"래원아!! 빨랑 집에 가자! 오늘 아빠 일찍 들어오시는 날이라서 너 이러는 거 아빠가 아시면 진짜로 죽어! >0<"

"조용히 좀 해!! =_="

조잘조잘거리는 누나에게 술을 먹여 버리는 래원이.

"야, 그러다 취하면 어쩌게?"

"괜찮아. 설마 한 잔으로 취하겠냐?"

"윽, 쓰다아~"

그때부터 누나의 술꼬장은 시작되었다.

"아으응~ 래원아! 집에 가자니까안~ 너 자꾸 이러면 혼난다앙! >0<"

래원이의 등짝을 찰싹찰싹 두들기며 온갖 꼬장을 부려댄다.

"어? 래원이 친구야? 꺄악! 잘생겼네! +_+ 우리 래원이 이런 데 델꾸 다니면 안 돼! TOT 래원이가 얼~마나 착한 앤데. 으아앙!!"

급기야 울음을 터뜨리는 그녀.

"래원아, 이제 그만 하고 지원이 데리고 집에 들어가라."

민은혜라는 누나의 말 한마디에 뻣뻣하게 굳어가지고는 얼굴이 벌겋게 달아오르는 래원이.

"예? 아, 네! 누난 혼자 가실 수 있어요?"

"나야, 뭐. 혼자 갈 수 있지. ^-^"

"아~ 그러지 마시구요. 밤이니까 제가 모셔다 드릴게요."

"지원이는 어쩌구?"

"아, 승팔아!!"

"에? 난 왜! -_-!!"

"오토바이 키 좀!"

얼떨결에 탁자 위에 놓여 있던 오토바이 키를 래원이 녀석에게 강탈당하고,

"야, 우리 집 알지? 우리 뚱 좀 모셔놔라!"

"야야!! 내가 왜!!"

"이 형님 바쁜 거 안 보이냐?! 부탁해! >_<"

하고는 민은혜라는 누나와 휭 사라져 버리는 래원이 녀석. 으아아!! 이 주정 나부랭이를 난들 어쩌라고! ㅠ^ㅠ

"으어엉!! ㅠ0ㅠ 래원아아~ 날 두고 어디 가는 거야! >_< 누나랑 집에 가야지이!"

"후우, 누나! 정신 차리고 일어나 봐요."

"꺄아악! 예쁜 애야! ^0^ 우리 래원이 어디 갔는지 아니?"

하아! 정말 막막하군. =_=

"오늘은 이쯤 해두자. 집에 들어가면 다 나한테 연락해라."

승관이가 친구들을 남겨두고 지원을 부축하며 호프집을 나선다.

"래원아, 래원아. ㅠ_ㅠ 어디 있는 거니~"

"누나, 누나! 정신 좀 들어요?"

"어머! 예쁜 애야! 난 래원이를 찾으러 가야 해. >_<"

"혼자 가실 수 있으세요?"

"으응! 그럼! 이런 밤쯤이야 거뜬해! +ㅁ+"

"쭉 가다가 저쪽 편의점에서 왼쪽으로 돌아가면 버스 정류장이 있거든요? 정말 혼자 가실 수 있죠??"

"그렇다니깐! 걱정 마."

비틀비틀 정류장을 향해 걸어가는 누나. 나는 반대쪽으로 돌아 발걸음

을 옮기려는데,

"아악!! 뭐야?!?"

"꺄! >_< 죄송합니다~ 죄송합니다~"

"어? 너 몇 살이야?"

"17살이요!"

"고1?"

"네!! >_<"

"오빠랑 놀래?"

"네!! >_<"

"그래? 그럼 우리 저쪽으로 갈까?"

퍼억!!

"아으!! 너 이 자식 뭐야?!"

"섹시남 최승관이다. -_- 넌 뭐냐?"

"최, 최승관?"

"교복을 보니까 대현중인 것 같은데 왜 오빠라구 거짓말해?!"

"그, 그게······."

"평생 말더듬이 되기 싫으면 얼른 꺼져. -_-^"

후닥닥!!

도망치는 대현중 새끼. 자기 누나를 끔찍이 아끼는 래원이 녀석이 이 상황을 봤다면 마구잡이로 저 새끼를 밟아놨을 테지. -_-

"누나, 저런 놈이 쫓아오면 모른 체하고 막 걸어가요!"

죽어도 데려다 주지 않는 녀석. -_-; 다시 돌아서는데 내 옷자락을 잡는 손.

"πOπ 혼자 못 가~ 으엉엉!!"

두 볼은 빨갛게 달아오르고, 어린아이처럼 눈물을 찔끔거리던 그 모습. 그때 시간이 멈춘 듯했다. 하늘에서 내려준 최고의 내 생일 선물.

교실로 내려간 승관이와 넘버 쓰리. 뒷자리에 나란히 앉았다.

"자, 이 공식에서는 #$@^#*&^%^$#%."

하늘 속엔 누나가 있네요. 언제나 다가갈 수 없게 그렇게 만들어 버리네요. 언젠가부터 내게 높은 곳을 좋아하는 버릇이 생겼다. 습관처럼 당연한 듯 언제, 어느 곳에서든 제일 높은 곳을 찾아 올라갔다. 내가 사랑하는 당신을 쫓아가기 위한 나의 마지막 몸부림이었어요. 모두들 싫어하는 높은 곳을 난 애써 찾아내고 끝까지 올랐어요. 당신 곁에 조금이나마 다가설 수 있을까 하고. 누나, 나 말예요. 언제까지 얼마만큼이나 더 올라가야 하는 거죠?

"뭐 해?"

"아, 그냥."

"너무 높아서, 너무 멀어서, 잡지 못하고 사랑하지 못했어. 그래서 난 높은 곳을 찾아 헤매었지."

"……?"

"니 눈은 언제나 하늘을 향해 있어. 알아?"

"도사 새끼. -_-^"

"니 녀석이 새로 태어났다면 이딴 힘든 몸부림 같은 건 안 했을 거야. 그치? 높은 곳에 있는 그 사람을 찾아 높은 곳을 찾지 않아도 되고, 멀리 있는 그 사람을 찾아 먼 곳을 그리워하는 그런 터무니없는 짓은 안 했을 테지. 불쌍하군. 하느님이 널 왜 사람으로 만들었을까?"

"그걸 내가 어떻게 알아?"

"니가 사람 새끼로 태어나서 뭔가 할 일이 있으니까."

"난 아무것도 못해줬어."

"그럼 죽어버려. 아니, 내가 죽여줄게. 다음 생엔 새로 태어나는 거다?"

커터 칼을 승관이에게 들이대는 넘버 쓰리.

"뭐야, 이 자식아!!"

"죽어버려!!"

"너희 둘! 뭐야?! 나가!!"

결국 복도에 나란히 선 둘.

"아씨, 너 땜에 이렇게 됐잖아!"

"제발 기운 차리고 살아. 보고 있는 사람이 다 짜증나."

"히히. ^-^"

녀석은 몰라요. 자기가 얼마나 아름다운 모습을 지니고 있는지, 얼마나 멋진 놈인지 녀석은 알지 못해요. 우리 넘버 투는 어디 간 거죠? 괜한 무게 잡고 품품 잡던 우리 넘버 투 최승관 말예요. 잔인하고, 악질이라고 소문난 우리 넘버 투 최승관은요? 밤마다 눈물 흘리고, 그 사람 생각으로 밤을 지새는 그런 바보천치 같은 넘버 투는 없어요. 간절히 바라고 또 바라니까 우리 넘버 투를 돌려줘요.

그날 저녁, 호프집에 모여 앉은 아이들. 뒷모습만 예쁜 애한테 헌팅 걸었다가 하루 종일 데이트한 이야기, 여자애들 꼬시다가 선생님한테 혼난

이야기, 애인과 맞바람피우다 길거리에서 마주쳐 다툰 이야기, 좋아하던 사람 앞에서 엎어져 쌍코피 흘린 이야기. 시체놀이하려고 사물함 위에 올라가다 교복이 찢어진 이야기, 수업 시간에 졸다가 책상에 머리 박아 피 흘린 이야기. 서로 다른 이야기를 주절거리며 술을 벌컥벌컥 마시는 녀석들. 승관이는 초점없는 눈으로 가만히 앉아 있다가 입으로 무언가를 되풀이한다.

"안녕하세요? 잘 지내셨죠? 전 잘 지냈습니다. 안녕하세요? 잘 지내셨죠? 전 잘 지냈습니다……."

"야, 너 뭐 하는 거야?"

"전 아무렇지도 않아요. ^-^"

"야, 너 뭐 하는 거냐구."

"아무렇지 않은 척하기."

"뭐라구?"

"누나 만날 때 아무렇지 않은 듯, 괜찮은 척하는 연습 중이야. 방해하지 말고 저리 가서 놀아. -_- 아, 그럼요!"

허공에 대고 꾸벅꾸벅 인사를 하며 밝게 웃는 승관이. 입은 웃고 있지만 눈을 울고 있었다.

"아! 애인이 없구나!!"

벌떡 일어서는 승관이.

"어디 가게?"

"애인 구하러."

"뭐?!"

"웬만하면 애인도 있어야 덜 걱정하지 않을까?"

"……."

"나 10분 안에 애인 구해온다! 조금만 기다려! -0-"

당차게 호프집을 나서는 승관이. 나간 지 10분도 안 되어서 자신의 어깨만큼 오는 키에 긴 생머리와 큰 눈망울을 가진 여자 아이와 함께 팔짱을 끼고 들어온다.

"어? 승관아, 누구야! >_<"

친구 녀석들은 난리도 아니다. 서로 조금이라도 더 보겠다고 얽히고설켜서,

"몇 살?!"

"이름은?!"

"어디 학교! >_<"

귀엽게 생긴 여자 아이. 승관이는 아무런 동요 없이 팔짱을 낀 채 서 있다.

"이런 건 갖다버려."

그때 넘버 쓰리가 승관이 옆에 서 있는 여자 아이를 승관이에게서 떨어뜨린다.

"뭐야?! 상관 마."

"그 사람 위해서 주변 사람까지 힘들게 만들지 마."

"억척스럽게 노력했어. 씻어내려고 비 오는 날 독감 걸리도록 비도 맞아보고, 날려보내려고 태풍 몰아치는데 비틀대며 바람도 맞아보고, 차라리 기억상실증에나 걸려 버릴까 하고 미친놈처럼 전봇대에 대갈통도 들이받아 봤다. 그런데 안 되는 걸 어떡해!! 죽어도 안 되는 걸!! 1초도 쉬지 않고 계속 내 머리 속에 누나만 있는 걸! 내 가슴 속에 누나만 있는 걸 난

들 어째!!"

"이딴 걸 품고 다니니까 그렇지!!"

승관이의 교복 안주머니에서 스티커 사진을 뺏어 드는 넘버 쓰리.

"내놔!!"

승관이가 보는 앞에서 사진을 시원스레 찢어내는 쓰리.

"17년 동안 꽉 막혀 버린 응어리가 다 풀린다!!"

"너… 너!!"

"맞아줄게. 나 때려서 니가 누나를 잊을 자신 있으면 나 죽어라도 줄게, 응? 최승관, 이제 끝내라구!"

주먹을 꾹 쥐는 승관이.

"때려. 너 자신있다면, 누나를 잊을 자신 있다면, 니가 누나를 잊는다면, 내가 널 위해서 뭐든 할게. 최승관, 알았냐? 널 위해서 뭐든지 한다구!"

"아무것도 하지 마. 그냥 이대로 평생 누나 품고 살래."

호프집을 나서는 승관이. 우두커니 서 있던 여자 아이는 승관이를 쫓아 나선다.

"야야, 제대로 맞추라고! -O-! 너 병신이냐? 왜 이마가 허리에 붙어있냐!"

"아씨~ 갈기갈기 제대로 찢어놨네. 하나도 안 보여!"

"아! 됐다, 됐다!!"

"ㅇㅇㅇ"

땅에 떨어진 사진 조각들을 옹기종기 모여 앉아 맞춰보는 친구들. 그리고 두 눈을 동그랗게 뜨고는 그대로 얼어버렸다.
"이거… 래, 래원이 누나 아니냐?"
"그럼 승관이가……."
모두 넘버 쓰리에게 시선이 꽂히고, 넘버 쓰리는 다시 자리에 앉아 벌컥벌컥 술을 들이킨다. 테이블 위엔 승관이가 놓고 간 핸드폰이 있다. 쓰리는 핸드폰을 연다. 그리고 핸드폰에 붙어 있는 스티커 사진을 발견한다. 이내 핸드폰을 두 동강 내는 쓰리.
컴컴한 골목길을 혼자 걸으며 계속 혼잣말을 중얼거리는 승관이.
"안녕하셨어요? 잘 지내셨죠? 거기 좋았어요? 아, 저야 잘 지냈죠. ^-^"
허공에 악수를 청하고, 인사를 하고, 허공을 향해 밝게 웃으며 아무렇지 않은 척.

다음날, 이른 아침부터 누군가 승관이네 집 앞에서 고래고래 소리친다.
"최승관!!"
커튼을 걷어내니 넘버 쓰리가 집 앞에 서 있다.
드륵
"뭐야, 꼭두새벽부터 사람 잠도 못 자게."
"나와!"
"왜!! 귀찮아! -_-^"
"노래 부르기 전에 나와라!"
승관이는 하얗게 질려 대문으로 뛰쳐나간다.
"미용실 가자."

"왜!! 지금 이 머리 좋아."

쓰리는 승관이가 싫다는데도 집 근처 미용실로 마구잡이로 끌어댔다. 넘버 쓰리의 무시무시한 힘에 결국 미용실 의자에 앉아버린 승관이. 표정은 죽을상이다. -_-;

"어머! 머릿결이 너무 좋다! 어떻게 해줘요?"

"노란색은 찾아볼 수도 없게 회색으로 해주세요."

"싫어!"

"래원이가 되면 누나가 널 사랑할 줄 알았냐? 니 원래 머리색으로 돌아가."

"……."

넘버 쓰리는 소파에 앉아 리모콘을 삑삑 돌리며 한껏 TV 시청 중이다. 지루한 시간이 지나고,

"자, 다 됐습니다. ^^"

만족스러운 듯 미용실 직원이 승관이가 앉은 의자를 넘버 쓰리 쪽으로 빙글 돌린다. 승관이는 어색한 듯 머리를 만지작거리고, 넘버 쓰리는 관심없다는 듯 한 번 휙 쳐다보고 TV로 눈을 돌린다.

"하나씩 지우자. 하나씩 제자리로 돌려놓자. 너 그렇게 좋아하던 헌팅도 하고, 염병할 폐가 썩든 말든 너 그렇게 아끼던 담배도 피우고, 보란 듯이 다른 기집애 데리고 행복하게 살아. 그리고 잔인하다고 소문난 세명고 넘버 투로 돌아와."

미용실을 나온 둘. 30초 동안 우두커니 서 있다가 넘버 쓰리가 승관이를 향해 말한다.

"가서 오토바이 끌고 나와라."

"그건 또 왜?"

"시키는 대로 해."

승관이는 후닥닥 집으로 달려가 오토바이를 끌고 미용실 앞으로 나온다.

"야, 형석 선배 알바하는 데로 가."

승관이는 넘버 쓰리를 태우고 어느 오토바이 수리점에 선다.

"어? 이 시간에 학교 안 가고 여긴 왜 왔냐?"

"형석이 형, 이 오토바이 모조리 뜯어내고 다른 오토바이로 만들어주세요. 전 오토바이 모습은 찾아볼 수도 없게."

"신 모델인데 아깝게스리… 어쨌든 알았다! -0-"

승관이는 그저 넘버 쓰리를 쳐다보고 있다.

"두 개 Delete."

로맨스라는 레스토랑 안으로 들어서는 둘.

"시켜."

넘버 쓰리가 메뉴판을 승관이 쪽으로 던져 주자 승관이는 포기한 듯 지원이와 왔을 때처럼 오븐 스파게티 두 개를 시켰다.

"비싼 데도 왔구만."

이 무런 말없이 계속 고개를 숙인 채 얼음물만 만지작거리는 승관이. 이내 오븐 스파게티가 나오고,

"야, 너 스파게티 제일 싫어하잖아. -_-"

"젠장, 최승관이라고 그 미친놈 때문에라도 먹어야지."

넘버 쓰리에게 세상에서 제일 싫은 두 가지를 고르라면, 담배와 스파게티. 그러나 면 한 가닥도 남기지 않고 모조리 먹어치우는 쓰리. 반쯤 울

상이 된 얼굴. 승관이는 쓰리의 무서운 눈총에 할 수 없이 소리 내지 않고 눈물까지 흘리며 웃어넘겼다.

"세 개 Delete. 다음은 어딘데?"

"그만 하자, 우리. 나 이러다 미칠 것 같다."

"어디야."

"제발 부탁할게. 그냥 추억, 좋은 추억으로 안고 살아갈게. 나 안 아플게. 슬퍼하지도 않을게."

"어디냐구."

승관이는 힘없이 물랑루즈라는 액세서리 가게를 가리켰다.

"여기서 산 거 골라."

"아줌마, 이걸로 두 개요."

물방울 모양의 목걸이 두 개를 내놓는 아주머니. 넘버 쓰리는 그 목걸이를 보며 한심한 듯 승관이를 쳐다본다.

"그토록 소중하다던 게 고작 이거냐?"

넘버 쓰리는 돈을 지불하고 목걸이를 주머니에 쑥 집어넣고 가게를 나온다.

"또?"

"없어."

"사진!"

"그만 해!! 사진도 찢어버렸잖아. 뭘 더 바라냐? 나 진짜 미치는 꼴 보고 싶어서 이래?!"

"저기 있네. 저거 맞지?"

물랑루즈 반 대편에 오두커니 서 있는 스티커 사진기 하나. 안으로 쑥

들어가는 쓰리. 그러더니 와장창 깨지는 소리가 들린다. 산산조각나 있는 모니터.

"네 개 Delete. 또?"

"이제 정말 없어. 니가 내 소중한 추억들 다 짓밟아 버렸으니까 이제 된 거야? 후… 이제 만족해?"

맞은편에서 오는 택시를 잡는 쓰리.

"어딜 또 가자구!!"

"아저씨, 올림픽 대교에 세워주세요."

넘버 쓰리는 콧노래를 흥얼거리며 창밖을 내다본다.

올림픽 대교 한가운데 서 있는 둘. 차들은 쌩쌩 둘을 지나쳐 가고 둘의 머리는 미친 듯이 휘날린다. 넘버 쓰리는 다리 밖으로 목걸이를 던져 버린다.

"뭐 하는 거야?"

그러곤 5m 정도 달려가 남은 목걸이 하나도 마저 던져 버린다.

"뭐 하는 거냐구!!"

"저 목걸이 두 개가 누군가에 의해 건져진다면 니가 지원이 누나를 못 잊고 병신같이 굴어도 상관 안 할게. 대신 저 목걸이가 누군가에게 발견 된다면이야. 꼭 두 개의 목걸이가. 하늘이 무너지고, 땅이 가라앉아도 저 목걸이가 건져질 일은 없을 테니까 누날 잊어버려!!"

"하하! 머리도 좋다."

"그러니까 이제 끝내. 부탁할게, 제발."

"애초부터 시작 같은 건 없었어. 그러니까 끝낼 것도 없어."

"야! 최승관! 어디 가?!"

"피곤해. 집에 갈란다."

해볼게요. 누나 없이도 웃어보구요. 아무렇지 않은 듯 지내구요. 밥도 잘 먹구요. 다른 사람 좋아도 해보구요. 행복해질게요. 그리고 이건 정말 자신없지만… 누나를 잊어볼게요. 그래요, 나… 해볼게요.

언제나 저 녀석은 앞을 보지 않아요. 이곳저곳 두리번거리다 결국엔 언제나 당신이 있는 곳으로 향하는걸요.

"누나, 이 지긋지긋한 그리움. 이젠 그만 하고 싶은걸요."

벌써 봄과 여름, 그리고 가을, 겨울이 3번이나 지나갔습니다.

끼익 쾅!!

강의실 앞문이 벌컥 열리고,

"승팔아! 형님 오셨다!! -O-"

우렁차게 소리치는 래원이 녀석. 머리는 검은색으로 변하고 키도 좀 더 자란 듯하다.

"용케 약속은 지켰네."

"우리 누나 어떡하냐? 우리 승팔이 불쌍해서."

"지원이 누나가 뭐?"

"헤헤. ^-^"

"애들이랑 놀고 있어. 나 아직 강의 두 시간 더 남았거든?"

강의실로 들어오는 교수님.

"교수님, 안녀엉! >_<"

승관이의 손을 잡고 냅다 강의실을 뛰쳐나가는 래원이.

"야야야! 이 자식아! 나 이번에 또 이러면 F 맞는다고! -O-!!"

"넌 백 년 만 년 노력해도 F는 못 벗어나! >_<"

"내가 어디가 어때서!!"

"너 강래원 친구니까!! 끄하하!"

넓은 캠퍼스를 달리는 두 사람. 생긴 모습도 다르고, 성격도 다르고, 좋아하는 것과 싫어하는 것도 모두 제각각이고, 이상형도 다르고, 하는 짓도 다르지만… 늘 변함없이 그 자리를 지키는 두 사람.

"허억! 허억! 하여간 여전히 달리기 하난 끝내준다니까."

승관이가 주저앉아 숨을 몰아쉬자 양반 다리를 하고 같이 앉아버리는 래원이.

"승관아."

"엉?"

"아직도 우리 누나가 좋아?"

"질문이라고 하냐? 우으, 땀 냄새!!"

"근데 이제 우리 누나, 재규 형이랑 결혼한대."

"뭐?"

"우리 누나 이제 행복하대. ^-^ 재규 형이랑 변함없이 사랑할 수 있어서 무지무지 좋대. 기뻐서 우주까지 날아갈 것 같대. 승관아, 넌 이게 뭐야? 하나도 변한 게 없어."

"어차피 재규 형 자리 탐낼 수도 없었어. 그렇게 높은 자리는 자신도 없었고, 꿈꿀 수도 없었어. 누나가 미칠 듯이 행복하다면 난 그걸로 족해. ^-^"

밝게 웃는 승관이의 모습. 언제쯤 강지원에게서 벗어날지 그 끝은 보이지 않았다.

"야, 나 무지 신기한 일 있었다?"

"무슨 일? -_-^"

"떡대랑 다른 놈들이랑 오랜만에 오토바이 타고 한강에 갔거든? 근데 거기에서 목걸이 주웠다! >_< 짱 예쁘지?! 이것 봐. 이거야, 이거!! 우리 누나랑 재규 형 줘야지~ 결혼 선물이라고 쌩 까고. ㅋㅋ 돈 굳었다! >_<"

"결국엔……."

래원이의 손에서 반짝거리는 두 개의 목걸이. 이 목걸이. 3년 전 지원과 재규에게 승관이가 선물한 그 목걸이. 결국엔 또 이 목걸이가 그들에게 넘어가게 되어버렸다. 그리고 이제부터 최승관의 끝없는 사랑은 시작된다.

행복한 꿈을 꿨습니다. 당신이 언젠가 나를 바라봐 줄 거라는 터무니없는 꿈이었죠. 조금은 허탈하고, 많이 아프고, 슬프고, 지겹던 꿈이었지만 난 후회 같은 건 안 해요. 당신을 사랑할 수 있었으니까. 내가 당신을 미치도록 사랑할 수 있었으니까. 이거, 무덤 갈 때까지 비밀로 하려고 했는데… 사실 난 왕자를 찾으려고 다른 사람들을 쳐다본 적이 없었어요. 난 여태껏 내 안에서 당신에게 어울리는 왕자님을 찾았어요. 그런데… 결국 죽어도 난 왕자 따위 될 수 없었어요.

"은재규 군과 강지원 양, 두 사람은 평생 사랑할 것을 맹세합니까?"

"네. ^-^"

두 손을 마주 잡고 밝게 웃으며 사랑의 맹세를 하는 둘. 사람들의 박수와 환호 속에 더 이상 아픈 사랑 따윈 하지 않아도 될 두 사람. 수많은 사람들 속에 숨어 축하 따윈 해주지 못하는 다른 한 사람. 그 사람은 이제 또 다른 꿈을 꾸기 위해 애써 환한 표정을 짓는다.
 "괜찮아, 최승관. 넌 넘버 투니까. ^-^"
 중3. 처음 찾아온 사랑. 그것이 사랑이라고 자부할 수 있는 건 몇 년이 지난 지금도 내 가슴 속에 서려 있는 당신. 여전히 그리운 당신. 그리고 여전히 아름다운 당신. 둘의 사랑이 영원할 것임을 하늘에 맹세하던 그 날, 또 다른 바보는 이제 더 이상 세상에 존재하지 않았다.

 "미안해. 미안해, 채은경. 너 사랑 못해줘서… 죽어도 내 가슴엔 단 한 사람뿐이어서… 꼭 한 자리뿐이어서… 정말 미안해. 미안해……."
 털썩!
 힘없이 침대 밑으로 떨어지는 우주의 팔. 그리고 힘없이 눈을 감는다.
 "우주야—!!"
 병실 안에서 크게 울부짖는 우주의 곁에서 크게 소리치는 아이스크림 소녀 채은경.
 "은경아, 진정해!"
 "안 돼, 우주야. 너 왜 이래! 눈 떠, 얼른!! 이러면 안 되잖아!!"
 곱게 감은 두 눈. 가만히 누워 있는 우주. 그런 우주의 얼굴 위로 덮어지는 하얀 천.
 "뭐 하는 거야!! 우주야, 얼른. 오늘 내 생일 파티 해주기로 했잖아!! 이렇게 약속 어길 거야?!"
 은경의 양팔에 매달리는 은혁과 상원.
 "안 돼. 흑! 이렇게 가버리면 안 돼. 제발 살려줘요. 이렇게는 절대 안 돼!!"

"얼른 보관실로 옮겨."

사람들은 우주의 침대를 끌고 시체 보관실로 발걸음을 옮긴다. 은경은 의사를 붙잡고 크게 소리친다.

"당신들 뭐야!! 이젠 모두 완쾌되어 간다며! 이젠 아무런 걱정 안 해도 좋다 그랬잖아! 그런데… 그런데 이게 뭐야!!"

"이런 경우는 정말 없었는데… 정말 아무런 이상이 발견되지 않았습니다. 원인은 저희도 잘 모르겠습니다."

"우주 죽은 거 아냐. 자는 거야! 얼른 저 사람들 세워!! 얼른!!"

우주를 옮기던 사람들이 의사를 바라보자 의사는 아무 말 없이 고개를 끄덕인다. 사람들이 서자 은경이가 우주의 곁으로 달려간다.

"우주야, 이제 그만 자야지. ^-^ 낮잠 자면 얼굴 붓는다고 싫어했잖아, 응? 생일 선물로 우주만큼 커다란 아이스크림 사준다며!! 응? 니가 오늘 노래 불러준다며. 우주야, 우주야. 너 왜 이래……."

차갑게 식어버린 우주의 얼굴에 눈물을 떨어뜨리는 은경.

"다들 서둘러."

사람들은 다시 보관실로 발걸음을 옮긴다. 은경은 우주의 얼굴을 계속 쓰다듬으며 눈물을 흘린다.

"우주야, 사랑해… 사랑해……."

은경은 지금 이 순간 마르고 닳도록 사랑해란 말을 반복한다.

"오빠-!!"

연락을 받고 다급히 달려온 한별과 유건. 어느새 다정한 연인 사이가 되어 있었다. 한별의 눈에 비쳐진 우주의 모습이 얼굴부터 발끝까지 눈이 부실 정도로 반짝거렸다. 오래전 영덕에서 본 우주의 모습. 천사를 데려가려는 별들의 움직임. 한별은 그 자리에 서서 눈물을 흘리며, 넋을 잃은 채 별들의 반짝임을 바라보고만 있다.

우주가 없는 쓸쓸한 병실 안엔 오랜만에 모인 엔젤로스와 지원이가 앉아 있다. 지원이는 우주의 환자복을 끌어안은 채, 커다란 죄를 지은 죄인처럼 고개를 숙이고 어깨를 들썩인다.

"미안해, 우주야. 내가 너무 늦었지? 미안해. 너 가는 길 배웅도 못해줘서. 니가 힘들 때 난 웃어버렸어. 미안해, 우주야. 흑!"

아무 말 없이 지원이를 꼬옥 안아주는 재규. 침대를 정리하던 간호사들이 무언가를 발견한다.

"저… 이거 침대 밑에서."

하얀색의 커다란 종이가 반으로 접혀 있었다. 하얀 종이를 펼쳐 본 지원은 미친 듯이 눈물을 쏟아내기 시작한다. 커다란 하얀 종이에 깨알같이 적혀 있는 글씨들. 종이엔 눈물 자국이 서려 있었고, 아직도 우주의 숨결이 남아 있었다. 지원은 커다란 종이를 매만지며,

"우주야, 세상 저편엔 또 다른 우리가 있겠지? 그 세상에선 꼭 우리 둘이 사랑하자. 지금처럼 힘든 사랑 말고 정말 행복한 사랑. 저쪽 다른 세상에선 내가 널 쫓아다닐 거니까… 아무리 니가 날 싫다고 해도 죽도록 쫓아다닐 거니까, 응? 우주야, 고마워. ^^"

쓴웃음을 짓는 지원의 눈에선 눈물이 흐르고, 눈물은 지원의 손을 타고 내려와 하얀 종이를 적셨다. 하얀 종이 위에 파랗게 번져 가는 글씨들. 번져 가는 우주의 마지막 목소리.

"지원아, 미안하고 또 미안해. 내가 너무 사랑했나 봐."

그리고 우주의 마지막 편지.

단 너의 사랑하는 그녀가 행복해질 때까지야. 그녀가 행복해질 시간은 긴 듯 하지만 짧다. 그녀가 행복해지면 넌 나와 같이 돌아가야 해. 지원아, 미안해. 내가 널 너무 사랑했나 봐.

모든 것은 The end. 그리고 이제부터 Start.

세간의 화제 속에 베스트 셀러에까지 오른 N세대 연애 소설!

마실가는광뇨니 N세대 연애 소설
『키스를 먹이로 널 길들인다』

반드시 서로여야만 하는 사람들이 있다.
죽은 오빠에 대한 아픔을 지니고 있는 시아와 나쁜 과거를 많이 감싸 안고 있는 진혁이.
상처가 있는 두 사람이기에 서로를 치유해 주기 위해 만났고,
서로를 위로해 주기 위해 사랑에 빠졌다.
하지만 누군가를 다시 만나고 사랑하고 되기까지는 많은 어려움이 따르는 법.
"…사람은 태어나면서 모든 기억을 다 잊어버리고 태어난대.
난 다음 생에서 널 찾을 수 있을까?"
"찾을 수 있어. 너라면 난 반드시 열 번이고, 백 번이고 찾을 수 있어.
이곳에서 함께 있을 수 없다면 우리 저기 건너편으로 건너가자.
네 손만 있다면 난 어느 곳이든지 함께할 거야.
설령 그곳이 지옥이라 해도……."

● 마실가는광뇨니 지음

도서출판 **청어람**
부천시 원미구 심곡1동 350-1 남성빌딩 3층 우420-011   E-mail : eoram99@chol.com
☎ 032-656-4452   FAX 032-656-4453

렌쥐 N세대 연애 소설
『301호 그 男子와 302호 그 女子』

[301호 그 男子] 처음 봤을 때 그 女子는 정말 내 스타일이 아니었습니다.
대책없이 버릇없는,
믿는 건 오직 자신의 잘나 빠진 얼굴뿐인,
확인된 바 없는 날라리 의대생 막가파 301호 그 男子 서지훈.
남들 눈엔 소위 말하는 바람둥이로 보일 수밖에 없지만
사실은 한 여자만 바라보는, 지고지순한 매력남 지훈을 사로잡은
그 女子와의 엽기적인 사랑이 시작된다.

[302호 그 女子] 처음 봤을 때 그 男子는 절 한없이 황당하게 했습니다.
대책없이 소심한,
가식적이고 어색한 미소와 바보같이 착해 빠진 엉뚱한 그 女子 박지민.
이사 간 원룸의 앞집에 살고 있는
잘생겼지만 성격이 한없이 더러운
그 男子와의 황당하고도 코믹한 사랑이 시작된다.

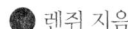 렌쥐 지음

도서출판 **청어람**　　　　　E-mail : eoram99@chol.com
부천시 원미구 심곡1동 350-1 남성빌딩 3층 우420-011　☎ 032-656-4452　FAX 032-656-4453